www.ingramcontent.com/pod-product-compliance
Lightning Source LLC
Chambersburg PA
CBHW061153210726
48294CB00006B/1656

دیدار با سرنوشت

ناگفته‌های پرواز ۱۱۷۵ یونایتد

و

مردی که آن را نجات داد

کاپیتان کریستوفر بهنام

(شیر پرنده)

مترجم: مینا فتحی

سریال کتاب:P2445120240

عنوان: دیدار با سـرنوشت

زیرنویس عنوان: ناگفته‌های پرواز ۱۱۷۵ یونایتد و مردی که آن را نجات داد

نویسنده: کریستوفر بهنام

مترجم: مینا فتحی

ویراستار: فرزانه حیدری

صفحه‌آرایی: نرگس تاج‌الدینی

شابک: ISBN: 978-1-77892-194-0

موضوع: داستان واقعی، اتو بیوگرافی، ماجراجویانه پرواز

مشخصات کتاب: کتاب جلد مقوایی، سایز وزیری

تعداد صفحات: ۲۵۲

نام کتاب به انگلیسی:Date with Destiny
The Untold Story of United Flight 1175
and the Man Who Saved it

تاریخ نشر ادیشن فارسی: ستامبر ۲۰۲۴

انتشارات در کانادا: انتشارات بین المللی کیدزوکادو

هر گونه کپی و استفاده غیر قانونی شامل پیگرد قانونی است.

تمامی حقوق چاپ و انتشار در خارج از کشور ایران محفوظ و متعلق به انتشارات و صاحب اثر می‌باشد.

Copyright @ Copyright 2024 US Copyright©
All Rights Reserved, including the right of production in whole or in part in any
form.

KIDSOCADO PUBLISHING HOUSE
VANCOUVER, CANADA

تلفن: ‎+1 (833) 633 8654
واتس آپ: ‎+1 (236) 333 7248
ایمیل: info@kidsocado.com
وبسایت: https://www.kidsocado.com

فهرست

تقدیم

به پدر و مادر و فرزندانم

بزرگ‌ترین لذت زندگی این است که احساس کنی عمرت را صرف اهدافی کرده‌ای که به نظرت بامعناترین و ارزشمندترین اهداف ممکن بوده‌اند؛ این انتخاب توست که وزنه‌ای ارزشمند و تأثیرگذار در عالم هستی باشی یا تکه کلوخی کم‌ارزش و خودبین و طلبکار که دائم افسرده و در حال شکایت از دنیاست و تصور می‌کند زندگی در حقش کوتاهی کرده و تمام توانش را برای خوشبختی و رضایت او به کار نگرفته است. احساس می‌کنم زندگی‌ام به تمام انسان‌ها و جامعه تعلق دارد و تا روزی که زنده‌ام، هر آنچه در راه کمک به مردم از دستم بربیاید، بافتخار انجام خواهم داد می‌خواهم زمان مرگ مطمئن باشم که همهٔ وجودم را در این راه به کار گرفته‌ام و می‌دانم هرچه سخت‌تر تلاش کنم، بیشتر احساس می‌کنم که زنده‌ام. من زندگی را، به دلیل ارزش ذاتی‌ای که در آن نهفته است، گرامی می‌دارم؛ چرا که معتقدم زندگی به ذات خود نه شمعی لرزان در مسیر باد، بلکه مشعلی فروزان است که همین لحظه که زنده‌ام، برای مدتی محدود در دستانم قرار داده‌شده است؛ پس می‌خواهم پیش از آنکه این امانت را به نسل‌های آینده بسپارم، تا حد ممکن، درخشان و نورافشان نگاهش دارم.

جورج برنارد شاو

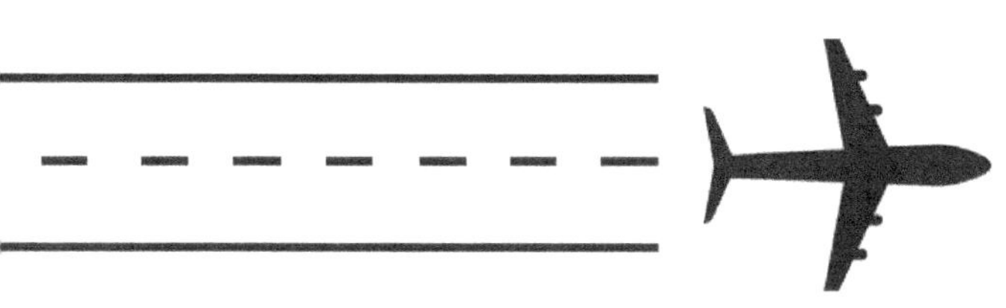

مقدمه

روی دیوار دفتر کارم گفتۀ وینستون چرچیل، یکی از برجسته‌ترین شخصیت‌های تاریخ، را آویخته‌ام:

در زندگی هر آدمی، لحظه‌ای خاص پیش می‌آید که گویی ضربه‌ای بر شانه‌اش نواخته شود و فرصتی استثنایی سر راهش قرار دهند تا دستاوردی فوق‌العاده و بی‌نظیر و متناسب با توانش از خود به منصۀ ظهور برساند، اما فاجعه زمانی است که برای آن فرصت تکرارنشدنی آماده یا کارآمد نباشد، درحالی‌که آن فرصت می‌تواند مهم‌ترین و زیباترین اقبال و مجال درخشیدنش در زندگی باشد.

در ۱۳ فوریۀ ۲۰۱۸ ساعت ۱۱ صبح به وقت محلی، کاپیتان کریستوفر بهنام سرخلبانِ پرواز ۱۱۷۵ خطوط هواپیمایی یونایتد، هواپیمای بوئینگ ۷۷۷ را از سان‌فرانسیسکو به مقصد هونولولو در هاوایی، از زمین بلند می‌کند. همه چیز آن پرواز تا ۴۰ دقیقه پیش از رسیدن به فرودگاه هونولولو برای او، کمک‌خلبان، خدمه و مسافران، آرام و عادی به نظر می‌رسید که ناگاه صدایی مهیب، همراه اخطارهای فنّی دستگاه‌های هواپیما و تکان‌های شدید، وضعیت عادی پرواز را به شدت دستخوش بحران کرد. در اندک زمانی، کاپیتان بهنام متوجه می‌شود موتور شمارۀ دو در سمت راست هواپیما دچار آسیب جدی شده و از کار افتاده است؛ یعنی هواپیما ۸۰ درصد توان مکانیکی

و قدرت پروازش را از دست داده بود. به‌علاوه، در پی بروز این آسیب اساسی که به قسمت‌های مختلف موتور، از قبیل بدنه، خورده و روکش فلزی کنده شده بود، هواپیما به شدت به عقب کشیده می‌شد. در آن موقعیت، آنچه زیر پایشان بود، اقیانوس بی‌انتها و فاصلهٔ ۲۰۰ مایلی آن‌ها تا مقصد، یعنی فرودگاه هونولولو در هاوایی، بود.

کتابی که پیش رو دارید، زندگینامه و سرگذشت پُرفرازونشیب کاپیتان بهنام، خلبان و هدایت‌کنندهٔ این هواپیمای بحران‌زده، است و اینکه چگونه او و خدمهٔ آن پرواز توانستند یک ساعت بعد، هواپیمای عظیم‌الجثه و نیمه ازکارافتادهٔ بوئینگ ۷۷۷ را همراه ۳۸۱ سرنشین، به‌سلامت بر زمین بنشانند. در شرایطی که میان ابرهای ضخیم اطراف، هواپیما به‌سرعت در حال افت ارتفاع بود، آن‌ها حتی به‌سختی قادر به مشاهده و دریافت دستورالعمل‌ها و علائم و پیام‌های هدایت و کنترل هواپیما، که هر لحظه در صفحات و دستگاه‌های مقابلشان پدیدار می‌شد، بودند. در این وضعیت اسفبار درحالی که گروه پرواز کلنجار می‌رفتند که هواپیما را کنترل و هدایت کنند، خدمهٔ پرواز هم شرایط بهتری در سایر قسمت‌های هواپیما نداشتند، اما حوادث این کتاب تنها دربارهٔ نجات معجزه‌آسای هواپیمای بحران‌زده به کمک خلبان و خدمهٔ کارآزمودهٔ آن نیست، بلکه مجموعه‌ای از اتفاقات و حوادث واقعی زندگیِ شخصی است که از او انسانی ساخته که تحت آن شرایط کاملاً غیرعادی و سراسر تشویش، این چنین بر توان‌ها و افکار و عملکرد خود مسلط و کارآمد باشد تا بتواند آن فرود معجزه‌آسا را بدون آسیبی انسانی رقم بزند. موضوع این کتاب کاملاً ورای صرفاً سانحه‌ای هوایی است. وقایعی که شاید زندگی‌نامهٔ اکثر افراد تأثیرگذار و قدرتمند بوده و کاملاً بیانگر همان گفتهٔ قابل‌تأمل وینستون چرچیل است که اشاره به فرصتی می‌کند که گاه زندگی پیش پای تو می‌گذارد تا خود را نشان دهی. در ادامهٔ این کتاب درخواهید یافت که داستان زندگی و سرنوشت این مرد به‌گونه‌ای بوده که گویی پیشاپیش او را برای

مدیریت این موقعیت بحرانی و سرنوشت‌ساز آماده کرده بود. او، در جایگاه فردی که در جوانی از شرایط پرمخاطرهٔ سیاسی ایران به امریکا گریخته تا راهش را در زندگی بیابد، زبان جدیـدی را بیاموزد و تا صـعـود به بالاترین قله‌های هوانوردی جهان به مسیرش ادامه دهد، می‌گوید که همهٔ اتفاقات و تجربیات سختِ گذشته‌اش گویی برایش تمرین هوشیاری و تیزفهمی و انضباط در زندگی بوده تا آن روز، هنگام ازکارافتادن موتور هواپیما، بتواند آن را به‌سلامت به مقصد برساند، طوری که در صنعت هوانوردی امریکا به او عنوان «شیر پرنده» داده شد؛ چراکه غیرممکنی را ممکن ساخته بود.

کاپیتان بهنام در این کتاب شرح می‌دهد که آنچه او را برای کنترل و مدیریت آن موقعیت آماده کرده بود، صرفاً آموزش‌های حرفه‌ای و فوق حرفه‌ای خلبانی‌اش نبود، بلکه این توانایی و دانایی عصاره و نتیجهٔ آب‌دیدگی و بینشی بس وسیع‌تر و پخته‌تر بود که در صیقل اتفاقات و سختی‌های زندگی او را قادر به هدایت خردمندانه و استادانهٔ آن هواپیما و نجات جان بیش از ۳۰۰ سرنشین کرده بود.

چند سال پیش، خوشبختانه من این اقبال را یافتم تا با کاپیتان بهنام ملاقات و گفت‌وگو کنم و ماجراهای زندگی‌اش را، نه تنها دربارهٔ حادثهٔ هواپیما، بلکه درمورد سبک زندگی و افکارش و طریقی که همواره به زندگی نگریسته یا، به گفتهٔ خودش «جست وجو برای یافتن نقطهٔ ثقل و توازن در زندگی» را بشنوم؛ از تمرین سنگ چینی کنار رودخانه (هرچه مرکزیت و نقطهٔ ثقل و توازنی دارد، حتی تکه‌ای سنگ بی جان) تا ورزش‌های رزمی (او در کاراته، کمربند سیاه شمارهٔ سه را دارد) و دریانوردی (یعنی نقطه‌ای که طبیعت و ماشینِ ساختهٔ دست بشر با هم ترکیب می‌شوند تا تعادلی متوازن برای جلو راندن انسان را روی آب فراهم آورند). در گفت‌وگو با او انسانی را مقابل خود یافتم بس عمیق و صاحب فکر و وارسته در مسیر زندگی، فردی که آن روز در جدال مرگ و زندگی و طی پراضطراب‌ترین شرایط ممکن، با خویشتن داری و به کارگیریِ حداکثریِ ظرفیت‌ها و توان‌های مغزی و آموخته‌هایش، یکجا، توانست درست‌ترین تصمیمات

را بگیرد و صحیح‌ترین اقدامات را انجام دهد. پس، بلافاصله به او پیشنهاد نگارش این کتاب را دادم؛ کتابی که اکنون در دست شماست نتیجهٔ گفت‌وگوی عمیق و ارزشمند من با اوست.

تأمل‌برانگیز است که کاپیتان بهنام، علاوه بر اینکه پیوسته به دنبال برقراری توازن و نظم در زندگی شخصی و روزمره است، همچنان در پی یادگیری بیشتر در زمینهٔ کار و حرفه‌اش، یعنی پرواز و خلبانی، است. بعد از بیش از سه دهه اشتغال در حرفهٔ پرواز، اشتیاق دائمش به بالندگی همواره اطرافیان را متحیر می‌کند و این نیاز و اشتیاق به رشد، پدیده‌ای نادر در غالب افراد است؛ چراکه معمولاً در هر حرفه‌ای شاهدیم افراد پس از رسیدن به اوج موفقیت و دستیابی به جایگاه‌های بالاتر، یعنی جایی که به نظر اقناع کننده و حتی غرورآفرین می‌رسد، و در مراحل نهایی زندگی شغلی، دیگر ضرورت و اشتیاقی برای رشد و کمال نمی‌بینند، حتی چه بسا به فردی خودباور، ایستا، بی‌جنب‌وجوش و حتی بدبین تبدیل می‌شوند.

پس می‌گویم: «کتابی که در دست دارید، برای خلبان‌ها نگاشته نشده (هرچند خوب است که هر خلبانی آن را مطالعه کند)، بلکه برای همهٔ کسانی است که در جست‌وجوی یافتن نقطهٔ ثبات و توازن در زندگی خویش هستند؛ یعنی خود را برای همان فرصتی آماده کنند که زمانی روزگار دست بر شانه‌شان بگذارد و آن موقعیت ویژه را برای عملکردی خاص پیش پایشان بگذارد.

تمامی این ویژگی‌ها و خصوصیات این فرد دست‌به‌دست هم داد تا او بتواند به رغم فشارهای روانی سنگین و پرخطرِ آن موقعیت مخاطره‌آمیز، همهٔ آن‌ها را در قالب مدیریتی هوشمندانه به کار گیرد. ما می‌توانیم، به عنوان الگویی زنده، از زندگی و عملکرد این قبیل افراد بسیار بیاموزیم و خود را برای مشکلاتی که همواره در زندگی پیش رو داریم آماده کنیم؛ یعنی زمانی که سرنوشت ما را به میانهٔ میدان می‌طلبد، بتوانیم با بهترین عملکرد خود، سرنوشت را مدیریت کنیم.

بخش اول

سال ۲۰۱۸

۱۳ فوریهٔ ۲۰۱۸ است. قرار است با پرواز شمارهٔ ۱۱۷۵ یونایتد اِیر لاین، فرودگاه سان‌فرانسیسکو را ترک کنم. اتومبیلم را به سمت فرودگاه می‌رانم. آسمان را صاف و بدون هیچ تکه ابری می‌بینم. من در ساکرامِنتو، واقع در شمال کالیفرنیا، زندگی می‌کنم که حدود یک ساعت و نیم، با سان‌فرانسیسکو فاصله دارد، اما عموماً ترافیک بین راه مدت رانندگی را طولانی‌تر می‌کند. پس، شب قبل را در قایق بادبانی‌ام در ساسولیتوی سان‌فرانسیسکو گذراندم تا به فرودگاه نزدیک‌تر باشم. به علاوه، مطمئن باشم خواب آسوده‌ای داشته‌ام و آمادهٔ پروازم. در مسیر رانندگی به سمت فرودگاه، به پدر بیمارم، که با سرطان دست به گریبان است، فکر می‌کردم و اوقاتی را که با هم می‌گذراندیم، در ذهنم مرور می‌کردم و همیشه چشم به راه دیدار بعدی‌مان بودم. پرواز از سان‌فرانسیسکو به هاوایی از مسیرهای مورد علاقهٔ من است؛ زیرا هاوایی را به دلیل مردم، فرهنگ، طبیعت، غذا، موزیک، رایحهٔ خوش و سایر زیبایی‌هایش دوست دارم و همیشه فرود آمدن در آن سرزمین برایم دلپذیر و خوشایند است.

بعد از رسیدن به فرودگاه، اقدامات ضروری پیش از هر پرواز را انجام دادم و آمادهٔ پرواز شدم. آنجا با آقای پال اِیر دیدار کردم؛ او کمک‌خلبان من در این پرواز بود و ما تا به حال همدیگر را ندیده بودیم که البته این موضوع در پروازها امری رایج است.

حرفهٔ خلبانی به‌گونه‌ای نیست که عموماً هر روز چهره‌ای آشنا یا همکاران تکراری ببینی.

در هواپیما، طبق معمول، برگه‌ها و کاغذهای لازم را تکمیل کردیم و فهرست کارهایی را که پیش از هر پرواز ضروری بود مرور کردیم. همکارم، پال، چرخی در هواپیما زد و از دربِ شمارهٔ یک، در سمت چپ، شروع کرد؛ او در جهت عقربه‌های ساعت، در هواپیمای بوئینگ ۷۷۷ قدم می‌زد. این هواپیما حقیقتاً موجودی غول‌پیکر است. پال پوشش‌های روی هر دو موتور را وارسی کرد، تمام اتصالات بسته بودند. تیغه‌های موتور را بررسی کرد. همهٔ این کارها باید با دقت انجام می‌شد؛ زیرا اگر ترک یا شکاف بسیار کوچکی، حتی به اندازهٔ سکه‌ای، در یکی از اجزای هواپیما وجود داشته باشد، آن پرواز لغو می‌شود، اما تیغه‌ها بی‌نقص به نظر می‌رسیدند. پال به بررسی و تجسس‌های ضروری پیش از پرواز مشغول بود. فشار چرخ‌ها را با دقت بررسی کرد. فرمان و سازوکار آن و هر موردی را که می‌توانست وارسی کند، از نظر دور نداشت. اگر مشکلی دیده می‌شد، می‌توانست بلافاصله مکانیک متخصص پرواز را در جریان بگذارد تا برطرف شود، اما مشکلی نبود و همه چیز خوب به نظر می‌رسید.

پال تا انتهای هواپیما به بررسی‌هایش ادامه داد. او لوله‌های فشار و محل‌های ورود هوا را، که سرعت هوا را اندازه‌گیری می‌کردند، وارسی کرد. چند سال قبل، هواپیمای لاسون ۷۵۷ به دلیل باقی ماندن تکهٔ کوچک نوارچسبی که زمان رنگ کردن استفاده شده بود سقوط کرد.

پال در ادامه، لبهٔ جلویی بال‌ها را بررسی می‌کند تا مطمئن شود نشت هیدرولیک رخ نداده باشد و پس از پایان همهٔ بررسی‌هایش، به کابین خلبان بازمی‌گردد.

افسر اول، اِد گاگارین، نیز حاضر است؛ خلبانی که به تازگی و پس از طی مراحل سخت و طولانی، برای پرواز ۷۷۷ تأیید شده است و آن روز، فقط مسافر آن پرواز بود، اما به دلیل اینکه هیچ صندلی خالی‌ای در هواپیما نبود، از او خواستم روی صندلی یدکی بنشیند. به اتفاق، فهرست نهایی اقدامات ضروری قبل از پرواز را مرور می‌کنیم و کامپیوتر هواپیما را، مطابق شرایط آن پرواز، برنامه‌ریزی می‌کنیم.

به متصدیان پرواز اطلاع می‌دهم که تا ده دقیقهٔ دیگر، روی باند پرواز خواهیم رفت. سپس، اختصاراً اطلاعاتی دربارهٔ مدت و ارتفاع پرواز و هوای هونولولو در اختیار سرمهماندار، سیسیلیا پِرسر، می‌گذارم. او برای انجام وظایفش کابین خلبان را ترک می‌کند. هواپیما را روی باند ۲۸ چپ هدایت می‌کنیم. از پال می‌پرسم که آیا می‌خواهد بخش اول پرواز را به عهده بگیرد؟ و او می‌پذیرد. پس، من مسئول تعامل با برج مراقبت و هدایت مسیر خواهم بود. مختصر، به مسافران خوشامد می‌گویم و اطلاعاتی دربارهٔ پرواز پنج ساعته‌مان در اختیارشان می‌گذارم. صبح زیبایی است و ما، همراه ۳۸۱ مسافر، فرودگاه سان‌فرانسیسکو را به مقصد هونولولو ترک می‌کنیم.

بخش دوم

سال ۱۹۶۵

تنها، شش سال داشتم که شاهد کتک خوردن پدرم بودم. می‌دیدم درحالی که او را خون‌آلود روی زمین می‌کشند، با خود می‌برند. من با پدر و مادر و چهار خواهرم در تهران زندگی می‌کردیم. آن زمان، تهران حکم پاریس خاورمیانه را داشت؛ همان روزگاری که خاورمیانه و ایران سرزمین‌های امن‌تری بودند و آدم‌ها صمیمی‌تر بودند و مردم جرئت می‌کردند درِ خانه‌هایشان را قفل نکرده، خانه را ترک کنند. تابستان‌ها را در شهرستان می‌گذراندیم، در تاکر[۱]، جایی که پدرم تکه‌ای زمین خریده بود و خانهٔ کوچک دواتاقه‌ای برای تعطیلات ساخته بود. همان روزگاری که زندگی روی خوشی داشت.

در تهران، حدود بیست – سی خانهٔ دیگر در خیابان ما بود. همه چسبیده به هم و دور کوچه‌ای بن بست، دایره وار، قرار گرفته بودند و هر خانه حیاط و باغچهٔ خودش را داشت و، اغلب، حوضی کوچک با فواره یا استخری در وسط را در دل خود جای داده بود. به یاد دارم خانه‌ها پراکنده نبودند و از هم فاصله نداشتند، بلکه، مانند محله‌های نیویورک یا واشینگتن دی سی، همگی در ردیف‌هایی کنار هم قرار داشتند. یک روز،

۱- روستایی از توابع بلدهٔ شهرستان نور مازندران.

با خواهرم، گُلی، که کمتر از یک سال از من بزرگ‌تر بود، در اتاق گِلی و مخفی خانه مشغول بازی قایم‌موشک بودیم. مادرم برای خرید مایحتاج خانه بیرون رفته بود و من و گلی در خانه تنها بودیم. جایی پنهان شده بودم که شنیدم کسی در می‌زند. گلی در را گشود و از آن لحظه به بعد، زندگی ما برای همیشه زیرورو شد.

خواهرم صدا کرد: «آی بیا بیرون، یکی دارد در می‌زند! بیا بیرون!» من از گوشه‌ای پنهان بیرون آمدم و بازی تمام شده بود. کسی پشت در بود.

به سمت در رفتیم. قد خواهرم به اندازهٔ کافی بلند بود تا به قفل در برسد. آن زمان، بلندتر از من بود. هر دو از میان دَرِ نیمه گشوده به بیرون نگاه کردیم. گرمای هوا درون خانه خزید، دو مرد آنجا ایستاده بودند. با لبخندی عریض بر صورت، صمیمی به نظر می‌رسیدند، به خصوص که با سلام و احوال‌پرسی گرم و مؤدبانه با ما برخورد کردند، اما ما همچنان با احتیاط میان در ایستاده بودیم. آن‌ها خود را عموی ما معرفی کردند و گفتند که دنبال پدرمان می‌گردند. قدری با ما حرف زدند و گفتند که با پدرمان جایی قرار داشته‌اند، اما چون سر قرار حاضر نشده، آن‌ها نگران شده‌اند و می‌خواستند بدانند آیا خانه است و می‌توانند او را ببینند.

ما نمی‌دانستیم چه واکنشی نشان دهیم؛ آن زمان، تنها کودکانی معصوم و از دنیایی خبر بودیم.

من پشت سر خواهرم ایستاده بودم و نگاه می‌کردم و او با آن‌ها گفت‌وگو می‌کرد. گلی در پاسخ گفت: «پدرم خانه نیست». پرسیدند که مادرم کجاست و او جواب داد: «او هم خانه نیست».آن‌ها پرسیدند که آیا ما می‌دانیم پدرم کجاست؟ گلی به آن طرف خیابان و چند خانه آن طرف تر اشاره کرد و گفت: «پدرم آنجاست، در خانهٔ مادرش». آن‌ها از ما تشکر کردند و به سرعت به آن سوی خیابان رفتند.

ما ایستاده بودیم و آنها را که با عجله به سمت خانهٔ مادربزرگم می‌رفتند نگاه می‌کردیم. ناگاه سروکلهٔ چند مرد دیگر نیز پیدا شد و همگی با هم وارد منزل مادربزرگم شدند. به یک‌باره هیاهویی درگرفت که درون خانه خفه شد، آنها وارد خانه شدند و در بسته شد. ما نمی‌فهمیدیم جریان چیست تا اینکه شلوغی و سروصدا دوباره به خیابان کشیده شد. آن مردان درحالی که پدرم را پشت سر خود می‌کشیدند، از خانه بیرون آمدند. سروصدا و فریادهای آزاردهنده‌ای به گوشمان می‌خورد. میان هیاهو، فریاد مادربزرگم به گوش می‌رسید: «چه کار می‌کنید؟» صدای ضجه‌اش را می‌شنیدیم که میان گریه التماس می‌کرد: « نبریدش! پسرم را نبرید!»

و چشمان ما به این صحنه‌ها خیره مانده بود.

از هر طرف، چهار پنج مرد بازوهای پدرمان را گرفته بودند و دنبال خود می‌کشیدند و او را از خانه بیرون می‌آوردند. به دستانش دستبند زدند و او را درون اتومبیلی انداختند و به زندان بردند.

آن لحظات برای همیشه در خاطرم ثبت شده است، آن صداها، فریادها، بوی عرق تند انباشته شده در فضا. من هنوز لباسی را که پدرم آن روز بر تن داشت به خاطر دارم: بلوز سفید و شلوار خاکستری.

در بهت و ناباوری، آنجا ایستاده بودم. آنچه را مقابل چشمانم اتفاق افتاده بود باور نمی‌کردم. حجم سنگینی از سؤالات گوناگون به مغزم هجوم آورده بود: چرا این کار را با پدرم کردند؟ مگر چه خطایی از پدرم سر زده بود؟ آیا پدرم آدم بدی بود؟ آیا دزدی کرده بود؟ پدرم خلاف کار بود؟

من حتی نمی‌توانستم باور کنم آنچه دیدم، اصلاً واقعی بوده باشد، چه برسد به اینکه قبول کنم برای پدرم اتفاق افتاده باشد.

اتومبیل حامل پدرم در پیچ خیابان ناپدید شد. من و خواهرم نمی‌دانستیم چه کنیم یا چه بگوییم. هر دو شوکه بودیم. من بهت‌زده ایستاده بودم و فریاد هم نمی‌زدم، گویی در خواب بودم و آن اتفاق را نمی‌توانستم هضم کنم. از لحظه‌ای که او را از خانهٔ مادربزرگم بیرون کشیدند تا زمانی که با اتومبیل ناپدید شدند، شاید ده بیست ثانیه طول کشیده بود.

پدرم رفته بود.

من و گلی در خانه تنها و ساکت نشسته و منتظر بازگشت مادرمان بودیم. انگیزه‌ای برای ادامهٔ بازی کودکانه‌مان نمانده بود. خواهرم شروع به گریه کرد. من هم حال بهتری نداشتم. ترس و نگرانی، مانند کلافی در هم، درونم غوغا می‌کرد. فکر و زبانم از کار افتاده بود. نمی‌دانستم خواهرم را چگونه دلداری بدهم. تنها چیزی که آرزو می‌کردیم این بود که پدرمان بازگردد.

آن لحظات تلخ و پُر وحشت، چقدر کش‌دار و بی‌پایان به نظر می‌آمد تا سرانجام مادرمان در زد. ما هر دو به سوی او دویدیم و ترسان به دست و پایش آویختیم. خواهرم فقط فریاد می‌کشید. وقتی سرانجام با تقلای زیاد توانستم واقعه را برای مادرم شرح دهم یا دست کم برداشت خودم را از آنچه دیده بودم برایش بگویم، نوبت او بود که بر زمین بیفتد. خریدهایی که کرده بود، همه جا پخش شد، توان ایستادن نداشت. ما را محکم در آغوش گرفته بود و پیوسته تکرار می‌کرد: «چقدر بد! چقدر بد!»

ما تندوتند از او می‌پرسیدیم: «چرا این اتفاق افتاد؟ آیا واقعاً پدرمان آدم خوبی است؟ چرا پدرمان را کتک می‌زدند؟» او درحالی که ما را محکم در آغوش می‌فشرد، به ما اطمینان می‌داد که همه چیز درست خواهد شد و پدرمان مرد خوبی است. می‌پرسیدم:«آیا او آدم بدی است که دستگیرش کردند؟» زیرا در آن سن و سال

کودکی، همواره تصور می‌کردم این اتفاقات فقط برای آدم‌های بد می‌افتد. آدم بدها را می‌گیرند و می‌برند. مادرم با تأکید می‌گفت: «نه! پدرت فقط به چیزهایی عقیده دارد که خوشایند حکومت نیست.»

عصر آن روز، شاید یکی دو ساعت بعد، مادربزرگم به خانه‌مان آمد. مادرم می‌خواست دقیقاً بداند چه اتفاقی افتاده است. او تمام واقعه را شرح داد و گفت که ساواک (سازمان اطلاعات امنیت و پلیس مخفی حکومت) به زور وارد خانه‌اش شد و جنگ و جدال و مشت بارانی وحشتناک درگرفت و نهایتاً پدرم را به زور بردند. با گذشت دهه‌ها از آن حادثه، من هنوز هم می‌توانم چشمانم را ببندم و تمامی آن لحظات پُر از وحشت را در ذهنم تجسم کنم. چنین اتفاقاتی، مانند لنگرهای ذهنی دردناک، در وجود آدمی ماندگار می‌شود و موجب می‌گردد همواره دربارهٔ بی‌عدالتی‌هایی بیندیشی که به دلیل عقاید و باورهای متفاوت، در حق افراد روا می‌شود.

به نظرم، پدرم دموکراتیک‌ترین فردی است که در زندگی‌ام می‌شناسم. حتی بعد از شکنجه‌هایی که تحمل کرده بود، او همچنان عاشق وطن و سرزمینش باقی مانده بود.

او می‌خواست ایران سرزمینی آزاد و آباد و دموکراتیک باشد. آرزویش این بود که مردم میهنش تحصیل کرده و سرآمد جهانیان باشند و خواهان آزادی‌های فردی بود. او به دیکتاتوری و پادشاهی عقیده نداشت و معتقد بود که ایرانیان باید خود برای کشور و سرنوشت خویش تصمیم بگیرند.

بعدها مادرم به من گفت که پدرم احتمال می‌داد که مأموران برای دستگیری به دنبالش بیایند. به همین دلیل، بیشتر اوقات را در منزل بستگان نزدیک سپری می‌کرد تا شاید از دسترس ساواک در امان باشد.

همهٔ آن سال‌ها برای من و مادر و خواهرانم سال‌های پُر از رَنجی بود، به‌خصوص که فقط همان یک‌بار نبود که پدرم را دستگیر کردند. شب‌هایی را به یاد دارم که با ورود آدم‌هایی به خانه‌مان، از خواب بیدار می‌شدیم، غریبه‌هایی وارد خانه می‌شدند و مانند غارتگرها در جست‌وجوی کتاب‌ها و متعلقات پدرم خانه را زیرورو می‌کردند.

یک شب، دایی‌ام در منزل ما بود و زمانی که همه در خواب بودیم، سروکلهٔ ساواک پیدا شد. دایی‌ام به آن‌ها گفت که بچه‌ها خوابند، اما آن‌ها بی‌توجه آمدند و خانه را شخم زدند و اسناد و کتاب‌هایی را با خود بردند. همگی از ترس بر خود می‌لرزیدیم، اما کاری از دستمان ساخته نبود.

برای بازگشت پدرم، روزشماری می‌کردیم. او مدرس و پروفسور و شیمیدان بود. وقتی خیلی کوچک بود، پدرش را از دست داده بود و نه تنها تمام مخارج تحصیل خود را بر دوش می‌کشید، بلکه برای کمک به وضعیت معیشت مادر و برادرش ناچار بود از همان سنین کم مشغول به کار شود. او غالباً روزها خانه را برای کار ترک می‌کرد و شب بازمی‌گشت. چون کمتر کنارمان بود، برایمان سخت بود و ما همواره از مادرمان می‌پرسیدیم: «پدر کی به خانه بازمی‌گردد؟» مواقعی هم که در زندان بود، دائماً دربارهٔ پدر می‌پرسیدیم و مادرم به ما اطمینان خاطر می‌داد که پدرم حالش خوب است و با او در تماس است و به ملاقاتش می‌رود و به زودی از زندان آزاد می‌شود و همواره با تأکید تکرار می‌کرد که اگر پدرمان در زندان است، به این دلیل نیست که آدم بدی است. حقیقتاً هم همین‌طور بود؛ او انسان خوبی بود.

پدر یک سال در زندان قزل‌قلعه بود و مکرراً آنجا کتک می‌خورد. تنها جرم او این بود که عاشق کشورش بود.

سال ۲.۱۸

روز زیبایی در سان‌فرانسیسکو است و گرمای هوا به سختی به ۷۰ درجهٔ فارنهایت (۲۱ درجهٔ سانتی‌گراد) می‌رسد. هوا آن قدر تمیز و شفاف است که تا ده مایلی را هم می‌توان دید. در باند فرودگاه به راحتی از زمین برخاستیم. طی پرواز بر فراز اقیانوس اطلس، بعد از مدتی، به مرحلهٔ هدایت خودکار رسیدیم. در مسیر هاوایی، وسط طولانی‌ترین آب‌های بدون خشکی در جهان قرار داریم. با اینکه فاصلهٔ هاوایی تا توکیو طولانی‌تر است، اما طی این فاصله، جزایر و خشکی‌هایی را سر راهمان داریم که در شرایط اضطراری می‌توانیم روی آن‌ها فرود بیاییم، اما مسیر سان‌فرانسیسکو به هاوایی سراسر اقیانوس و آب است و تقریباً هیچ جزیره و خشکی‌ای به چشم نمی‌خورد.

در این لحظه، نیمی از راه را طی کرده‌ایم و، در اصطلاح پرواز، به زمان برابر یا پی‌ای‌تی رسیده‌ایم؛ یعنی نقطه‌ای که در صورت موقعیت اضطراری، دیگر امکان بازگشت از آن یا تغییر مسیر وجود ندارد و اگر خدای‌ناکرده اتفاقی پیش بیاید، فرود روی آب سخت‌ترین گزینه و راه‌حل ممکن است. هیچ خلبانی دلش نمی‌خواهد

بوئینگ غول‌آسای ۷۷۷ را بر سطح آب فرود آورد؛ مانند آن است که وقتی با سرعت ۵۰۰ مایل در ساعت، در حال رانندگی هستی، جسم سختی به اتومبیلت برخورد کند. به همین ترتیب، فرود اضطراری روی امواج ده فوتی در اقیانوس اطلس با سرعت ۲۰۰ مایل در ساعت یعنی فروپاشی هواپیما؛ یعنی دیگر چیزی از هواپیما باقی نمی‌ماند. به عبارت دیگر، نشاندن هواپیمای ۷۷۷ روی آب، همان سقوط محسوب می‌شود. چسلی سالنبرگر خلبان بسیار خوش‌شانسی بود که توانست هواپیمای مسافربری را روی رودخانهٔ هادسنِ نیویورک فرود بیاورد. البته امواج آرام رودخانهٔ هادسن، در مقایسه با امواج ده بیست فوتی اقیانوس اطلس، بسیار ناچیز به شمار می‌آیند.

در میانهٔ پرواز، به چاله‌های عادی هوایی، که غالباً در این مسیر وجود دارد، برخوردیم و ارتفاع هواپیما را قدری کاهش دادیم، اما مسیر همچنان پر از دست‌انداز و چاله‌های هوایی است. پس، ارتفاع را از ۳۸ هزار پا به ۳۶ هزار پا کاهش دادیم. چراغ‌های بالای سر مسافران به آنان نشان می‌داد که در صورت تمایل می‌توانند کمربندهایشان را باز کنند. تا هونولولو ۲۰۰ مایل، یعنی حدود ۴۰ دقیقه، فاصله داشتیم و تقریباً تازه ارتفاع را کاهش داده بودیم تا فرود بیاییم؛ یعنی زمانِ پایان بالاترین نقطهٔ پرواز و شروع کاهش ارتفاع به دلیل نزدیک شدن به مقصد و آماده شدن برای فرود. در این مرحله، با همکارم، پال، کار هماهنگ کردن شرایط برای رسیدن به باند آر ۴ فرودگاه هونولولو را شروع کردیم. همهٔ مواردی را که باید بررسی کنیم، از نظر گذراندیم. همه چیز مرتب و ردیف بود. برای دقایقی، به دستشویی می‌روم و دوباره به کابین خلبان بازمی‌گردم. همه چیز عادی و آرام است. در صندلی مخصوصم قرار می‌گیرم. شرایط تحت کنترلم است و با آرامش روی صندلی‌ام به عقب و جلو تکان می‌خورم. به نظر، همه چیز برای فرودی آرام و لذت‌بخش فراهم است.

زمانی که بر فراز آسمان پرواز می‌کنم، گویی زمان برایم کند می‌شود، درحالی که روی زمین انگار هیاهوی زندگی زمینی، اعم از اخبار، فضای مجازی، فجایع سیاسی و سلبریتی‌ها، چون سیاه‌چاله، آدم‌ها را در خود می‌بلعد؛ رئیس‌جمهور همهٔ اخبار را به خود مشغول می‌کند، کارداشیان‌ها باز بچه‌دار شده‌اند، آن یکی سلبریتی ادعا می‌کند که راز لاغری‌اش مصرف فلان چای ملین است، اما اینجا، در آسمان، دور از همهٔ این اخبار جنجالی و بی‌ارزش، زمان متفاوت است. زیبایی و آرامش و سکون، کنار هم، افق‌های دید آدمی را تغییر می‌دهند. از ارتفاع هزارپایی، آدم‌ها بیشتر به نقطه شبیه‌اند و در ارتفاع پنج هزارپایی دیگر نمی‌توانی حتی خانه‌ات را ببینی، گویی در چنین ارتفاعی، وسعت فضای زیر پایت همهٔ موجودات و اشیا را می‌بلعد. هرچه بیشتر از زمین فاصله می‌گیری، می‌توانی مساحت بیشتری از زمین را مشاهده کنی. آنجا، دیگر همهٔ جزئیات تحت سیطرهٔ وسعت جغرافیایی زیر بال‌هایت محو شده‌اند و زمین و زندگی و هرچه در آن است، از کلان به خرد تبدیل می‌شود. روی زمین، مردم درپی عادات روزانه‌شان هستند، از نقطه‌ای به نقطهٔ دیگر می‌دوند و کاغذهایشان را زیرورو می‌کنند و تلفن به دست‌اند و پیش از رفتن به خانه سری به باشگاه ورزشی می‌زنند و بعد هم شام و خواب. فردا از خواب بیدار می‌شوند و همه چیز دوباره تکرار می‌شود، اما در این نقطهٔ مرتفع، که دور از زمین خاکی و آدم‌ها قرار می‌گیری، اثری از هیچ یک از این‌ها نیست.

پس از بیش از ۴۰ سال سابقهٔ پرواز، هنوز هم هربار که راه آسمان را در پیش می‌گیرم، تحت تأثیر شکوه و عظمتی که طبیعت زیر پایم به نمایش می‌گذارد، به حیرت می‌افتم، حتی گاه زمانی که بیکارم، با هواپیمای یک موتورهٔ کوچک خود به آسمان می‌روم. آنجا، احساس پرنده‌ای رها را دارم، آزاد. تا ارتفاع ۵۰۰ یا ۱۰۰۰ پایی بر سطح کوه‌ها یا حتی قسمت‌های شلوغ شهر پرواز می‌کنم که البته این کمترین ارتفاع مجاز برای پرواز است و نباید از این پایین‌تر پرواز کنی. گاه دوست دخترم، مالی، هم

با من همراه می‌شود. بر فراز دریاچهٔ تاهو یا رودخانهٔ تِراکی[1] پرواز می‌کنیم، روز را آنجا می‌گذرانیم و شبانگاه بازمی‌گردیم، غالباً هنگام غروب خورشید در مسیر بازگشت به خانه هستیم.

ناگهان انفجاری، شبیه ضربهٔ منجنیق، سرم را محکم به شیشهٔ مقابلم در کابین هواپیما می‌کوبد. ضربه‌ای شبیه اینکه با سرعت ۵۵۰ مایل در ساعت به دیواری سیمانی کوبیده باشیم. حرکت هواپیما به شکل ضربه‌های پلکانی درمی‌آید، ناموزون و نامتعادل می‌شود و به پهلوی راست می‌چرخد. ناگهان تمامی هواپیما دچار تکان‌ها و لرزش‌های شدید و کنترل‌ناپذیری می‌شود.

سیستم کنترل خودکار موتور هواپیما از کار می‌افتد و هواپیما با زاویهٔ ۴۵ درجه روی یک بال می‌چرخد. دیگر، از حرکت مستقیم و متوازن و رو به جلوی هواپیما خبری نیست.

در آن لحظات فقط می‌دانستیم که در حال پرواز با هواپیمایی صدمه دیده و معیوبیم، اما دقیقاً نمی‌دانستیم چه اتفاقی افتاده است. سروصدای داخل کابین خلبان به قدری وحشتناک و ناهنجار بود که من و همکارم برای شنیدن صدای یکدیگر ناچار به فریاد کشیدن بودیم. در آن لحظه فقط می‌دانستم که باید همهٔ تلاشم این باشد که تا حد ممکن، کنترل و هدایت هواپیما را به دست بگیرم.

هواپیماهای ۷۷۷ بسیار عظیم‌الجثه و غول‌آسا هستند و اگر یکی از موتورها از کار بیفتد، هواپیما قدرت رانش ۹۰ هزارپوندی‌اش را در آن سمت از دست می‌دهد و سمت دیگر ناچار است به تنهایی وزن و وظیفهٔ رانش کل هواپیما را بر عهده بگیرد. البته این عدم تعادل وحشتناک کنترل و هدایت هواپیما را بسیار مشکل یا غیرممکن

می‌کند.

تحت چنین شرایطی، در اتاق خلبان، هر ثانیه به شدت حساس و حیاتی است. ثانیه‌ها می‌توانند سرنوشتی ابدی را رقم بزنند. در آن لحظه، نگرانی و تمرکز من فقط یک چیز است: فرود هواپیما، فرودی امن.

در آن موقعیت، در ذهنم، ناخودآگاه فرودی آرام را تجسم می‌کنم تا بتوانم آرامشم را حفظ کنم. طی این تجسم، چرخ‌های هواپیما را می‌بینم که به آرامی باند فرودگاه را لمس می‌کنند، نرم و مطمئن.

به یاد دارم یک بار کسی از آندره آغاسی، ستارهٔ مطرح تنیس جهان، پرسید که او چگونه می‌تواند توپ کوچک تنیس را، که با سرعت صدها مایل در ساعت به سمتش به‌ می‌آید، به موقع ببیند و به آن ضربه بزند. آغاسی پاسخ داد که آن لحظه، در نظرش آن یک توپ کوچک تنیس نیست، بلکه در تخیلش شیء مورد نظر توپ بزرگ بسکتبالی است که با سرعت کُندشده‌ای به سمتش می‌آید. پس، براین اساس و با چنین ادراک متفاوتی، می‌تواند واکنشی متفاوت به شرایط نشان دهد. من هم در آن لحظه همین احساس را داشتم.

در آن موقعیت عجیب، دست‌ها و دهان پال و اِد را می‌دیدم که پیوسته در حال فعالیت و حرکت‌اند، اما من گویی در بُعدی دیگر از مکان و زمان به سر می‌بردم.

ناگاه هزاران فکر پی درپی به ذهنم سرازیر می‌شوند:

- چه اتفاقی در حال رخ دادن است؟
- احتمال دارد بال‌های هواپیما تکه تکه شود؟
- تعادل بال‌ها را چگونه برقرار کنم؟
- شاید ناچار شویم روی آب فرود بیاییم!

- هواپیما را چگونه به سلامت بنشانم؟

- آیا به هونولولو خواهیم رسید؟

- ۳۸۱ مسافر در این هواپیما هستند، ۳۸۱ انسان!

- آیا روی هوا باقی خواهیم ماند و قادر به ادامهٔ پرواز خواهیم بود؟

- چگونه این هواپیما را هدایت کنم و بر زمین بنشانم؟

بخش چهارم

سال ۱۹۶۵

هرچند خواهرم هرگز خودش را بابت آن سادگی کودکانه نبخشیده، اما پدرم هیچ‌گاه از دست او برای اینکه آن روز محل اختفایش را به مأموران ساواک نشان داده بود، خشمگین یا ناراحت نشده بود.

در تاریخ سیاسیِ اجتماعیِ سراسر آشوب ایران، پدرم، علی اصغر بهنام، در کسوت یکی از اعضای جبههٔ ملی، در مقابله با محمدرضاشاه پهلوی، پادشاه وقت ایران، نقش مهمی را به عهده داشت.

هدف جبههٔ ملی، که محمد مصدق آن را در ۱۹۴۹ پایه‌گذاری کرده بود، کاهش نفوذ و سلطهٔ غرب بر ایران و ایجاد اصلاحات دموکراتیک در قانون اساسی و اعطای حقِ رأی به مردم بود. شکل‌گیری و تشکیل جبههٔ ملی به دست دکتر محمد مصدق در ایران، هم‌زمان با حضور متحدین در دوران جنگ جهانی دوم در کشورمان، منجر به تشکیل باور پان ایرانیسم[1] شد.

---

۱ - همهٔ ایرانیان با هر مذهب و مسلک و دیدگاه سیاسی زیر یک پرچم‌اند با هدف مقابله با استثمار بیگانه.

ابتدا، پنج دانشجو نهضت پان‌ایرانیسم را پایه‌گذاری کردند و هدف این نهضت مقاومت و مبارزه علیه دخالت و نفوذ کشورهای بیگانه و غرب و متحد کردن قشر جوان جامعه علیه حضور متحدین در ایران بود. زمانی که دکتر مصدق برای نخستین بار در مجلس، موضوع ملی شدن نفت را مطرح کرد، دانشجویان پان ایرانیست او را حمایت کردند و نطفهٔ «جبههٔ ملی» از همان جا شکل گرفت.

در ۱۹۵۱، محمد مصدق به نخست وزیری رسید و همچنین ملی شدن صنعت نفت را محقق کرد. هرچند تعارضات و کشمکش‌های سیاسی داخلی آن زمان، درون خود جبههٔ ملی، منتج به ظهور و شکل‌گیری احزاب مختلف دیگری در سطح سیاسی اجتماعی آن روزگار ایران شد، ازجمله جبههٔ متحد خلق که در مقابله با حزب توده شکل گرفت. در میانهٔ این بلوا، جبهه‌گیری‌های سیاسی مختلف علیه محمدرضا پهلوی ادامه داشت تا اینکه در ۱۹۵۳، یعنی دو سال بعد از آغاز نخست وزیری محمد مصدق، شاه کودتایی را علیه او ترتیب داد، اما کودتا با شکست مواجه شد.

پس از آن، نهضت مقاومت ملی شکل گرفت و پدرم، همراه عده‌ای دیگر در این نهضت، فعالانه به مبارزه مشغول شد.

در ۱۹۶۱، یعنی ایامی که فضای سیاسی قدری بازتر شده بود، جبههٔ دوم ملی تشکیل شد. هرچند دستگیری و زندانی کردن اعضای آن منجر به پیدایش و شکل‌گیری جبههٔ سوم شد، اما به هرحال مبارزه برای کسب آزادی‌های اجتماعی سیاسی در اواخر دههٔ ۱۹۷۰ شدت گرفته بود، تاآنجاکه بال چهارم جبههٔ ملی نیز سروکله‌اش پیدا شد که نشان دهندهٔ آشکار خواست مردم برای به دست آوردن آزادی‌های واقعی سیاسی بود.

درنهایت، در۱۹۷۹، انقلاب ایران به وقوع پیوست که منجر به پایه‌گذاری انقلاب اسلامی به رهبری آیت‌الله روح‌الله خمینی در ایران شد، اما بعد از پیروزی انقلاب

اسلامی گروه‌ها و فرقه‌های مختلفی که با یکدیگر در تعارض و رقابت بودند دست از فعالیت برنداشتند، بلکه فعال‌تر شدند؛ مبارزات و درگیری برای برقراری عدالت و آزادی همچنان در سطح جامعه ادامه داشت.

طی همهٔ این سال‌های پُرفرازونشیب و پرمخاطره، پدرم و سایر مبارزان، که همچنان برای تحقق ایرانی آزاد می‌جنگیدند، پس از تشکیل حکومت جدید نیز با دستگیری‌ها و آزارهای شدید روبه‌رو بودند.

سرنوشت جبههٔ ملی و مبارزاتش برای برقراری دموکراسی در ایران، به عنوان سمبل جان‌سختی و مبارزه و روح آزادی‌خواهی، بخشی از تاریخ مبارزات عدالت‌طلبی ایران باقی ماند.

شاه، در ایام اتحاد مخالفانش علیه خود، سعی کرد برای آرام کردن شرایط و بهبود وضعیت سیاسی اجتماعی، با گروه‌های مخالف راه سازگاری و همکاری در پیش گیرد، حتی به آن‌ها پیشنهاد شراکت و همکاری در امر ادارهٔ مسائل کشور را داد تا شاید بتواند از وقوع انقلاب و براندازی حکومت جلوگیری کند؛ از این رو، شاهپور بختیار را به نخست وزیری برگزید. در آن موقعیت، بختیار به پدرم پیشنهاد همکاری برای تشکیل دولت جدید را داد، اما پدر پیشنهاد او را رد کرد. هرچند بعد از سقوط شاه و بختیار و تشکیل حکومت جمهوری اسلامی، در دولت جدید پذیرفت که سفیر ایران در اسپانیا باشد.

در این روزگار، عراق به ایران حمله کرد و حکومت جدید ایران دست به خرید و تهیهٔ اسلحه از هر کشور و سازمانی که ممکن بود می‌زد. یکی از این کشورها اسرائیل بود که غیرمستقیم و از طریق اسپانیا، با ایران وارد معاملهٔ اسلحه شده بود. آن زمان، پدرم، در کسوت سفیر ایران در اسپانیا، تحت فشار قرار گرفته بود تا قراردادهای لازم را در این مسیر امضا کند، اما در باطن، این قراردادها یکی از راه‌های دزدی و اختلاس‌های

مالی برخی دست اندرکاران ناباب و منفعت‌طلب در حکومت اسلامی و جدید ایران بود. آن‌ها به این بهانه که سربازان و جوانان بی‌گناه ایرانی در جبهه‌های جنگ در حال کشته شدن هستند، پدرم را برای امضای قراردادها تحت فشار قرار می‌دادند، اما پدرم که دربارهٔ نیت سودجویانهٔ آن‌ها تردید داشت، تمایلی به امضای چنین قراردادهایی نداشت. پول‌های هنگفت این قراردادها به حساب‌های بانکی ایران، که متعلق به متصدیان عقد این چنین قراردادهایی بودند، سرازیر می‌شد، درحالی که هیچ اسلحه و مهماتی در کار نبود و چیزی وارد کشور نمی‌شد.

بعد از مدتی، از پدرم خواسته شد برای بررسی وضعیت این قراردادها و نتایج آن‌ها به ایران سفر کند، اما درحقیقت، تله‌ای برای زندانی کردن او بود؛ چراکه هرگز پایش به فرودگاه بین‌المللی تهران، یعنی مهرآباد، نرسید، انگار ناگهان ناپدید شده بود، به همین سادگی. دو سال طول کشید تا با تلاش‌های مادرم و عموها و وکلای متعدد بفهمیم او زنده است و در زندان اوین به سر می‌برد، درست مانند زمان شاه. دو سال و نیم طول کشید تا بتوانیم او را از زندان بیرون بیاوریم. درنهایت معلوم شد که از پدرم خطایی سر نزده بود و ما خود این را به خوبی می‌دانستیم. او فقط می‌خواست به کشور و مردمش وفادار بماند، اما کتک خورده و تحقیر شده و اسارت کشیده بود.

بعد از اثبات بی‌گناهی پدرم، افرادی که از آن معاملات، پول‌های هنگفتی به جیب زده بودند، از کشور فرار کردند، اما پدرم در حصر خانگی به سر می‌برد و نه تنها به او اجازهٔ ترک کشور، بلکه ترک شهرش را هم نمی‌دادند. این وضعیت سیزده سال ادامه داشت.

من خود می‌دانم که قوی بودن و مقاومت در برابر سختی‌ها را از پدرم آموخته‌ام. او

گاه برخی ماجراهایی را که طی دوران سیاه زندان بر او گذشته بود برایم شرح می‌داد. زمستان‌های ایران سخت و گزنده است، نیمی از کشور با روسیه و افغانستان مرز

مشترک دارد. تهران شهر بسیار گستردهای است، درست مانند دِنوِر، و برف سنگینی را در زمستان به خود میبیند. پدرم میگفت که هفتهای یک بار به او اجازه میدادند در حیات زندان برای هواخوری قدم بزند. حیاتی که حوضی کوچک داشت، با فوارهای در وسط خود. او لباسهایش را از تن میکَند و یخ حوض کوچک را میشکست و در آب غوطهور میشد، درحالیکه سربازان اسلحه به دست با لباسهای گرم، اطراف حوض، میایستادند و حمام کردن او را میان یخ و سرما تماشا میکردند.

تقریباً تمامی دوستان مبارز و هم رزم پدرم بعد از انقلاب و خروج شاه اعدام شدند. برخی هم که از کشور گریخته بودند، گوشهای از روزگار به قتل رسیده بودند.

پدرم برایم میگفت که در روزگار سخت زندان پیوسته به خود خاطرنشان میکرد که قرار نیست در زندان بمیرد؛ چون آرزویش این بود که تنها پسرش، یعنی مرا، یک بار دیگر از نزدیک ببیند و در آغوش بگیرد.

همان طور که قبلاً گفتم، پدرم در زمان حکومت روحانیون نیز بارها شکنجه شده بود، از کشیده شدن ناخنها و شوک الکتریکی به اعضای بدن تا ترفند رولت روسی [۱] و غیره، تمام اینها روح و روان او را به شدت فرسوده کرده بود. او تعریف میکرد: «زمانی که به یکی از زندانیان گفته میشد که شام را با زندانبان صرف خواهد کرد، یعنی دیگر قرار نبود آن زندانی را ببینیم. پس، زندانی نگونبخت پیش از رفتنش همهٔ متعلقات ناچیزش را به زندانیان میبخشید و با همسلولیهایش خداحافظی میکرد. در زندان، سه بار این کار را، صوری، سر پدرم آورده بودند، با این تفاوت که هربار، بعد از مدتی، او را به سلول بازمیگرداندند. آنها با این کار میخواستند مقاومت روانی پدرم را در هم بشکنند، اما هرگز موفق به این کار نشده بودند.

---

۱ - نوعی شرطبندی بر سر مرگ و زندگی.

پدرم نهایتاً از زندان آزاد شد. آن روز، سرپوشی بر سر و صورتش کشیده بودند و درحالی که به دست‌هایش، رو‌به جلو، دستبند زده بودند، او را جایی می‌بردند، اما آن موقع نمی‌دانست کجا می‌رود، حتی قادر به دیدن جلوی پایش نبود، تنها صدای چکمهٔ سربازان و گلنگدن تفنگ‌هایی را که برای شلیک آماده می‌شدند می‌شنید. او را، درحالی که در محاصرهٔ عده‌ای سرباز بود، پشت کامیون ارتش سوار کردند و وقتی پرسیده بود که کجا می‌برندش، تنها گفته بودند که خفه شود و چیزی نپرسد! نیم ساعت در راه بودند، درحالی که از سرنوشتی که در انتظارش بود و اینکه کجا می‌رود و چه خیالی برایش دارند، هیچ نمی‌دانست. سرانجام در نقطه‌ای کامیون توقف کرد و او را پایین کشیدند. صدای پای سربازان را می‌شنید. پوشش روی سر و صورتش را برداشتند و توانست وضعیت اطرافش را ببیند؛ مکانی در ناکجاآباد با دوازده سرباز در اطرافش. یکی از آن‌ها به طرف پدرم آمد و او را به سمتی هدایت کرد و گفت که شروع به راه رفتن کند. پدرم امتناع کرد و به آن‌ها گفت: «اگر قرار است مرا بکشید، همین الآن شلیک کنید؛ چون می‌توانم به صورتتان نگاه کنم.»

سرباز او را هل داد و سرش فریاد کشید:«راه بیفت!» با ضربهٔ سرباز نزدیک بود بر زمین بیفتد. دوباره به او امر کردند که خفه شود و فقط راه بیفتد و او ناچار، پشت به سربازان و کامیون، شروع به گام برداشتن کرد و هر لحظه منتظر شلیک آن‌ها بود. سربازان مشغول ور رفتن با اسلحه‌شان بودند، گویی آماده می‌شدند هر لحظه شلیک کنند، اما به یک‌باره صدای پای سربازان شنیده شد که دور می‌شدند و موتور کامیون روشن شد و صدای دور شدنش به گوش می‌رسید.

پدرم دقایقی بهت زده پشت به آن‌ها ایستاده بود، دقیقاً مطمئن نبود چه اتفاقی افتاده است. آیا این هم کلک بود؟ اما وقتی به پشت سر برگشت، دید که سربازان و کامیون دور شده‌اند و فهمید که آزادش کرده‌اند. پس، به راه افتاد و بعد از چندین مایل پیاده روی توانست اتومبیلی را نگه دارد و سوار شود. آنچه بر او گذشته بود، برای راننده

شرح داد. صاحب اتومبیل، که انسان شریفی بود، پدرم را به شهر رساند. آنجا با پول ناچیزی که در زندان، به اندازۀ تلفن کردن در اختیارش گذاشته بودند، به مادرم تلفن زد و به آن‌ها گفت که زنده است. عمویم بلافاصله دنبالش رفت و او را به خانه برد؛ جایی که ۱۳سال، تحت حبس خانگی، به زندگی ادامه داد.

در این بحبوحه، من که ساکن امریکا بودم، توانستم اقامت امریکا را بگیرم و برای والدین و خواهرانم تقاضای کارت سبز کنم. جالب اینکه ویزا و کارت سبزشان به سفارت ایران در مادرید اسپانیا فرستاده شده بود؛ محلی که باید برای مصاحبه و دریافت گرین کارت در آنجا حاضر می‌شدند. پدرم نتوانست از کشور خارج شود، اما خواهرانم که در مادرید و سایر کشورهای اروپایی سکونت داشتند توانستند به موقع در سفارت حاضر شوند. بعدها، بعد از ۱۸ سال زندان و حبس خانگی، به پدرم اجازه داده شد برای دیدار من به امریکا بیاید. او درحالی‌که همسر، دختر بزرگ، داماد و نوه‌اش را هنوز در ایران داشت به امریکا آمد.

پس از حدود یک ماه اقامت در امریکا، از سفارت ایران به خواهرم که ساکن اروپا بود تلفن کردند و خواستار بازگشت پدرم شدند. پس، پدرم به ناچار تصمیم گرفت بازگردد. من با خشم فریاد می‌زدم:«نه! دیگر اجازه نمی‌دهم».

بعد از سال‌ها دوری و آنچه سرش آورده بودند، نمی‌توانستم تحمل کنم و اجازه بدهم به ایران و محبس بازگردد، اما او به خاطر مادر و خواهرم و خانواده‌اش که هنوز ساکن ایران بودند، ناچار به بازگشت بود. حکومت به او گفته بود که اگر بازنگردد، پیکر اعضای خانواده‌اش را در ایران در کیسه می‌کنند و برایش می‌فرستند.

دوران سختی بود، به خصوص که من به تازگی، به عنوان کاپیتان بوئینگ ۷۷۷ دورۀ آموزشی‌ام را در امریکا آغاز کرده بودم. پس، ناچار شدیم با روحی ماتم‌زده و قلبی پُر از اندوه از یکدیگر خداحافظی کنیم. ما نمی‌دانستیم آن‌ها برای پدرم چه برنامه‌ای

دارند. آیا می‌خواهند او را بکشند؟ یا مجدداً به زندان بیندازند؟ یا در حبس خانگی گرفتار کنند؟ پس از بازگشت به ایران، به پدرم گفته بودند که دیگر هرگز اجازهٔ خروج از کشور را به او نخواهند داد، اما ما تصمیم گرفته بودیم مادر و خواهر و خانوادهٔ خواهرم را از ایران خارج کنیم تا درصورتی که پدرم توانست مجدداً کشور را ترک کند، دیگر نگران تهدید و آزار خانواده در ایران نباشیم.

تقریباً یک سال زمان برد تا بتوانیم سایر اعضای خانواده را از ایران بیرون بیاوریم، همه، به جز پدرم. به او گفته بودند که اجازهٔ خروج از کشور را ندارد. نام او در فهرست سیاه حکومت بود. پدرم با هم قطاران سیاسی‌اش صحبت می‌کرد و از آن‌ها تقاضا می‌کرد پیگیر شوند و ببینند به چه دلیلی مانع خروجش از کشور می‌شوند. پس از یک ماه، به او گفته شد که بعد از ۱۹ سال دوباره پرونده‌اش گشوده و بازبینی شده است و سرانجام اجازهٔ خروج از کشور صادر شد.

غروب روزی که قرار بود از ایران خارج شود، دوستانش به افراد زیادی در فرودگاه رشوه داده بودند تا نهایتاً بتواند کشور را ترک کند.

بالأخره بعد از سالیان طولانی، خانوادهٔ ما، همگی، توانستند در امریکا کنار یکدیگر باشند. نهایتاً پدرم همراه مادرم ساکن امریکا شد و ۲۵ سال پس از آن، هر دو شاهد رشد و بالندگی فرزندان و ازدواج و تولد نوه‌ها بودند. متأسفانه در مه ۲۰۱۸ پدرم چشم از جهان فروبست.

او، علی اصغر بهنام، دموکرات‌ترین مردی بود که می‌شناسم. و، در موقعیت‌های متعدد بارها به من گفته بود که همهٔ کسانی را که دستگیر یا حتی شکنجه‌اش کرده‌اند بخشیده و فراموش کرده است. تنها گناهی که این مرد مرتکب شده بود، دوست داشتن و احساس مسئولیت در برابر کشور و هم‌وطنانش بود.

پدرم سختی‌های طاقت فرسایی را تاب آورد و الگوی برجسته‌ای برای من و بسیاری از افراد دیگری که او را می‌شناختند شد. صدها نفر، از دور و نزدیک، در مراسم خاک‌سپاری او حضور داشتند؛ چراکه در نظر مردمان بسیاری محترم بود.

پدرم سختی‌های طاقت فرسایی را تاب آورد و الگوی برجسته‌ای برای من و بسیاری از افراد دیگری که او را می‌شناختند شد. صدها نفر، از دور و نزدیک، در مراسم خاک‌سپاری او حضور داشتند؛ چراکه در نظر مردمان بسیاری محترم بود.

بخش پنجم

سال ۲۰۱۸

در موقعیت مرگ و زندگی در کابین خلبان، زندگی خودم و عزیزانی که دوستشان دارم، مقابل چشمانم رژه می‌روند، مانند فیلمی سینمایی که روی دور تند گذاشته شده باشد، زمانی که ایران را ترک کردم، مادرم، خواهرانم، فرزندانم، لحظهٔ تولد و بزرگ شدنشان و بیماری پدرم. پدرم بیمار بود و واپسین ماه‌های زندگی‌اش بود. به خودم می‌گویم: «من حتماً دوباره او را خواهم دید، نمی‌توانم بگذارم تنها و بیمار باشد و من کنارش نباشم. در ذهنم تکرار می‌کردم: «هواپیما را به خوبی کنترل می‌کنم، آرام و بدون نگرانی، همه چیز را هدایت می‌کنم.»و با خودم تکرار می‌کردم: «اجازه نده اضطراب و نگرانی‌ات به همکارانت منتقل شود. جان ۳۸۱ نفر در دستان توست.»

هواپیما به سمت راست متمایل می‌شود، ۴۰ درجه چرخش در اف ال ۳۶۰[1] در ۰/۸۳ ماخ[2]. ابزار و دستگاه‌های داخل کابین طوری حرکت می‌کنند و می‌لرزند که به سختی می‌توان متوجه پیامهایی شد که باید از آن ها گرفت. سر و صداها کر کننده

۲- Mach، سرعت صوت.

است، درست مانند اینکه ساختمان صد طبقهٔ فلزی‌ای یک‌باره در کابین خلبان فروریزد.

سعی کردم با استفاده از بالهٔ متحرک بال چپ، تمایل هواپیما را به یک سمت قدری متعادل و کنترل کنم و سکان چپ را برای جبران انحراف به کار گیرم.

باید دقت می‌کردم؛ چراکه هواپیما در حالت گردش ۴۵ درجه‌ای روی یک بال، دو برابر سنگین‌تر از هواپیمایی است که در حالت تعادل است و مستقیم حرکت می‌کند؛ زیرا چنین شیب تندی نیروی گرانشی شدیدی را به هواپیما تحمیل می‌کند و اگر خلبان بخواهد همهٔ عواملی را که طی پروازی عادی به کار می‌گیرد، در شرایط این چنینی استفاده کند، بدون تردید هواپیما متلاشی خواهد شد.

به یاد آوردم که مدت کوتاهی بعد از فاجعهٔ ۱۱ سپتامبر، پرواز شمارهٔ ۵۷۸ امریکن اِیرلاین حین پرواز دچار تکان‌های شدیدی شد و کمک‌خلبان با ضربهٔ بیش ازحد خود به پدال‌ها فشار مضاعفی بر هواپیما وارد کرد و موجب آسیب دیدن سکان عمودی شد؛ درنتیجه، کنترل هواپیما را از دست داد و متأسفانه تراژدی سقوط هواپیما و کشته‌شدن ۲۶۰ مسافر و ۵ نفر روی زمین رقم خورد.

به خودم می‌گویم: «نه! چنین سرانجامی سرنوشت ما نخواهد بود. مهم نیست حجم مشکل پیش‌آمده چقدر زیاد باشد، من باید تمرکزم را تمام و کمال حفظ کنم. نباید خونسردی‌ام را از دست بدهم.»

اما گذشته، از همهٔ این‌ها، انگار در حال پرواز با موشک کروزی بودم که از کنترل خارج شده بود و با سرعت ۵۰۰ مایل در ساعت پیش می‌تاخت. هیچ فرصت اضافه‌ای برای ترس یا هول شدن نیست. تمرکزم تنها بر این است که آسمان آبی را بر فراز سرمان نگه دارم. می‌خواستم رنگ آبی (آسمان) را بر فراز هواپیما ببینیم و رنگ

خاکی (زمین) را زیر پای هواپیما. پس پی درپی تکرار می‌کردم :«آسمان را بر فراز سرت نگاه دار تمرکز و تکیه‌ات بر پرواز بدون خلبان خودکار باشد!»

وضعیتمان مشابه راندن اتومبیلی ترمزبریده با باک پر از بنزین بود. نفس عمیقی می‌کشم و احساس می‌کنم هنوز می‌توانم هواپیما را کنترل کنم. با خود تصمیمی می‌گیرم: «امروز آن روزی نیست که قرار است بمیرم.»

انگار جان می‌کنم تا تراز هواپیما را برقرار کنم، دست‌هایم روی کنترل فرمان قرار دارد، حتی درمی‌یابم که می‌توانیم همچنان به پرواز ادامه دهیم، هرچند که می‌دانم کار بسیار سختی است. هرچه از دشواری این موقعیت شرح بدهم کم گفته‌ام. هواپیما نه درست حرکت می‌کند و نه با فرمان‌های ما درست هدایت می‌شود.

میان سروصدای وحشتناک داخل کابین، با فریاد از پل می‌پرسم :«چه اتفاقی می‌تواند افتاده باشد؟» و او هم با فریاد جواب می‌دهد: «نمی‌دانم! تمام اطلاعات دریافتی‌مان از موتورها می‌گویند که همه چیز عادی است!»

البته که آن اطلاعات به ما دروغ می‌گویند: «همه چیز عادی است!»

در این لحظه اِد می‌گوید: «شاید با هواپیما یا شیء دیگری برخورد کرده‌ایم!» اما بعید می‌دانم؛ زیرا در ارتفاع کمتر از ۱۸ هزار پا، ترافیک هوایی بالاست. هواپیماهای سسنا ۱۵۲ و صدها هواپیمای نامعلوم دیگر، که بخشی از سیستم هوایی نیستند، فراوان‌اند، اما در ارتفاع بالای ۱۸ هزار پا، یعنی جایی که ما هستیم، فضا کاملاً کنترل شده است و هر هواپیمایی باید تحت سیستم آی اِف آر[1] باشد. در این ارتفاع، برج مراقبت پرواز باید بداند که هر هواپیما دقیقاً کجاست. علاوه بر آن، ما سیستم مخصوصی برای جلوگیری از تصادفات هوایی داریم[2] و درصورتی که هواپیمایی دیگر یا مانعی به

---

۱ ـ قوانین دستوری پرواز.

۲ TCAS

سمت ما بیاید، پیشاپیش مطلعمان می‌کند، اما در آن موقعیت، هیچ مانعی در کار نبود، سیستم آی اف آر خاموش است و هیچ مانعی را نشان نمی‌دهد. در ارتفاع ۳۶ هزار پا حتی هیچ پرنده‌ای امکان پرواز ندارد.

در میان سروصدای کرکننده‌ داخل کابین فریاد می‌زنم:«یعنی چه؟ نمی‌فهمم چه خبر است.»

بعد از ۳۵ ثانیه، اطلاعاتِ موتور سمت راست از صفحهٔ کامپیوتر محو می‌شود. دیگر هیچ اطلاعاتی درباره‌ میزان بنزین موتور سمت راست در اختیار نداریم. تمام دستگاه‌ها و نشانه‌های اطلاعاتی موتور معیوب کاملاً از کار افتاده‌اند.

درحالی که امیدوارم همکاران داخل کابین بتوانند صدای من را میان آن همه سروصدای گوش‌خراش بشنوند فریاد می‌زنم:«به نظرم با تخریب اساسی موتور مواجهیم.»

هواپیما به شکل ترسناکی به یک سو کشیده می‌شود، طوری که دیگر نمی‌توانم پرواز در وضعیت مستقیم یا ارتفاع مناسب را حفظ کنم.

در این لحظه تصمیم می‌گیرم موتور سمت چپ را با تمام نیرو به کار بیندازم، می‌خواهم تمام قدرتِ رانشِ موتور سمت چپ را به کار گیرم تا هواپیما را از کاهش ارتفاع و سقوط حفظ کنم. تمام تلاشم رسیدن به نقطهٔ تعادل و کنترل هواپیماست.

در آن لحظات سرنوشت‌ساز و حیاتی، گویی نیرویی غریزی به من فرمان می‌داد که هر ذره از مهارتی را که طی این چهل سال پرواز اندوخته‌ای به کار گیر.

از پال خواستم فهرست آسیب‌های جدیِ موتور را بررسی کند. بالهٔ متحرک و سکان سمت چپ خوشبختانه درست کار می‌کنند و من آن‌ها را کاملاً کنترل می‌کنم.

شاخص سرعت‌سنج به عقب برگشته است. نمی‌خواهم در هوا کاهش سرعت شدید داشته باشم. برای ادامهٔ حرکت و جلوگیری از سقوط، به سرعت نیاز است.

دماغهٔ هواپیما را پایین می‌گیرم. با پایین آوردن دماغهٔ هواپیما، سرعت هواپیما را تثبیت می‌کنم و مانع کاهش آن می‌شوم؛ چراکه اگر سرعت کمتر از حد لازم باشد، هواپیما نمی‌تواند به پرواز و پیشروی ادامه دهد و سقوط خواهد کرد.

کابین هواپیما به قدری دچار تکان‌های شدید و عجیب است که پال حتی قادر به فشار دادن دکمهٔ چک‌لیست اضطراری نیست. خوشبختانه اِد به داد پال می‌رسد و با کمک گرفتن از حافظه‌اش چک‌لیست را بررسی می‌کنند در این لحظه فکر کردم باید قدردان آموزش‌های سخت‌گیرانهٔ شرکت هواپیمایی یونایتد بود که چنین خلبانان کارآمدی را پرورش می‌دهد. در آن وضعیت، من دودستی به فرمان هدایتگر هواپیما چسبیده‌ام تا بتوانم تعادل میان ارتفاع و سرعت پرواز را متعادل نگاه دارم.

پال: سیستم پرواز خودکار خاموش!

اِد: سیستم پرواز خودکار خاموش!

پال: دریچهٔ بنزین تراتل؟ خاموش!

من و اِد پاسخ می‌دهیم: «خاموش!»

پال: کلید کنترل سوخت موتور سمت راست قطع!

و ما تأیید می‌کنیم:«قطع!»

در این لحظه، پال دچار تردید می‌شود.

در چنین موقعیتی کاملاً واضح است که با یک موتور کنترل ناپذیر و معیوب مواجهیم، وگرنه هیچ توجیه دیگری برای این شرایط وجود ندارد. هواپیما، مانند اسبی وحشی، رفتار می‌کند و حرکت‌های شدیدش پایانی ندارد، چراغ‌ها خاموش و روشن می‌شوند و صدای آژیر کرکننده است.

فریاد می‌زنم: «پال! خاموشش کن! والّا من نمی‌توانم وضعیت را کنترل کنم.»

پال برای اینکه تأکید کند از دستورم اطاعت می‌کند، با تردید می‌گوید: «کاپیتان!» و من مجدداً فریاد می‌زنم:«خاموشش کن پال!»

پال: «قطع! دستور اطاعت شد.»

و من و اِد تکرار می‌کنیم: «تأیید شد!»

اتفاقات داخل هواپیما به من می‌گفت که باید موتور سمت راست را که آسیب دیده بود خاموش کنیم.

هر سه به کلید کنترل سوخت نگاه می‌کنیم. باید مطمئن شویم موتور معیوب را از کار انداخته‌ایم.

دوباره فریاد می‌زنم: «پال! موتور سمت راست را خاموش کن.»

پال برای تأیید حرف من می‌گوید: «کاپیتان!»

اما بعد از خاموش کردن موتور سمت راست، لرزه‌های هواپیما همچنان باقی است.

اِد می‌گوید: «اهرم خاموش کردن موتور سمت راست را بکش.»

هر سۀ ما به اهرم روشن کردن موتور سمت راست نگاه می‌کنیم. پال اهرم را می‌کشد و ورود بنزین به موتور سمت راست هواپیما را متوقف می‌کند و موتور خاموش می‌شود. تا قبل از این اقدام، اگر لرزش‌های هواپیما را نمره‌گذاری کنیم، ۱۵ بود، اما بعد از قطع ورودی سوخت به موتور سمت راست، لرزش‌ها تا عدد ۷ کاهش یافت و تا لحظۀ فرود هواپیما همچنان با همین شدت باقی بود.

از این مرحله به بعد، ما دیگر متکی به چک‌لیست نیستیم؛ چراکه این اقدام آخر ما، یعنی خاموش کردن موتور سمت راست هواپیما، در چک‌لیست نبود و از آن لحظه به بعد، اقداماتمان دیگر ورای آموزش‌ها و تعلیماتی بود که تاکنون برای مقابله با چنین شرایطی دیده بودیم. گویی چک‌لیست و قانون‌نامۀ جدید خود را در ذهن می‌آفریدیم

و از آن پیروی می‌کردیم. درواقع، با روش خود آمادهٔ مواجهه با شرایط پیش رو و کنترل آن بودیم.

حتی با کاهش حرکات شدید هواپیما باید بگویم که مخاطرات و تکان‌ها آن‌قدر همچنان شدید بود که گویی تنها چسب زخمی بر زخم عمیقی زده بودیم و هنوز زیر آوار زلزله‌ای ۹ ریشتری قرار داشتیم یا کامیون ۱۸ چرخی، با سرعت ۲۰۰ مایل در ساعت و بدون فنرهای سرعت‌گیر، روی ریل راه‌آهن در حرکت است. این وضعیت به شدت پرخطر و کنترل ناشدنی و خارج از هر قاعده‌ای است. آنجا بود که دریافتیم اگر مشکل، تنها، آسیب یا خرابی موتور سمت راست بود، با خاموش کردن آن باید تمام این اوضاع خطرناک کنترل می‌شد و تکان‌های وحشتناک کابین خلبان آرام می‌گشت، اما چنین نشد.

در شرایط این چنینی، یعنی زمانی که آسیب شدیدی به یکی از موتورها وارد شود و چک‌لیست را بررسی کنی و موتور معیوب را از کار بیندازی، هواپیما در وضعیتی مشابه پرواز بر بال باد می‌تواند به حرکتش ادامه دهد، هرچند متفاوت؛ اما به آرامی قادر خواهد بود به پرواز ادامه دهد، ولی وضعیت ما متفاوت بود؛ طبق پیش‌بینی‌ها و آموزه‌های معمول، مشکلی به نظر نمی‌آمد؛ یعنی ما باید بتوانیم صحبت کنیم، نه اینکه به دلیل سروصداهای ناهنجار و گوش‌خراش ناچار به فریاد کشیدن شویم.

از اِد خواستم شرایط اضطراری ما را با استفاده از کلمهٔ مخصوص «مِی ـ دِی»، به برج

مراقبت فرودگاه هونولولو ارسال کند و پال بلافاصله این کار را انجام می‌دهد:«مِی دِی، مِی دِی، مِی دِی، پرواز ۱۱۷۵ یونایتد. موتور ما دچار سانحهٔ شدیدی شده است. درحال حاضر، ما در شرایط پرواز اضطراری به سر می‌بریم. لازم است فضای پرواز برایمان خالی شود و اولویت فرود را به ما بدهند،» اما پاسخی نمی‌شنویم. در آن

شرایط، هر ثانیه، به اندازهٔ بی‌نهایت، کش‌دار است، اما سرانجام برج مراقبت هونولولو پاسخ می‌دهد: «مجدداً تکرار کنید!»

گویی هرگز تصورش را هم نمی‌کنند که هواپیمای بوئینگ ۷۷۷ بر فراز اقیانوس اعلام وضعیت اضطراری کند.

می‌پرسند: «آن پرواز چند نفر مسافر دارد؟» به این دلیل، چنین سؤالی را می‌پرسیدند که بتوانند سازمان‌هایی، نظیر بیمارستان‌ها، آتش‌نشانی، اف بی آی، پلیس و هر نهاد لازم دیگری، را به منظور آمادگی برای بدترین شرایط ممکن فرا بخوانند، اعم از اینکه هواپیما روی باند فرودگاه سقوط کند یا از باند خارج شود یا در آب سقوط کند، زنده یا مرده، آن‌ها باید برای رسیدگی به حال تمام مسافران پرواز آماده باشند.

اِد پاسخ داد:«۳۸۱ نفر».

در آن لحظه احساس کردم کسی یک سطل پر از یخ را روی سرم خالی کرده است، ۳۸۱ نفر؟ پدر، مادر، فرزند، بچه، عاشق، خواهر و برادر، جان تمامی آن‌ها در دستان ماست. به خودم گفتم که تک تک این افراد امید و اعتمادشان را به من گره زده‌اند و من نمی‌توانم به این اعتماد بی‌وفایی کنم.

برج مراقبت هونولولو می‌پرسد: «چقدر سوخت دارید؟»

لازم است این را نیز بدانند. باید بدانند تا چه مسافتی می‌توانیم پرواز کنیم. ما سوخت اضافه برای تغییر مسیر نداریم، اما متأسفانه پرسش برج مراقبت دربارهٔ میزان سوخت فقط به این دلیل نیست، بلکه دلیل نگران‌کننده‌تری وجود دارد و آن اینکه در صورت برخورد با زمین، با سوخت خالی، شاید خطر چندان وحشتناکی پیش روی هواپیما و مسافران نباشد، اما با سوخت ۵۰ هزار پوند، هواپیما، مانند موشکی جنگی، با

سرعت ۶۰۰ مایل در ساعت، به زمین برخورد خواهد کرد و همه چیز، ازجمله مسافران، آتش می‌گیرند و به پودر تبدیل خواهند شد.

اِد پاسخ می‌دهد: «سوخت هواپیما یک ساعت و پانزده دقیقه».

حال، وقتی وضعیت اضطراری محرز می‌شود، دکمه‌ای در مرکز شبکهٔ پرواز یونایتد در شیکاگو فشرده می‌شود و همگی را از وجود آن شرایط خاص آگاه می‌کند. در آن لحظه، هرکه مشغول انجام هر کاری، اعم از گفت‌وگو، خوردن قهوه، کار یا شوخی است، باید همه را زمین بگذارد و تمام هوش و حواس و چشم‌هایش به شرایط خاص پرواز هواپیما در موقعیت اضطراری متمرکز شود. آن‌ها همگی می‌توانند روی صفحات کامپیوتر و رادارها محل هواپیمای ما را مشاهده کنند و لحظه به لحظه وضعیتمان را دنبال کنند. آن روز، در آن موقعیت خطرناک، همه می‌دیدند که ما بر فراز اقیانوسیم، همه در اتاق وضعیت اضطراری جمع شده بودند و سؤالات مشخصی ذهن همگی را درگیر کرده بود:

- از دست ما چه کاری برمی‌آید؟
- چه می‌توان کرد؟
- اگر سانحه‌ای اتفاق بیفتد یا ناچار به فرود اضطراری باشند چه؟

و تا ۴۲ دقیقهٔ بعد، همه از شدت اضطراب گویی روی زغال گداخته قدم می‌زدند.

✳✳✳✳✳

اطلاعات کاهش پرواز را درخواست کردم.

پال پاسخ می‌دهد:«۲۳ هزار پا، سرعت هوایی ۲۳۰ گره.»

باید سرعت پرواز را بدانم و حفظ ارتفاع، تنها، با یک موتور غیرممکن است، اما ما ناچاریم هواپیما را درحال پرواز نگه داریم.

باید چک‌لیست کاهش هواپیما را بررسی می‌کردیم؛ چراکه بر اساس وزن هواپیما به ما می‌گوید که چه سرعت و ارتفاعی را باید حفظ و رعایت کنیم. در شرایط عادی می‌توانیم در ارتفاع ۳۶ هزار پا و سرعت ۲۶۵ گرهٔ هوایی پرواز کنیم، اما الآن، فقط با یک موتور محال است بتوان خود را با آن سرعت و ارتفاع نگه داشت.

پس همان طور که قصد داشتم ارتفاع را به ۲۳ هزار پا برسانم، باید سرعت را به ۲۴۰ گره کاهش می‌دادیم. در این حین، با رسیدن به ارتفاع ۳۳ هزار پا، میان ابرها قرار گرفتیم و دیگر هیچ چیزی مقابلمان قابل رؤیت نبود.

زمانی که به سرعت ۲۴۰ گره رسیدیم، هواپیما شروع به حرکات ضربه‌وار و پی‌درپی کرد و استیک شیکرِ[1] فعال شد و در واقع به ما می‌گفت که در شرایط استال[2] هستیم؛ یعنی شرایطی شبیه مکث در هوا.

معمولاً برای اینکه هواپیما از وضعیت سکون در هوا نجات یابد، باید موتور سمت چپ را با رانش حداکثری و تمام قدرت به کار بیندازیم و دماغهٔ هواپیما را پایین بیاوریم، اما من پیشاپیش هواپیما را در این وضعیت قرار داده بودم. پس، دماغهٔ هواپیما را نیز پایین آوردم.

هواپیما ۳-۴ هزار پا در دقیقه ارتفاع کم می‌کرد. در ذهنم، کاهش ارتفاع هواپیما و باند فرودگاه هونولولو را تجسم می‌کردم.

✳✳✳✳✳

به یاد دارم قبلاً هم تقریباً در چنین شرایطی قرار گرفته بودم؛ شرایطی نظیر اینکه ناچار شوم نوک هواپیما را بالا ببرم، اما نه نوک هواپیمای غول‌آسای ۷۷۷ را، بلکه هواپیمای

Stick Shaker-۱

۲ - Stall. واماندگی در پرواز.

ملخی موونی اِم ۲۰[1] که تنها دارای چهار صندلی بود. خوب به خاطر می‌آورم که در جنوب دریاچۀ تاهو بودیم، با یک دانشجوی خلبانی و دو مسافر دیگر پرواز می‌کردیم. داشتم به او یاد می‌دادم چطور هواپیما را بلند کند و در مناطق مرتفع چگونه فرود بیاید. ارتفاع تاهو بالای ۱ هزار پا از سطح دریاست، اما در یک روز گرم، همین شرایط برای هواپیما و پرواز متفاوت خواهد بود؛ زیرا در هوای گرم، ارتفاع ۲ هزار پا تلقی می‌شود؛ یعنی حتی زمانی که روی زمین نشسته‌ای، هنوز برای هواپیما حکم این را دارد که در ارتفاع ۲ هزار پا هستی. به عبارت دیگر، پرواز در روزهای گرم سخت‌تر است. آن روز، بهتر بود که بر فراز دریاچه پرواز کنی، اما جهت وزش باد ما را واداشت به طرف یکی از کوه‌های نزدیک برانیم و سپس ناچار شدیم به سمت چپ تغییر جهت بدهیم و به‌سوی دریاچه برویم.

شاگرد خلبانِ من هدایت هواپیما را به عهده داشت و دست‌هایش روی فرمان کنترل هواپیما بود. بر بال باد سوار شده بودیم، اما آن‌طور که انتظار داشتیم هواپیما اوج نمی‌گرفت و، از سویی، به کوه‌ها نزدیک می‌شدیم. متأسفانه او ترسید و برای اوج گرفتن بیشتر، نوک هواپیما را به سمت بالا گرفت و من بلافاصله گفتم: «نوک هواپیما را بالا نگیر!» اما او از شدت ترس فقط تکرار می‌کرد:«کوه‌ها! کوه‌ها!»

اغلبِ آدم‌ها تصور می‌کنند وقتی هواپیما به کوهی نزدیک می‌شود و خطر برخورد تهدیدشان می‌کند، فقط کافی است نوک هواپیما را به سمت بالا ببرند. پس، دیگر خطر رفع شده و همه‌چیز عادی است.

می‌توان گفت که این تصور تنها حاصل تماشای فیلم‌های هالیوود است؛ چرا که در واقعیت، با چنین کاری هواپیما از پرواز بازمی‌ماند و سقوط خواهد کرد؛ یعنی به همین سادگی، هواپیما سقوط می‌کند و شما هم راهی دنیای دیگر می‌شوید.

۱- Mooney M 20 ، نوعی هواپیمای کوچک.

همان‌طور که زاویۀ چرخش هواپیما را افزایش می‌دهید، وزن هواپیما، حتی وزن خود شما، هم افزایش می‌یابد مثلاً در زاویۀ ۶۰ درجه، وزن شما و هواپیما دو برابر می‌شود و در سرعت‌های بالاتر، به این وضعیت «سقوط تسریع شده» می‌گویند؛ چرا که در این شرایط، دیگر قوانین فیزیک علیه شما به کار افتاده است.

به کوه‌ها نزدیک می‌شدیم، باید هواپیما کمی به چپ می‌چرخید. شاگرد خلبانی من همچنان وحشت‌زده نوک هواپیما را به بالا و پایین تغییر جهت می‌داد. اگر اجازه می‌دادم به همین روش ادامه دهد، شرایط برای همگی ما که سوار هواپیما بودیم کاملاً خطرناک‌تر می‌شد. پس ناچار شدم به سرعت هدایت هواپیما را به دست بگیرم و به ۱۰ درجه چرخش به یک سو تغییر وضعیت دهم.

اگر ما ۲۰- ۳۰ یا ۴۰ درجه چرخیده بودیم، تا این حد به کوه‌ها نزدیک نمی‌شدیم، اما وزن هواپیما به طور چشمگیری افزایش یافته و امکان افزایش ارتفاع کم شده بود؛ از این رو، با سرعت کنترل‌ناپذیری به زمین سقوط می‌کردیم.

آن روز بر فراز کوه‌های اطراف تاهو و در آن شرایط غیرعادی سعی کردم فریادهای ناشی از ترس مسافران را نادیده بگیرم تا بتوانم با آرامش وظیفه‌ام را انجام دهم. شروع به کاهش ارتفاع هواپیما کردم تا آنجاکه تقریباً بالای نوک درختان پرواز می‌کردیم. تا فراز یک زمین گلف راندیم و آنجا سر هواپیما را به پایین متمایل کردم تا بتوانم سرعت هواپیما را بالا ببرم.

در موقعیت‌هایی نظیر این، سرعت پرواز و ارتفاع از مهم‌ترین ابزارهای خلبان است.

بسیاری از خلبانانی که بر فراز دریاچۀ تاهو و کوه‌های اطراف پرواز می‌کنند یا کسانی که از فرودگاه‌های مناطق مرتفع، از زمین برخاسته و به پرواز درمی‌آیند، جان خود را از دست داده‌اند؛ چراکه به اشتباه سعی کرده‌اند در ارتفاع سطح دریا پرواز کنند. در این حالت، هواپیما را در هوا دچار سکون می‌کنند و سقوط می‌کنند.

به پرواز بر سطح زمین گلف ادامه دادیم. درحالی که سعی می‌کردم سرعت و ارتفاع را افزایش دهم، هواپیما را به سوی فرودگاه تاهو هدایت کردم. با برج مراقبت فرودگاه تماس گرفتم و گفتم که ما دچار مشکل شده‌ایم و نمی‌توانیم به اندازهٔ کافی ارتفاع بگیریم. از آن‌ها درخواست کردم اجازه دهند بر فراز باند پرواز کنم تا بتوانم با چرخشی ۳۶۰ درجه‌ای به اندازهٔ لازم ارتفاع بگیرم. آن‌ها اجازه دادند و ترافیک پرواز فرودگاه را به حداقل کاهش دادند.

در فاصلهٔ ۵۰ پایی باند پرواز، نوک هواپیما را پایین گرفتم، سرعت را افزایش دادم. پس، سرعت لازم به دست آمد. نوک هواپیما را به سمت بالا گرفتم و بالا و بالاتر رفتیم. بر فراز دریاچهٔ تاهو قرار گرفتیم و تا ارتفاع ۱۰۰۰ پا اوج گرفتیم و از بالای کوه‌ها عبور کردیم. با این ترفندهای خلبانی، جان سه مسافر و هواپیما را نجات دادم.

✳✳✳✳✳

اما اکنون جان ۳۸۱ مسافر در گرو این پرواز است.

باید نوک هواپیما را پایین نگاه دارم تا هواپیما به پروازش ادامه دهد، اما اگر آن را کمی بیش ازحد پایین نگاه دارم، به سرعت ارتفاع کم می‌شود و در عرض ۱۰ دقیقه در سطح دریا قرار خواهیم گرفت.

و این به هیچ وجه گزینهٔ درستی نبود؛ چراکه هنوز ۴۰ دقیقه تا فرودگاه هونولولو فاصله داشتیم و باید تا حد ممکن در حالت پرواز باقی بمانیم. هنوز ارتفاع هواپیما ۳۳ هزار پاست و من در میان ابرها هیچ دیدی ندارم و مقابل چشمانم چیزی نمی‌بینم و تنها با اتکا به ابزار و اطلاعات پروازی که در اختیار دارم حرکت می‌کنم؛ یعنی با حس غریزی و توازن، مانند گذاشتن قطعه سنگ‌های کوچک روی یکدیگر، به‌گونه‌ای که تعادل خود را، سوار بر هم، حفظ کنند و فرونریزند. آن لحظه باید تنها بر تصمیمات و اقداماتم متمرکز باشم.

هرچند ممکن است مقایسهٔ غریبی به نظر بیاید، اما درواقع این‌طور نیست. زمانی که مشغول گذاشتن هر سنگ روی سنگی دیگر هستی، باید ذهنت کاملاً بر کاری که انجام می‌دهی متمرکز باشد. اگر آن لحظه مثلاً دربارهٔ مسائل و مشکلات روزانه‌ات فکر کنی، قادر به درک و برقرار کردن تعادل سنگ‌ها روی هم نخواهی بود. این نوعی از مراقبه (مدیتیشن) است که به نظرم بسیار تحسین برانگیز است. همیشه بعد از پروازی طولانی دلم می‌خواهد کنار رودخانه بروم و خودم را با این نوع مدیتیشن سرگرم کنم (برقراری تعادل تکه سنگ‌ها روی یکدیگر). گوش سپردن به صدای جریان آب کف رودخانه و آهنگ طبیعی پرندگان در طبیعت و وزش بادِ میان‌برگ‌های درختان، در ترکیب با تمرکزی که لازمهٔ روی هم قرار دادن دقیق تکه سنگ‌های شسته شده و صیقل یافته با آب رودخانه است، به شکلی باورنکردنی، آرامش بخش و فرازمینی است.

گویی در زمان حال، الآن و اینجا، با طبیعت و هستی در حال یکی شدن هستی. در آن شرایط دلهره‌آور به خود می‌گویم که هواپیما را بر زمین خواهم نشاند. سپس، سراغ مدیتیشن با سنگ‌های کنار رودخانه خواهم رفت. اگر یکی از تکه سنگ‌ها بیفتد، همه فروخواهند ریخت.

پس، آرامشم را حفظ می‌کنم و تمام حواسم را روی مسئولیتی که به عهده گرفته‌ام متمرکز می‌کنم. جان ۳۸۱ مسافر، مانند قطعه‌سنگ‌ها، باید در توازن باشد.

بخش ششم

سال ۱۹۷۳

به رغم تمام رنج‌ها و مشکلاتی که در مسیر خانوادهٔ ما بود، اما من کودکی‌ای را پشت سر گذاشتم که به آدمی که امروز هستم تبدیلم کرد. زمان‌هایی که پدرم زندان نبود و کنار خانواده بود، دوستانش در خانهٔ ما جمع بودند و دربارهٔ سیاست، شعر، هنر و موضوعات مهم بحث و گفت‌وگو می‌کردند و من عاشق این قبیل صحبت‌ها بودم. چنین موقعیتی که به لطف پدرم در خانهٔ ما پدید آمده بود، اشتیاق به آموختن و دانستن و کنجکاوی را در من برانگیخته بود. غروب‌های دورهمی، من اغلب روی زانوی پدرم می‌نشستم و میان افرادی که حدوداً ۲۵ تا ۳۰ سال داشتند، تنها کودک حاضر بودم که می‌نشستم و صحبت‌های بزرگ‌سالانی را می‌شنیدم که با سبیل‌های بلند و فراخ دربارهٔ آینده حرف می‌زدند. این شب‌های سرشار از هوشمندی و شور و خرد دنیای آن روزهای مرا شکل می‌داد. از حضور در این جمع‌ها آموختم که همواره باید خود را در حلقهٔ افرادی که بهتر از من می‌دانند و دانا و فرهیخته‌اند احاطه کنم. خاطراتم از این گردهمایی‌ها و گفت‌وگوها تا سال‌های جوانی و پس از آن همراهم بود.

در گذر زمان، بار دیگر، ادارهٔ سازمان امنیت (ساواک) پدرم را دستگیر کرد؛ سازمانی که هم وزن کا.گ.ب، سازمان امنیت آن زمان شوروی، بود.

آن سال‌ها هرگز نمی‌شنیدم پدرم از این دستگیری‌ها و وقایع زندان شکایتی کند و همیشه از شرح جزئیات اتفاقاتی که بر او می‌گذشت، به خصوص قسمت‌های تاریک‌تر آن، به شدت خودداری می‌کرد.

دلم می‌خواهد دوباره تأکید کنم که کنار پدرِ تأثیرگذاری بزرگ شدم که اعتقاداتش همواره برایش اولویت داشت، حتی گاه بر خانواده. او مردی بود که جسارت و شهامت زیر سؤال بردن وضعیت سیاسی اجتماعی موجود آن زمان را داشت، انسان بسیار جسوری که حتی شاید بتوان گفت که این امر به نوعی ایرادش نیز محسوب می‌شد و در تمامی آن سال‌ها مشاهدهٔ رفتار او و مادرم و بزرگ شدن در آن شرایط حساس و بی‌ثبات کشور، به من اهمیت خانواده، وظیفه‌شناسی، سخت‌کوشی و درستکاری را آموخت. ما در آن ایام، به هیچ وجه خانوادهٔ مرفهی نبودیم، اما زندگی را دوست داشتیم و قدر یکدیگر و کشورمان را می‌دانستیم.

زمانی که پدرم زندان نبود، مادرم خوشحال بود و آرامش داشت؛ روزها به خانه‌داری، خیاطی، کارهای هنری و مرواریددوزی سپری می‌شد. اقوام و فامیل، اغلب، برای دیدارمان به تهران می‌آمدند و ما با آن‌ها و بچه‌هایشان خاطرات خوبی می‌ساختیم. در تابستان، هوای تهران گرم بود و ازآنجاکه پدرم تابستان‌ها تعطیل بود، خانوادهٔ ما سه ماه تابستان را در روستای خوش آب وهوای پلور، در جادهٔ هراز، می‌گذراند.

در روستای پلور، بدو ورود، چادرها را برپا می‌کردیم و ما بچه‌ها مشغول بازی و کوهنوردی و ماهیگیری می‌شدیم. تابستان‌هایمان آنجا فوق‌العاده هیجان‌انگیز بود. بعداً که بزرگ‌تر شدیم، پدرم چند تکه زمین خرید و آنجا خانهٔ تابستانی بنا کرد و کم

کم آن را به باغ سیب و زردآلو تبدیل کرد؛ یعنی دیگر به مکان جانانه‌تری برای تعطیلات تابستان تبدیل شده بود.

*****

یک بار به یاد دارم که خود را در صندوق عقب اتومبیل پنهان کردم. به رغم شرایط خاصی که پدرم در آن به سر می‌برد، این یکی از لحظات شکل‌دهندهٔ شخصیتم بود؛ می‌خواستم خودم را سرگرم کنم، اما کسی نبود با من بازی کند. پس تصمیم گرفتم خودم را جایی پنهان کنم. در تخیلات کودکانه‌ام قلعه‌ای ساختم و به خیال خودم، آن‌ها (دشمنان) به سراغم می‌آیند. پس، خودم را پنهان می‌کنم و دشمن در جست وجویم برمی‌آید. در ذهنیات کودکانه‌ام، خود را در جنگ با دشمن فرضی، مثلاً گاوچران یا راهزن، تصور می‌کردم، اما متأسفانه بازی بچگانه‌ام آن طور که خیال می‌کردم پیش نرفت. پس، برای اجرای قسمتی از این بازی، داخل صندوق عقب اتومبیل رفتم و آن را پایین کشیدم، اما ناگهان درِ صندوق عقب قفل شد. خیلی بد شد! این جزو بازی من نبود. به شدت ترسیده بودم و وحشت کرده بودم. اتومبیلی که در آن پنهان شده بودم، ۵۰ متر دورتر از خانه‌مان پارک شده بود. ساعت حدود دو بعدازظهر بود و اغلبِ مردم در خانه‌هایشان در حال چرت بعد از ناهار بودند. از ترس شروع کردم جفتک و لگد انداختم و داد و فریاد کردم، اما کسی صدایم را نمی‌شنید. هربار که به در صندوق عقب لگد می‌زدم، کمی باز می‌شد و قدری از ترسم کاسته می‌شد و با خودم فکر می‌کردم قرار نیست اینجا حبس شوم و باقی بمانم، شاید بعداً داستان قهرمانانه‌ای دربارهٔ فرارم از این تله برای تعریف کردن داشته باشم. پس، با لگدهای پی درپی شکافِ در بیشتر شد، هوای تازه را تنفس می‌کردم و نور بیشتری هم وارد فضای تاریک و بسته می‌شد. همان اکسیژن تازه خیلی خوب بود، به خصوص که به دلیل فعالیت‌ها و لنگ و لگدهای قهرمانانه‌ام دیگر نمی‌توانستم درست نفس بکشم، اما ناگهان موقعیت، به شکل بدی، تغییر کرد تا آنجاکه احساس می‌کردم در

حال خفه شدن و مردنم. دیگر، یادم نمی‌آمد چندبار به دیوارهٔ داخلی صندوق با لگد کوبیده بودم. دیگر داشتم ناامید می‌شدم، اما باز ناگهان تمام قدرتم را جمع کردم و به یک باره به لگد زدنم ادامه دادم؛ زیرا تسلیم شدن چیزی را عوض نمی‌کرد، هرگز! به شدت ترسیده بودم، اما گریه نمی‌کردم. روحیه‌ام را حفظ کرده بودم، گویی همیشه می‌دانستم اگر پیوسته تمام تلاشم را بکنم، بالأخره اتفاقی خواهد افتاد، مثلاً ممکن است کسی صدای فریادهای مرا بشنود یا لگدهای من باعث شکستن یا باز شدن در شود و بتوانم از این مهلکه فرار کنم.

لگد زدم، لگد زدم تا سرانجام قفل شکست و من آزاد شدم.

جالب اینکه مادرم ناخودآگاه احساس کرده بود شاید اتفاقی برایم افتاده است و همه جا دنبالم می‌گشت وقتی سرانجام از پشت اتومبیل رها شدم، خودم را به خانه رساندم و مقابل در، بر زمین افتادم. رنگم کبود بود و بدنم عرق کرده بود. شبیه آدم‌های درحال موت بودم.

اما آن روز درس مهمی در زندگی‌ام گرفتم؛ حتی اگر شرایط سخت و ناامیدکننده به نظر می‌آید، به تلاشت ادامه بده؛ درغیراین صورت، هرگز نمی‌توانستم از صندوق عقب آن اتومبیل لعنتی خارج شوم.

*****

سپس، روزی فرارسید که سرنوشت و آینده‌ام را بر فراز آسمان‌ها در حال پرواز دیدم.

یک بار وقتی نه ساله بودم، پدرم که آن موقع بیرون از زندان بود، ما را به فرودگاه بین‌المللی مهرآبادِ تهران برد تا نشست و برخاست هواپیماها را از نزدیک تماشا کنیم. من از قبل علاقهٔ زیادی به هواپیماها در خود سراغ داشتم. همواره با شگفتی، به آن‌ها نگاه می‌کردم، صدای خاص و موتور قدرتمندشان که به انسان امکان معجزه‌آسای

پرواز بر فراز آسمان را می‌داد، بسیار برایم جذاب بود. هرگاه هواپیمایی را بالای سرم در آسمان می‌دیدم، خیره تماشایش می‌کردم، اما آن روز که پدرم ما را به فرودگاه برد، نخستین باری بود که برخاستن هواپیما را از نزدیک می‌دیدم.

هیبت حیرت‌آورش همان دَم مرا شیفتهٔ خود کرد.

هنگامی که صعود هواپیمای پان امریکن ۷۴۷ را از نزدیک دیدم، گویی طلسم شدم و همان لحظه تصمیم گرفتم خودم روزی خلبان یکی از آن‌ها شوم. همان موقع به سرعت به سمت پدر و دوستانم که همراهمان بودند دویدم و گفتم که آرزوی من این است که خلبان بشوم. همه خندیدند و گفتند: «خلبان؟ چه خوب! از ابرها بیا پایین بچه!»

گویی به من می‌گفتند که توانایی چنین کاری را ندارم و چنین چیزی را در من نمی‌بینند، اما اجازه ندادم این تصور مرا از رسیدن به آرزویم بازدارد.

بهترین چیزی که از پدرم آموخته بودم این بود که هرگز اجازه ندهم بدخواهان یا آدم‌های منفی و ناامید من را از رسیدن به اهدافم بازدارند. او می‌گفت: «تو باید به خودت باور داشته باشی و به راهت ادامه دهی.»

گویی خود از اعماق وجودم می‌دانستم که روزی به آرزوی خلبان شدنم خواهم رسید، ولو اینکه اکنون نمی‌دانستم چطور می‌توانم به آرزویم دست یابم، اما تمام عمر به آن آرزو چسبیدم؛ چراکه نه، آرزو داشتن رایگان و آزاد است. هرکس می‌تواند هر آرزویی داشته باشد و من با این آرزو حسابی درگیر بودم.

پس از آن، با پول‌های عیدی یا تولدم مدل‌های مقوایی مختلف هواپیماها را می‌خریدم و آن‌ها را سر هم می‌کردم و با رنگ زرد نقاشی‌شان می‌کردم و با کلمات درشت روی آن‌ها می‌نوشتم: «شرکت هواپیمایی بهنام.» آرزوی من پرواز و هدایت هواپیمای ۷۴۷ در آسمان‌ها بود. وقتی دوستانم بادبادک بازی می‌کردند، من هواپیما درست می‌کردم

و به آسمان می‌فرستادم. این مشغلهٔ فکری و پرواز و خلبانی، قدرتمندانه، در من جریان داشت.

یک بار در یازده سالگی، همراه مادرم، برای دیدار یکی از دوستانش که جنوب شهر، نزدیک پایگاه هوایی ارتش، ساکن بود رفتم. از خانهٔ آن‌ها می‌توانستم باند پرواز را تماشا کنم، اما بیش از هر چیز، هواپیماهای گلایدر بودند که توجهم را جلب می‌کردند؛ هواپیمایی کوچک و ساده و بدون موتور که با کابلی کشیده می‌شود و روی باند پرواز قرار می‌گیرد. آن روز می‌دیدم یک کامیون ارتشی آن‌ها را روی باند پرواز می‌کشاند و زمانی که به سرعت کافی رسیدند، گلایدر شروع به بلند شدن از زمین می‌کند و بعد از چند صد فیت که به هوا بلند شد، از کابل جدا می‌شود و با باد پرواز می‌کند، آرام و نرم و باشکوه.

با تماشای این صحنه، دامن مادرم را کشیدم و گفتم: «لطفاً! لطفاً! لطفاً مرا سوار این هواپیما کن! مرا سوار این هواپیما کن!»

ابتدا، او به درخواستم توجه نمی‌کرد. خواستهٔ من گران بود و خانواده‌ام به سختی پول درمی‌آوردند. پس، درخواستم منتفی بود، اما ما تقریباً هر ماه برای دیدن دوست مادرم به آن قسمت شهر می‌رفتیم تا سرانجام پس از التماس و غر زدن‌های دائمی من مادرم تسلیم شد. من خود به خوبی می‌دانستم که ما پول اضافی نداریم. به همین دلیل موافقت مادرم که راضی شد من سوار هواپیمای گلایدر شوم، برایم یک دنیا ارزش داشت.

تجربهٔ آن روز برایم بی‌نظیر و فراموش نشدنی بود و من هنوز با یادآوری آن، لبخند می‌زنم. هواپیمای بدون موتور گلایدر به طرز باشکوهی بی‌صدا و آرام از جا برخاست، چرخید و اوج گرفت. برایم چیزی شبیه رقص باله در هوا بود. هیچ ترس و اضطرابی نداشتم. از هوازدگی و تهوع خبری نبود. هرچه بود، آرامش بود. گویی آن

بالا، از نگرانی‌ها و دغدغه‌ها رها بودم و کاملاً احساس راحتی می‌کردم. مانند اینکه همهٔ دردسرهای جهان خاکی را روی زمین جا گذاشته باشی. در آن لحظات، کمترین تردیدی در ذهنم باقی نمانده بود که در آینده هوانورد خواهم شد. علاوه بر آن، دیگر کاملاً متقاعد بودم که رؤیاهایم برای آینده‌ام به حقیقت خواهند پیوست. به خودم گفتم: «همین است! من به این بالا تعلق دارم، هیچ ترسی از پرواز ندارم.»

زمانی که از گلایدر پایین می‌آمدم، نیشم تا بناگوش باز بود؛ این شادی را مدیون مادرم بودم؛ مرا در آغوشش گرفت و خوشحالی را در چهرهٔ من به وضوح می‌دید. پس، گفت، که حسی قوی به او می‌گوید که من برای انجام کارهای بزرگی پا به این دنیا گذاشته‌ام. هرچند همان لحظه به من نگفت، اما می‌دانست که روزگار با من سر سازگاری ندارد و همین هم بود؛ چیز زیادی نگذشت که روی ناخوش روزگار خودش را نشان داد.

چند سال بعد، من و پدرم برای پرس وجو به نیروی هوایی رفتیم تا بفهمیم چگونه می‌توانم خلبان هواپیما شوم. راه معمول خلبان شدن در ایران این بود ۸-۶ سال برای نیروی هوایی کار کنی و بعد از پایان این دوره می‌توانستی برای شرکت‌ها یا پروازهای تجاری و مسافربری کار کنی.

وقتی این پرسش‌ها را می‌پرسیدیم، آن‌ها سؤال کردند که آیا دندان پُرکرده در دهانم دارم. البته که داشتم. پس، گفتند که من واجد شرایط خلبانی نیستم.

خلبانی ربطی به دندان پرکردهٔ من نداشت. نیروی هوایی شغلی برای قشر خاص جامعه بود، مانند شاهزاده‌ها و فرزندان سیاستمداران و دریاسالارها، اما من کسی نبودم جز پسری از خانواده‌ای فقیر که پدرش سیاسی بود و علیه شاه فعالیت می‌کرد و اغلب زندان بود؛ یعنی هیچ شانسی برای خلبانی نداشتم. به رغم این وضعیت، پدرم هرگز مرا دلسرد نکرد، بلکه مانند همیشه تشویقم کرد تا تمام تلاشم را بکنم.

من هم همین کار را کردم؛ یعنی از همان نه سالگی، که چنین آرزویی در وجودم کاشته شده بود، گویی پیشاپیش تلاشم را آغاز کرده بودم؛ همان لحظه که برخاستن هواپیمای پان امریکن ۷۴۷ را دیده بودم، می‌دانستم که آن روز در سرنوشتم خواهد بود. آن روز، در فرودگاه مهرآباد به پدرم گفته بودم که من این

آرزو را محقق خواهم کرد. شاید آن زمان، چنین آرزویی برای پسری فقیر دست نیافتنی می‌نمود، اما من در رسیدن به خواسته‌ام کاملاً مصمم بودم.

آن روز که هواپیمای۷۴۷ غرّان در آسمان مهرآباد اوج گرفت، پدرم با شنیدن آرزویم نگاهی به من کرد و لبخند زد.

بخش هفتم

سال ۲.۱۸

ما هنوز میان ابرها هستیم و همچنان با تکیه بر داده‌هایی که از دستگاه‌های هواپیما دریافت می‌کنم، به پرواز ادامه می‌دهم. بیرون، هیچ نشانه و اثر مشخصی که مرا هدایت کند دیده نمی‌شود و ناچارم تنها براساس همان ابزار و اطلاعاتی که در دست دارم به پرواز ادامه دهم که البته به دلیل همهٔ اتفاقاتی که در هواپیما افتاده، همان ابزارها و اطلاعات هم خود زیر سؤال رفته‌اند و مورد تردیدند.

ما باید از کاهش ارتفاع آهسته‌ای حدود ۱۲۰۰ پا پیروی کنیم.

پیشاپیش موتور سمت چپ را با تمام نیرو به کار گرفته‌ام. اکنون برای کاهش تدریجی و یکنواخت ارتفاع، هر ذرهٔ نیروی موتور سمت چپ و البته تمرکز کامل من حیاتی است.

ما به‌مرور و بررسی چک‌لیست کاهش ارتفاع ادامه می‌دهیم. پال چک‌لیست را می‌خواند و می‌گوید: «مطلوب‌ترین ارتفاع ۲۲ هزار پا و مناسب‌ترین سرعت ۲۴۲

گره است». و ادامه می‌دهد: «بر اساس دستورالعمل، این بهترین میزان سرعت و ارتفاع برای پرواز بوئینگ ۷۷۷ است».

کاهش سرعت، بیش ازپیش، هواپیما را دچار حرکات چکش‌وار می‌کند. گویی در مرز سقوط قرار داریم. دستورالعمل‌های هوایی معمول برای این شرایط خاص جواب نمی‌دهد. هواپیما، از لحاظ آیرودینامیکی، به شدت در معرض خطر قرار دارد و جریان هوای بالای بال راست کاملاً معیوب و از کارافتاده است، طوری که برخلاف شرایط عادی، راندن نوک هواپیما به سمت پایین برای بالا بردن سرعت به منظور جلوگیری از سقوط کارایی ندارد.

اگر بر اساس قواعد شرایط عادی عمل می‌کردیم، محال بود هرگز به هونولولو برسیم. ما هنوز ۲۰۰ مایل با باند فرودگاه فاصله داریم. پس، به آموزه‌های پایه‌ای خلبانی‌ام بازمی‌گردم: پرواز، جهت‌یابی، ارتباط.

اگر حین پرواز، یک موتور را از دست بدهید، تنها ۵۰ درصد نیروی هواپیما را از دست نداده‌اید، بلکه ۸۰ درصد را از دست می‌دهید؛ چراکه سازوکار متقارن کنندهٔ نیرو و رانش هواپیما را از دست داده‌اید. وقتی تمام نیرو را یک موتور تأمین می‌کند، هدایت هواپیما به شدت سخت و بحرانی می‌شود. اکنون موتور سمت راست نه تنها از کارافتاده، بلکه موجب تکان‌های وحشتناک هواپیما می‌شود. حتی با اینکه تمام نیروی موتور سمت چپ به کار گرفته شده، می‌بینم به هیچ وجه نه می‌توانیم طبق آنچه در آموزش‌های دورهٔ خلبانی به ما گفته شده و خوانده‌ایم، هواپیما را هدایت کنیم، نه می‌توانیم ارتفاع مذکور را حفظ کنیم. درحال حاضر، من در شرایطی هستم که به آن سی دی اِی پی[۱] کاهش ارتفاع زاویه‌ای، گفته می‌شود... و امیدواریم بتوانیم

---

12. CDAP (Constant descent angle profile)- ۱

زمین را مشاهده کنیم و باند فرودگاه را ببینیم.

پی در پی به اطلاعات ارسالی موتور نگاه می‌کنم تا هیچ‌گونه اطلاعاتی را از دست ندهم. دستگاه‌های خودکار هواپیما هیچ توضیحی برای این شرایط به ما ارائه نمی‌کردند.

به سرعت در ذهنم میزان کاهش ارتفاعی را که برای رسیدن به فرودگاه هونولولو نیاز داریم محاسبه می‌کنم. ۴۰ دقیقه فرصت دارم تا ارتفاع ۳۶ هزار پا را کاهش دهم تا بتوانم فرود کنترل شده و آرامی داشته باشیم. اعداد دروغ نمی‌گویند، هواپیما معیوب است و حفظ ارتفاع مطلوب دشوار است. موتور سمت چپ وظیفهٔ رانش ۹۰ هزار پوند را به تنهایی به عهده دارد، درحالی که هیچ نیرو و کمکی از سمت راست در کار نیست. احساس می‌کردم هواپیمایی خوب را بر بال چپ هدایت می‌کنم و درهمان حال، ساختمانی چهارطبقه را نیز روی بال راست، همراه خود، می‌کشم. این میزان کششی است که با از کار افتادن یک موتور، برای هواپیما پیش می‌آید.

در جست‌وجوی یافتن سرعت مناسب، سر هواپیما را به سمت پایین می‌گیرم و دوباره بالا می‌برم و آن را بین ۲۴۵ و ۲۵۵ گره می‌یابم. هواپیما را در همان سرعت تنظیم می‌کنم، مانند این است که درحالی که توپی را سر انگشت می‌گردانی، بخواهی ۴۰ دقیقه بشقابی را هم روی آن متعادل نگاه داری؛ یعنی کمترین میزان اشتباه در تغییر ارتفاع و سرعت می‌تواند ناگهان کنترل هواپیما را از دست خارج کند.

ارتفاع، سرعت، فاصله.
ارتفاع، سرعت، فاصله.
ارتفاع، سرعت، فاصله.

فرمول را محاسبه می‌کنم. دوباره و دوباره در ذهنم مرور می‌کنم، ارتفاع، سرعت، فاصله.

زیر لب می‌گویم: «خدایا کمکم کن! لطفاً مراقب مسافران و کارکنان پرواز و هواپیما باش!»

ارتفاع، سرعت، فاصله.
ارتفاع، سرعت، فاصله.

موتور را خاموش کرده‌ایم و چک‌لیست را نیز به پایان رسانده‌ایم. از سرمهماندار، خانم پِرِسِر، می‌خواهم داخل کابین خلبان بیاید و روی صندلی یدکی بنشیند. او به ما اطلاع می‌دهد که همهٔ مسافران کاملاً در وضعیت اضطراری و اخطارند که البته تعجبی هم ندارد. هواپیما تکان‌های هولناکی می‌خورد. من آدم شفاف و صادقی هستم. پس برایش شرح می‌دهم که در چه موقعیتی هستیم، به او می‌گویم که اطلاع دقیقی دربارهٔ میزان آسیب هواپیما نداریم و دیگر اینکه به ناچار یک موتور را از کار انداخته‌ایم. می‌گویم ما موتور سمت راست را از دست داده‌ایم و این احتمال وجود دارد که ناچار شویم روی اقیانوس فرود بیاییم. با علم به اینکه مرور چک‌لیست نشستن روی سطح اقیانوس لااقل ۲۲ دقیقه زمان می‌برد، از او می‌خواهم کابین را برای فرود روی سطح اقیانوس آماده کند. به او می‌گویم دقیقه مانده به این کار، به او علامت می‌دهم تا آماده باشد.

و او کابین خلبان را ترک می‌کند. از اِد می‌خواهم به کابین بازگردد و نگاهی به موتور سمت راست بیندازد تا آگاهی بهتری از شرایطمان داشته باشیم. او نیز کابین خلبان را ترک می‌کند.

پل را راهنمایی می‌کنم تا بداند چگونه از طریق ساتکام[1] آنلاین شود. ابتدا، فرد دیگری پاسخ داد، اما بعد ما را به مسئول مستقیم پرواز وصل کرد. برایشان توضیح می‌دهم چه اتفاقی افتاده است و آن‌ها بلافاصله متوجه می‌شوند که شرایط کاملاً اضطراری و خطرناک است.

اِد با ویدیوی کوتاهی که از موتور سمت راست گرفته بازمی‌گردد. موتور نوسانات زیادی دارد و پوشش روی آن به کلی کنده شده است.

هواپیما به شدت تکان می‌خورد و من تلاش می‌کنم تمرکزم را از دست ندهم.

ارتفاع، سرعت، فاصله.

ارتفاع، سرعت، فاصله.

ارتفاع، سرعت، فاصله.

هونولولو هنوز ۱۵۰ مایل با ما فاصله دارد

SATCOM -۱

بخش هشتم

سال ۱۹۷۴

با اینکه در آمل به دنیا آمده بودم، اما تنها سه سال آنجا زندگی کردم و بعد، خانواده‌ام در تهران ساکن شده بودند. من در تهران بزرگ شدم. ما، هر تابستان، ابتدا به پلور می‌رفتیم و پس از آن، برای دیدن پدربزرگ و مادربزرگم به آمل می‌رفتیم. بوی آن شهر را دوست داشتم. بوی آمل، که نزدیک دریای خزر است، مرا به یاد شهر سیاتل امریکا می‌انداخت. آمل سبز و خرم بود، اما مانند هوای شیکاگو و واشینگتن، رطوبت زیادی داشت. سراسر شهر مملو از درختان پرتقال و لیمو و نارنگی بود. بوی مرکبات تازهٔ باغچهٔ حیاط مادربزرگم هنوز در خاطرم زنده است. در آن ایام، بیشتر جاده‌ها خاکی بود. هر وقت باران می‌بارید، بوی خاک باران خورده و گل‌ولای هوا را انباشته می‌کرد. دو رود بسیار پهن و بزرگ، میان دره‌ها، به هم بافته شده‌اند و از میان کوه‌ها به دریای خزر می‌ریزند. رودهایی که همیشه پر از ماهی بودند.

مادرم، آذر روشن، متولد نوامبر ۱۹۳۵ در بندر گز بود. پدرش، عباس روشن، و مادرش، ربابه روشن، اهل استان مازندران و شهر نور بودند. او چهار برادر و یک

خواهر داشت. مادر من پنجمین بچه و دومین دختر خانواده بود و کودکی‌اش را در بندر گز گذرانده بود.

او خاطرات خوب زیادی از دوران کودکی و خانهٔ بزرگی که در آن، کنار پدربزرگ و مادربزرگ پدری‌اش پرورش یافته بود به یاد دارد. پدربزرگش تاجر بود و برای تجارت دائم در حال رفت و آمد میان بندر گز و روسیه بود.

زمانی که پنج‌سال داشت، خانواده‌اش به آمل نقل مکان کرده بودند و در خانهٔ بزرگی که منظرهٔ رودخانهٔ هراز را داشت ساکن شده بودند. او دوران نوجوانی و تحصیلش را با آرامش در شهر آمل گذرانده بود. از همان اول، به شعر و ادبیات فارسی علاقه داشت. شاعر محبوبش فروغ فرخزاد بود. در دوران نوجوانی، اغلب، برای دیدار اقوام، با مادرش به ساری می‌رفت. شانزده ساله بود که سرنوشتش طی یکی از این سفرها به بندر پهلوی رقم خورده بود؛ یعنی زمانی که با مادر شوهر آینده‌اش برخورد کرده بود.

در آن زمان، پدرم، علی اصغر بهنام، و مادرش ساکن بندر پهلوی شده بودند. پدرم پس از اینکه لیسانسش را از دانشگاه تهران در رشتهٔ شیمی به پایان رسانده بود، برای تدریس به بندر پهلوی آمده بود. آذر و پدرم به یکدیگر علاقه‌مند شدند و دو سال بعد از آشنایی، در آمل نامزد کرده بودند. دو سال بعدازآن هم ازدواج کردند و برای زندگی به بندر پهلوی رفتند. چهار ماه بیشتر از زندگی مشترکشان نگذشته بود که پدرم به تهران منتقل شد و همراه مادرم و برادر و مادر خودش ساکن تهران شد.

ابتدا، در خانه‌ای اجاره‌ای زندگی می‌کردند و بعد از دو سال خانهٔ دوطبقهٔ متوسطی را در تهران خریدند و صاحب چهار دختر شدند و من تنها پسرشان بودم. مادرم بانوی خانه‌داری بود که علاقهٔ وافری به آشپزی و خیاطی داشت. طی همان سال‌ها، در دوره‌های مختلف خیاطی شرکت می‌کرد و به‌رغم همهٔ مشغله‌هایش حتی دیپلم

خیاطی‌اش را نیز گرفت. او لباس‌های فرزندان و مادر و مادربزرگش را خودش می‌دوخت.

به‌رغم همهٔ سال‌های سخت و پُرمحنتی که پشت سر می‌گذاشتیم، آن‌ها همواره عشق و علاقه‌شان را نثار فرزندانشان می‌کردند.

در دوران کودکی‌ام، همان طور که مختصر اشاره کردم، پدرم ملکی در شمال ایران، یعنی مازندران، نزدیک دریای خزر خریده بود. بعد از چند سال گذراندن تابستان‌ها در پلور، زمینی در تاکر که سه تا چهار کیلومتر از ده فاصله داشت خرید. مادرم تعریف می‌کرد زمانی که پدرم برای اولین بار او را به ملکی که خریده بود برد، مادر در پوست خود نمی‌گنجید. پدرم آن ملک را بدون مشورت با مادرم خریده بود، اما به مادرم قول داده بود که این خبطش را جبران کند. به مادرم قول داد که برایش خانه‌ای آنجا می‌سازد و دقیقاً همان کار را کرد؛ خانه‌ای زیبا در آن زمین بنا کرد و ما تابستان‌ها را آنجا می‌گذراندیم. در حیاط وسیع آن خانه درختان زیادی کاشت و آن را به باغ بزرگی تبدیل کرد. بخشی از بهترین خاطرات دوران نوجوانی‌ام در آن خانه ثبت شده است. به یاد دارم به رودخانهٔ هراز می‌رفتم و ساعت‌ها آنجا می‌نشستم و، تنها، جریان آب را تماشا می‌کردم. به دلیل مه سنگین ابتدای صبح، آنجا چیزی نمی‌دیدی، ولی مانند معجزه، کم‌کم همه چیز پدیدار می‌شد و می‌توانستی آن سوی رودخانه را نیز ببینی.

لحظه‌ای جادویی بود و اگر بچه‌های فامیل در تاکر بودند، آن‌ها را با خودم می‌کشاندم و می‌بردم تا صحنه‌های زیبای محو شدن مه را ببینند و بعدازآن، شروع به ماهیگیری می‌کردیم.

پدر و عمویم به من ماهیگیری یاد دادند و من بلافاصله عاشق این کار شدم و هنوز

هم گه‌گاه ماهیگیری می‌کنم. بعدازاینکه ماهیگیری را یاد گرفتم، هر روز از خواب برمی‌خاستم و قلاب و ابزار ماهیگیری را برمی‌داشتم و به سراغ رودخانه می‌رفتم.

خلوت کردن با خود را دوست داشتم. عاشق آرامش صبحگاهی و سکوت و بوی ترنم خیس صبح بودم و هنوز هم بوی گل‌ولای و رطوبت هوا را در خاطر دارم. کفش‌هایم در مسیر رودخانه کثیف و گلی می‌شدند. تنها از لابه لای درختان عبور می‌کردم، میان شاخه‌ها پیچ‌وتاب می‌خوردم، احساس ماجراجویی جوان را داشتم و قطره‌های باران روی برگ درختان را حس می‌کردم. از لمس قطره‌های خنک باران صبحگاهی لذت می‌بردم و هنوز هم همین طورم. به رودخانه که می‌رسیدم، ماهیگیری شروع می‌شد. همه‌چیز آرامش بخش و شگفت‌انگیز بود و برایم حکم مراقبه را داشت.

باور کنید یا نکنید، صدها ماهی می‌گرفتم؛ یعنی ماهی خانواده را تأمین می‌کردم. آن‌ها را در گونی‌های خالی برنج می‌ریختم و به خانه می‌بردم و مادر و خاله‌ام آن‌ها را برای شام آماده می‌کردند. ماهی سرخ کرده.

خانوادهٔ من و همسایه‌ها از خوردن این ماهی‌های کوچک سرخ‌شده حسابی کیف می‌کردند. هنوز هم از ماهی‌هایی که صید می‌کنم، به خانواده و دوستان می‌دهم و این کار را دوست دارم.

در عین اینکه از تجربهٔ ماهیگیری تنهایی لذت می‌بردم، ماهیگیری همراه پدر و عمویم از آن هم بهتر بود. یک بار، من و عمویم بزرگ‌ترین ماهی قزل‌آلایی را که تا آن روز، در رودخانه‌های اطراف تاکر دیده شده بود صید کردیم.ما این ماهی را نه با قلابی کوچک، بلکه با یک شاخهٔ ۱۵-۱۶ فیتی بامبو صید کرده بودیم. نخ محکمی را به سر چوب وصل کردیم و قرقره‌ای را به انتهای آن. پس، وقتی چوب ماهیگیری را خلاف جریان آب به رودخانه می‌انداختیم، چوب ۱۵فیت از ما فاصله داشت و ما چوب را حرکت می‌دادیم تا قرقره به کار بیفتد.

باور کنید یا نه، اما با صید آن ماهی قزل‌آلای بزرگ، رکورد را شکسته بودیم و حتی عکس ما و آن ماهی روی جلد مجله هم چاپ شد.

در آن روزگار، رودخانه‌ها مملو از ماهی بودند. پدرم یک جیپ ویلیز[1] داشت، مثل همان جیپ معروف سریال امریکایی مش[2]، که زیر صندلی‌هایش صندوق‌هایی داشت که ما می‌توانستیم کلی ماهی داخل آن‌ها بریزیم و به محله‌مان ببریم و بین همسایه‌ها تقسیم کنیم. ما هر روز چیزی بین ۲۰۰ ـ ۳۰۰ ماهی صید می‌کردیم، انواع ماهی‌های مختلف، اما ماهی مورد علاقهٔ من قزل‌آلای وحشی بود. هنوز هم ماهی مورد علاقه‌ام است.

*****

زمانی که ایام تابستان را در پلور و تاکر به سر می‌بردیم، گاه شیطنت‌هایی از من سر می‌زد. البته من تنها نبودم، سایر بچه‌های محل هم بودند. ما همگی بازیگوش و شیطان بودیم، گاه خرابکار. گنجشک‌ها را با تیروکمان‌مان می‌زدیم، مارمولک‌ها را می‌گرفتیم و دمشان را می‌کندیم. البته خانواده‌هایمان ما را از این بدجنس‌بازی‌ها و آزار حیوانات بی‌زبان منع می‌کردند، اما ما، بی‌توجه، همیشه کار خودمان را می‌کردیم. درواقع، بچه بودیم و در این میان، من اغلب پا را از حد و حدودم فراتر می‌گذاشتم.

یک روز جمعه، وقتی هنوز پنج سال داشتم، پدرم چادری در زمینمان در پلور برپا کرد و قرار بود مهمانانی برای دیدارمان بیایند. آن روزها، کسانی که برای تعطیلات به آنجا می‌آمدند، اسب‌هایشان را نیز همراه خود می‌آوردند تا روزهای جمعه اسب‌سواری کنند. جلو رفتم و محکم با دست، پشت یکی از اسب‌ها زدم، اما ظاهراً

1- Willys

2- M*A*S*H

اسب از حرکت من خوشش نیامد و تصمیم گرفت به من بفهماند که کارم را دوست نداشته است. پس، با لگد و، درواقع با سمش، به صورت من کوبید. لب‌هایم شکافته شد و چهار تا از دندان‌هایم را بابت آن ضربه از دست دادم و از آن بدتر اینکه سرم به اندازهٔ یک بالش ورم کرد. مادرم حسابی ترسیده بود، اما به مرور بهبود یافتم و خوشبختانه آن چهار دندان نیز دندان‌های شیری بودند.

خاطرهٔ دیگری که در ذهنم به جا مانده، زمانی است که بچه عقابی را در ده پلور، اقامتگاه تابستانی‌مان، یافتم. گویی به تازگی آشیانه را ترک کرده بود، اما هنوز نمی‌توانست پرواز کند. به یاد دارم می‌دوید و تلاش می‌کرد بال‌هایش را بگشاید، اما حال، یا به دلیل ضعف بال‌ها یا اینکه نمی‌دانست چگونه این کار را انجام دهد، قادر به پرواز نبود. تاآنجاکه دیگر خسته شد و از حرکت بازایستاد. به سمتش رفتم و در چشم‌هایم نگاه کرد، اصلاً سعی نکرد از من بگریزد. انگار از من می‌خواست نجاتش دهم. کمی به یکدیگر نگاه کردیم و من احساس کردم خطری در میان نیست. پس، دستم را به سمتش بردم و گرفتمش و سپس، آن را روی سینه‌ام فشردم و شروع به نوازش طفلک مجروح کردم و بعد، همراه خودم به محل ییلاقی‌مان بردمش.

به مادرم گفتم که این بچه عقاب را پیدا کرده‌ام و می‌خواهم نگهش دارم. رنگ جوجه عقاب قهوه‌ای تیره بود و در آفتاب، درخشان به نظر می‌رسید. والدینم گفتند که نگهداری از بچه عقاب مسئولیت بزرگی است، اما من آن زمان، حرفشان را قبول نداشتم، ولی اکنون در بزرگسالی می‌فهمم که حق با آن‌ها بود. البته والدینم با صبوری به من اجازه دادند آن پرنده را نگاه دارم، به این شرط که مراقبت از آن و غذا دادن و همهٔ کارهایش با خودم باشد. پدرم گفت که غذای عقاب گوشت است، اما پیش از اینکه نگران غذایش باشم، باید قفسی برایش فراهم می‌کردم تا از شر روباه و شغال و شکارچیان این چنینی در امان باشد. پس، تصمیم گرفتم خودم برایش قفس درست کنم. مقداری سیم فلزی از ساخت قفس مرغ‌ها در خانه باقی مانده بود. کمی

هم چوب جمع کردم. به این ترتیب، برایش قفسی درست کردیم که هرچند زواردررفته بود، اما کار قفس را انجام می‌داد و حُسنش این بود که می‌توانستی بچه عقاب را از پشت آن ببینی و این شد قفس بچه عقاب من. پس از آن، باید فکری برای شکم دوست بال‌دارم می‌کردم.

هنوز در خانهٔ ییلاقی‌مان در پلور بودیم و غذای خودمان هم زیاد نبود؛ زیرا پدرم آخر هر هفته، برای تهیهٔ خواروبار و خوراکی به شهر می‌رفت، اما عقاب پرنده‌ای وحشی و گوشت‌خوار بود و مادرم دلش نمی‌خواست از غذاهای خودمان به او بدهد. اینجا بود که تیروکمان کوچکم به دادم رسید، طوری که دیگر نیازی نبود به شهر بروم تا غذای آن را تهیه کنم. خودم می‌توانستم برای جوجه عقاب شکار کنم. پس، باید تمرین می‌کردم و بر آن بودم که حسابی در استفاده از تیروکمان خبره شوم. به هرحال، عقابی داشتم که نیاز به غذای فراوانی داشت. خیلی زود توانستم در شکار پرندگان کوچک و مارمولک و موش مهارت پیدا کنم و او هم هر بار از شکاری که برایش می‌بردم، راضی به نظر می‌رسید. گه‌گاه هم آن را از قفس بیرون می‌آوردم و در بغلم روی سینه قرار می‌دادم و نوازشش می‌کردم و غذا در دهانش می‌گذاشتم. بچه عقاب دوستم بود و من تمام تابستان، آن را در خانه‌مان نگاه داشتم. دو ماه تابستان را با هم گذراندیم و وقتی به تهران بازمی‌گشتیم، آن را با خود بردم. تمام مسیر پلور تا تهران را روی صندلی عقب کنارم بود.

در راه بازگشت به تهران، اولین دغدغهٔ ما این بود که ببینیم با این بچه عقاب چه کنیم. قفسش را در حیاط و نزدیک استخر قرار دادیم. از تماشای راه رفتن عجیب غریبش اطراف استخر واقعاً لذت می‌بردم، اما با سرعت دیوانه‌واری در حال بزرگ شدن بود. او با صدای پای من و صدایم آشنا بود و وقت ناهار یا شام را نیز به خوبی می‌دانست، هرچند در تهران، دیگر برای تهیهٔ غذایش شکار نمی‌کردم و با گوشت خام و مرغ، شکمش را سیر می‌کردم.

جالب اینکه دوستان و اقوام برای دیدنش به خانه‌مان می‌آمدند؛ چراکه نه؟ عقاب پر ابهتی در حیاطمان زندگی می‌کرد که مردم از تماشایش لذت می‌بردند. لبهٔ استخر می‌نشست و بال‌هایش را از دو طرف پهن می‌کرد. فراخنای بال‌هایش که زیبایی خیره‌کننده‌ای داشتند، به ۶ یا ۷ فوت می‌رسید.

یک روز، مادرم به من گفت که دسته‌ای عقاب در این قسمت شهر که خانهٔ ما قرار داشت، در حال جولان و پروازند. به نظر می‌آمد اطراف خانهٔ ما می‌گردند. جوجه عقاب من سرش را به طرف آن‌ها می‌چرخاند، بال‌هایش را می‌گشود و به عقاب‌هایی که بالای سرش جولان می‌دادند خیره می‌شد. آنچه خاطرم را غم زده می‌کرد این بود که می‌دانستم آن نیز خواهد رفت. تا اینکه یک روز که از مدرسه به خانه بازگشتم، عقاب رفته بود. آن به آسمان بازگشته بود. برخاسته و با وزش باد زیر بال‌های زیبا و باشکوهش به پرواز درآمده بود. عقاب من رفته بود.

بخش نهم

سال ۲.۱۸

با توجه به کنده شدن پوشش موتور سمت راست، واضح است که این مشکل تا چه حد بر آیرودینامیک پرواز اثر می‌گذارد. بدون پوشش فلزی و محافظ، موتور در معرض مستقیم عوامل متعددی قرار می‌گیرد. بعلاوه، به‌دلیل نامتعادل بودن جریان هوا در دو طرف هواپیما، احتمال تکه تکه شدن آن زیاد است. بگذریم که همه‌ی این شرایط، پرواز هواپیما را به‌شدت دشوار و پیچیده کرده بود. بال سمت راست دچار تکان‌های شدید و ارتعاش است، درست مانند خود هواپیما که لحظه‌ای آرام نمی‌گرفت. وضعیت معلوم است: ما سوار بر بوئینگ عظیم‌الجثه اما معیوبی در حال پرواز بر فراز اقیانوس، در ارتفاعی میانه‌ی ابرها، هستیم و از آنجاکه دیدن فضای مقابل و زیر پایمان برایمان مقدور نیست، کاملاً متکی به ابزار فناوری‌ای که هواپیما در اختیارمان می‌گذارد هستیم.

درحالی‌که اِد و پال به بررسی موارد مختلف مشغول‌اند، تمام تمرکزم را فقط بر پرواز معطوف کرده‌ام. نمی‌توانیم از سیستم کنترل پرواز خودکار هواپیما استفاده کنیم.

ناچارم هواپیما را کاملاً با کنترل مغز و دست‌هایم و با حداقل تلاطم به جلو ببرم. تمام آنچه در حال حاضر برایم مهم است این است که تاحدممکن، هواپیما را با نگاهی مثبت، امیدوار، نرم و آرام هدایت کنم. تمام هوش و حواسم را جمع کرده‌ام. همگی ما در آن وضعیت بحرانی باید متمرکز باشیم تا بتوانیم مناسب‌ترین گزینه‌های موجود را برای کم‌خطرترین فرود هواپیما فراهم کنیم. مهم‌ترین دغدغه این است که نه‌تنها فرود بیاییم، بلکه فرودی امن و کم‌آسیب داشته باشیم.

خاطرمان جمع است که هوای هونولولو صاف و مناسب است. محل کار پال واشینگتن‌دی‌سی است، خارج از فرودگاه بین‌المللی دالِس.

*****

و می‌خواست به هونولولو پرواز کند؛ این پرواز وظیفه‌ی موقتی او در سانفرانسیسکو بود؛ به‌همین‌دلیل، به سانفرانسیسکو پرواز کرده بود. سومین سفرش به هونولولو بود، اما من اکنون ۳۰ سال است که به هونولولو پرواز می‌کنم. اغلب اوقات، پروازهای من بین هونولولو و جزیره‌ی گوآم و همچنین هونولولو به دنور است. خوشبختانه با فرودگاه هونولولو کاملاً آشنا هستیم و راحتیم. اِد خودش اهل هونولولو است و سال‌ها برای گارد ساحلی اُاهو[1] پرواز کرده است.

وقتی در حال پرواز، یکی از موتورهای هواپیما از کار می‌افتد، خلبان ناچار است اولین و مناسب‌ترین فرودگاه ممکن را برای فرود اضطراری انتخاب کند. در این شرایط، تصمیم هر سه نفر ما فرود در فرودگاه هونولولو بود؛ چراکه هر سه با این فرودگاه، محیط، زمین، امکانات آن، تجهیزات و خدماتش برای فرود اضطراری آشنا بودیم.

---

1 - Oahu

در ذهنم دست به تجسم‌سازی می‌زنم.

به‌وضوح می‌توانم ببینم.

در ذهنم می‌بینم به باند فرودگاه نزدیک می‌شویم و فرود امن و آرامی داریم.

هواپیما تکان‌های وحشتناکی می‌خورد.

تمرکزم را با تمام قوا جمع کرده‌ام.

ارتفاع، سرعت، فاصله.

سعی می‌کنم با هر ذره نیرو و انرژی وجودی‌ام شرایط بحرانی موجود را به بهترین شکل مدیریت کنم و هواپیما را در وضعیت باثباتی نگاه دارم.

ارتفاع، سرعت، فاصله.

مسیرمان را مستقیم به سمت هونولولو برگردانده‌ام و با این کار، از میزان فاصله و، درنتیجه، زمان رسیدن به فرودگاه ۷ دقیقه کاسته‌ام (ترافیک هوایی و روش‌های رسیدن به باند فرودگاه هرگز مستقیم و یکسان نیست). برج مراقبت هونولولو، اِچ‌سی‌اف، با ما تماس برقرار می‌کند و می‌گوید که با برج ۱۱۸/۳ تماس بگیریم. پل بلافاصله اقدام می‌کند و از آن‌ها می‌خواهد که مطمئن شوند برای تمام احتمالات اورژانسی آمادگی دارند.

برج مراقبت اطلاع می‌دهد که کاملاً آماده هستند و به ما می‌گویند که باید روی باند آر ۴[۱] بنشینیم. پاسخ می‌دهم: «نمی‌توانیم!» زیرا طول این باند برای هواپیمایی با این مشکل فنّی کوتاه است و ما ترجیح می‌دهیم روی باند آر ۸[۲] بنشینیم؛ زیرا آن باند طولانی‌تر است.

برج کنترل ترافیک هوایی دو گزینه درباره‌ی سطح ارتفاع به ما پیشنهاد می‌دهد، اما به آن‌ها می‌گویم که به برج کنترل بگویند که ما قادر به کاهش ارتفاع پیشنهادی آن‌ها

R 4-۱

R 8-۲

نیستیم. درخواست آن‌ها از ما کاهش ارتفاع به‌شکل پروازهای عادی، یعنی کاهش مرحله‌به‌مرحله‌ی ارتفاع، است، اما من پی‌درپی ارتفاع کمتری را درخواست می‌کنم؛ چرا که ناچارم زاویه‌ی موجهی را همچنان در نظر بگیرم و به‌دلیل تمرکز بیش‌ازحد روی دستگاه‌ها و صفحه‌های مقابلم، همه‌چیز گویی در گذری بس آهسته می‌گذرد.

حتی برای لحظه‌ای نباید تمرکزم را از دست بدهم. تکان‌های هواپیما وحشتناک است، طوری‌که حتی لحظه‌ای تصور کردم تمام هواپیما در حال تکه‌تکه شدن است.

از اِد خواستم مقصدمان را محلی نزدیک‌تر از فرودگاه در نظر بگیرد؛ چراکه شاید ناچار می‌شدیم هواپیما را روی آب فروبنشانیم. پس، هرچه هنگام نشستن روی آب، به خشکی نزدیک‌تر بودیم، آب آرام‌ تر بود. همچنان در حال کم کردن ارتفاع بودیم. پال همه‌ی موارد چک‌لیست را بررسی کرده و به پایان رسانده بود. از آن‌ها خواستم مطمئن شوند که همه‌ی موارد چک‌لیست را کامل کرده‌اند.

در ذهنم تکرار می‌کردم: «ارتفاع، سرعت، فاصله».

هرچند ویدیوی قسمت آسیب‌دیده‌ی موتور سمت راست را که پال گرفته بود نگاه کرده بودم، اما مغزم به من می‌گفت که مشکل باید چیز دیگری باشد. از اِد می‌خواهم از اتاق خلبان بیرون برود و بار دیگر تثبیت‌کننده‌ی عمودی را بررسی کند تا مجدداً از شرایطمان آگاه شویم؛ زیرا هواپیما آن‌گونه که انتظار می‌رفت عمل نمی‌کرد، انگار به تعداد متغیرها و عواملی که باید در نظر می‌گرفتیم اضافه می‌شد. به نظرم کاهش ارتفاع ۳۶ هزار پایی، ارتفاع بسیار زیادی بود. پس، تمرکزم را بر کاهش هزار پا در دقیقه می‌گذارم.

ارتفاع، سرعت، فاصله.

مانترا را در ذهنم دائم تکرار می‌کنم و تمام حواسم به اعداد است.

ارتفاع، سرعت، فاصله.

بعد از دقایقی اِد بازمی‌گردد و می‌گوید که تا نیمه‌ی هواپیما رفته و مشاهده کرده که نیمه‌ی انتهای هواپیما به‌قدری دستخوش تکان‌های وحشتناک است که نتوانسته به‌هیچ‌وجه آنچه را من از او خواسته بودم بررسی کند. در آن پرواز، نوزاد، کودک، پیر، .جوان و مسافران معلول داشتیم. من آن‌ها را پیش از پرواز دیده بودم. احساس می‌کردم .دهکده‌ی‌کوچکی را با خود حمل می‌کنم.

این پرواز یک روز پیش از ولنتاین (روز عشاق) بود و اکثر مسافران برای تعطیلات و برگزاری مراسم ازدواج خود به هاوایی می‌آمدند.

پیش می‌رویم، ارتفاع کم می‌کنیم. روی تمام اقدامات مهمی که آن لحظه باید انجام دهیم متمرکزشده‌ایم. جان مسافران. حقیقتاً در دست ماست، همه‌ی ما با ابدیت تنها یک قدم فاصله داریم و تمام آنچه زیر پایمان دیده می‌شود، اقیانوس است و بس.

ارتفاع، سرعت، فاصله.

همان‌طور که به هدف نهایی نزدیک می‌شویم، پال می‌گوید که به‌دلیل بلندی زمینِ این فرودگاه، روال دور زدن هواپیماهای یک‌موتوره انتهای باند صورت می‌گیرد، اما من می‌گویم که در شرایط ما، دور زدن انتهای باند گزینه‌ی درستی نیست. موتور سمت چپ را با تمام نیرو به کار گرفته‌ام تا بتوانیم در ارتفاع کم، مانند هواپیمایی سالم و عادی، پرواز کنیم. بعید می‌دانستم هواپیما بتواند با وضعیت چرخ‌ها و شهبال‌های باز، انتهای باند دور بزند. ما فقط ناچار به فرود بودیم و تنها یک‌بار شانس این کار را داشتیم.

ارتفاع، سرعت، فاصله.

برج مراقبت هونولولو محل فرود را در اختیار ما می‌گذارد و من از آن‌ها می‌خواهم به من کمک کنند تا بتوانم باند فرودگاه را ببینم. آن‌ها به من می‌گویند که ارتفاع را در سطح ۱۰هزار پا ثابت نگه داریم. به پل می‌گویم: «ما نمی‌توانیم هواپیما را در ارتفاع مشخصی نگه داریم زیرا به‌رغم به کار گرفتن تمام توان موتور سمت چپ، ارتفاع هواپیما رو به کاهش است. درواقع اگر می‌خواستیم با قواعد هواپیمایی سالم و بدون آسیب اقدام به فرود کنیم، هرگز به فرودگاه نمی‌رسیدیم. تمام کاری که در آن شرایط می‌توانستم انجام دهم این بود که روی دستگاه‌ها و ابزارهایی که در اختیار داشتم تمرکز کنم.

دوباره، در ارتفاع ۲۲ هزار پا هواپیما تقریباً از کنترل من خارج شده بود. هرگونه کاهش ارتفاع که منجر به سکون و سکته‌ی هواپیما در آسمان شود، می‌توانست فاجعه‌بار باشد. در اعماق وجودم، از خدا می‌خواستم کمک کند مسافران و خدمه پرواز را به سلامت بر زمین بنشانیم.

متأسفانه امکان انتخاب باند مورد نظر میسر نبود، باند آر ۴ کوتاه است و باند ال ۸ ٰ[1] که مناسب است، آن روز بسته بود. پس، چاره‌ای به‌جز استفاده از باند آر ۸ آن هم به‌شکلی نامطمئن، نداشتیم و ناچار بودیم در هوای کاملاً ابری و بدون استفاده از خلبان خودکار و علاوه بر تمام شرایط اضطراری که طی ۴۰ دقیقه‌ی اخیر با آن‌ها دست وپنجه نرم می‌کردیم، با مشکل فرود روی باند آر ۸ کنار بیاییم.

در ارتفاع ۱۰ هزار پا، اِد کمربند مخصوص ایمنی‌ام را برایم می‌بندد. خودم حتی لحظه‌ای فرصت مکث و بستن آن را پیدا نکرده بودم.

ارتفاع، سرعت، فاصله.

دو دقیقه به فرود مانده است. مهمانداران هواپیما به مسافران می‌گویند که آماده‌ی نشستن باشند.

لطفاً! لطفاً! لطفاً! فقط هزار پای دیگر! لطفاً خودت را حفظ کن! لطفاً خودت را حفظ کن!

به همکارم در کابین می‌گویم: «نمی‌دانم وقتی برای فرود، باله‌ها و اسلات‌های بال‌های هواپیما را به کار بگیرم، هواپیما چگونه واکنش نشان خواهد داد». معمولاً ۱۰-۱۵ ثانیهٔ آخر برای امنیت پرواز بسیار حیاتی و جدی است، اما متأسفانه من به درستی نمی‌دانستم بال‌های هواپیما تا چه حد آسیب خورده‌اند.

به اِد و پال می‌گویم: «می‌خواهم هواپیما را تند و با ارتفاع بنشانم؛ یعنی همان روش کاهش ارتفاع زاویه‌دار را تا لحظهٔ نشستن ادامه دهم».

تمام هدف و تمرکزم بر نشاندن هواپیما با کمترین آسیب و خطر است.

شروع به پایین آوردن باله‌ها می‌کنیم. وقتی بالهٔ شمارهٔ ۱ را پایین می‌آورم، سرعتمان ۲۴۰ گره است. مشکلی در پایین آمدنشان پیش نیامد.

درخواست فرود می‌کنم و چراغ سبز به ما داده می‌شود.

در ارتفاع هزار پا با اراده من بالهٔ شمارهٔ ۵ بیرون آمد و سرعت به ۲۰۰ گره کاهش یابد.

در ارتفاع ۵۰۰ پا، پال به همهٔ مسافران و خدمهٔ پرواز می‌گوید:«آمادهٔ فرود اضطراری باشید! محکم بنشینید! محکم! محکم!»

در ارتفاع ۲۰۰ پایی فرمان می‌دهم:«بالهٔ شمارهٔ ۲۰ بیرون بیاید» و سرعت را به ۱۸۰ گره پایین می‌آورم».

با سرعت ۱۸۰ گره، چرخ‌های هواپیما باند فرودگاه را لمس می‌کند و به یاری خداوند

ما به سلامت بر زمین می‌نشینیم.

و این یکی از بهترین فرودهایی است که من تاکنون داشته‌ام. آن موقع احساس می‌کردم دست‌هایم ادامهٔ بال‌هاست و پاهایم چرخ‌های هواپیما.

بعداً همکارانم در کابین خلبان و همچنین مسافران پرواز به من گفتند که لحظهٔ نشستن هواپیما کوچک‌ترین شوک یا ضربه‌ای را حس نکرده‌اند.

بخش دهم

سال ۱۹۷۲

تابستان زیبای دیگری را میان کوهستان‌های اطراف تهران بودیم. آلودگی هوا مشکل جدی تهران بود. به همین دلیل، طی تعطیلات تابستان، کوهستان‌ها با هوای تازه و دلپذیر محل خوبی برای فرار از گرما و آلودگی هوا بود.

ته باغی که در شمال داشتیم رودخانهٔ بزرگی بود که ۴۰۰-۵۰۰ فیت طول داشت، آب رودخانه گاه تند و خروشان و گاه آرام و در سکون بود و از زیباترین خاطراتمان این است که همیشه کنار این رودخانه بازی می‌کردیم و از کوه‌ها بالا می‌رفتیم. گاه مادرم ما را به منظور خاصی بالای کوه می‌فرستاد؛ یعنی کیسه‌ای از جنس گونی همراه هریک از ما می‌کرد و می‌خواست به قسمت‌های بالاتر که هنوز برف‌ها آب نشده بود برویم و برف بیاوریم تا برای سرد نگه‌داشتن و خراب نشدن غذاهایمان از آن استفاده کند. جالب اینکه زمانی که مادرم بچه بود، خانواده‌اش شرایط سخت‌تری برای سرد نگه‌داشتن غذا داشتند؛ چراکه آن زمان به دلیل نبود یخچال‌های امروزی ناچار بودند خوراکی‌هایی، نظیر گوشت، را برای جلوگیری از فاسدشدن در سرداب یا

زیرزمین‌های خنک نگاهداری کنند. معمولاً زیرزمین یا سرداب حدود ۲۰ پله پایین‌تر از سطح زمین ساخته می‌شد و برای حفاظت از گزند حشرات، گوشت‌ها را در پارچه می‌پیچیدند و میان کیسه‌هایی می‌گذاشتند و از سقف آویزان نگاه می‌داشتند.

روزهایی که قرار بود برای آوردن برف به کوه برویم، ساعت هفت صبح بیدار می‌شدیم و هریک چوب بلندی، مانند عصا، در دست می‌گرفتیم و به سمت برف‌ها به راه می‌افتادیم. فاصلهٔ خانه تا برف‌ها بستگی به نوع زمستانِ پشت سر داشت. هرچند به‌هرحال باید راهی طولانی را می‌پیمودیم تا به برف برسیم، اما گاه که زمستان پربرفی گذشته بود، در دامنه‌های پایین‌تر کوه نیز برف خوبی جمع می‌کردیم. زمانی که این خاطرات شکل می‌گرفت به یاد دارم برای رسیدن به برف گاه تا ۵ ساعت راهپیمایی می‌کردیم. وقتی به برف می‌رسیدیم، با کاسه‌ای که همراه برده بودیم، برف‌ها را جمع می‌کردیم و داخل کیسه‌ها فشرده می‌کردیم و سپس، کیسه‌ها را به سر چوب‌هایمان می‌بستیم و چوب را درحالی‌که کیسه‌ها پشت سرمان قرار می‌گرفت، بر شانه‌مان قرار می‌دادیم و شبیه مترسک‌های متحرک مجدداً راه بازگشت پیش می‌گرفتیم. گاه زمین می‌خوردیم و به پایین سُر می‌خوردیم، گاه کیسه‌ها را به پایین پرتاب می‌کردیم و خود به دنبالشان پایین می‌دویدیم و سرانجام حدود ساعت شش هفت غروب به خانه می‌رسیدیم که البته تا آن زمان برف بعضی کیسه‌ها آب شده بود.

وقتی به خانه می‌رسیدیم، مادرم با مقداری برف، برایمان بستنی تازه و خوشمزه درست می‌کرد، بهترین بستنی دنیا، درست شده به دست مادرم میان ناکجاآباد. او برای درست کردن این بستنی از قابلمه‌ای بزرگ‌تر و یک کاسه استفاده می‌کرد؛ باقیماندهٔ برف را در کاسه می‌ریخت و کاسه را در قابلمه. سپس، با دستهٔ قابلمه آن را خلاف عقربه‌های ساعت می‌چرخاند و می‌چرخاند و می‌چرخاند. گاه حتی یک ساعت زمان

می‌برد تا به بستنی تبدیل بشود. اغلب، بستنی وانیلی برایمان درست می‌کرد. گاهی هم شربت آلبالوی خوش رنگی به آن اضافه می‌کرد. مزه‌اش هرچه که بود، عالی بود و بلافاصله پس از آماده شدن باید خورده می‌شد؛ زیرا به سرعت آب می‌شد.

همیشه ماجراجویی‌های دیگری نیز در میان بود، ازجمله بازی قایم‌موشک در تاریکی. یک شب که بیرون خانه به هر طرف می‌دویدیم، پسرعمویم درون چاله‌ای دومتری که پدرم بیرون خانه حفر کرده بود افتاد. به یاد دارم او در حال دویدن بود که ناگهان ناپدید شد. خنده‌دار بود، کسی آسیب ندید. ناحیه‌ای که تابستان‌ها در آن ساکن بودیم، متشکل از مجموعه‌ای از خانه‌هایی بود که همه در یک ردیف، گویی به خط کشیده شده بودند. سقف همگی کاه‌گلی بود. یک روز به سرمان زد خودمان را روی پشت بام‌ها بکشیم و مانند کماندوها و جاسوس‌ها روی پشت‌بام سینه خیز برویم و از آن بالا سرک بکشیم و در خانۀ همسایه‌مان سرک بکشیم و فضولی کنیم. کنجکاو بودیم. البته حق هم داشتیم، به خصوص که همسایه‌مان هفت دختر داشت.

آن زمان، من دوازده سال داشتم و اجازه نداشتیم با دخترها گپ بزنیم و دوست باشیم. آن‌ها را در عروسی دیده بودیم و دلمان می‌خواست باز هم ببینیمشان، اما یک روز، حین سرک کشیدن از روی پشت بام، با سروصدای بی‌موقع یکی از پسرهای همراهمان، دستمان رو شد و دخترها شروع به جیغ و فریاد کردند و داد می‌زدند کسی روی پشت‌بام است. پس، ناگهان ما همگی از روی پشت‌بام‌های کاه‌گلی به هم چسبیده به طرف خانه پا به فرار گذاشتیم، البته همگی به جز پسرعمویم، همان که آن شب در چالۀ بیرون خانه افتاده بود. او دوباره ناپدید شد. ما در حال فرار بودیم که دریافتیم پسرعمویم غیبش زده است. جریان این بود که او از یکی سوراخ‌هایی که آن زمان وسط سقف خانه‌ها و بناها، به عنوان هواکش، تعبیه می‌شد، به داخل سقوط کرده بود و این بار نیز خوشبختانه خطر از بیخ گوشش گذشته بود؛ زیرا نه بر زمین

بلکه روی دستهٔ بزرگ یونجه‌ای، آن هم وسط طویله و میان گاو و گوسفندها، افتاده بود. پس، ناچار شدیم از پشت بام پایین بپریم. پشت در خانه‌ای که اسطبل داشت رفتیم و در زدیم و سعی کردیم به هر ترتیبی بود، موقعیت را توضیح دهیم و در کمال خوش‌شانسی توانستیم پسرعمویم را از مخمصه نجات دهیم.

به یاد دارم اولین باری که مرگ را تقریباً تجربه کردم، ۱۱ سال داشتم. سیل آمده بود و رودخانه پر شده بود. همراه سه نفر از دوستانم بودم. آن‌ها، بیشتر از من، بچه شهری بودند و من، در مقایسه با آن‌ها، این برتری را داشتم که بیشتر از آنان، در کوه و دشت پرسه زده بودم، هرچند یکی از آن‌ها کشتی‌گیر خوبی بود، از بقیهٔ ما هم درشت‌تر بود؛ به همین دلیل، اغلب مجبورش می‌کردیم وسایلمان را برایمان حمل کند.

برنامهٔ آن روز شکار کبک با تفنگ ساچمه‌ای برای مادرم بود تا با آن شام درست کند. رودخانه طغیان کرده بود و غضبناک می‌خروشید و با جریان تندی در حرکت بود؛ به همین دلیل، عبور از آن سخت بود. چند مایل بالاتر، پلی برای عبور وجود داشت. تنبلی‌مان آمد تا آنجا برویم. به علاوه، عبور از پل، هیجان و ماجراجویی ما را نیز ارضا نمی‌کرد، اما نمی‌دانستیم چگونه از این رودخانهٔ دیوانه عبور کنیم. به نظر سخت و خطرناک می‌آمد، اما بین ما، من به دلیل اینکه شناگر قهاری بودم، به خودم مطمئن‌تر بودم و ترسی از عبور از رودخانه نداشتم. هرگز ترسی از چیزی نداشتم، حتی اغلب وقتی می‌بینم با شرایط یا چیز خطرناکی روبه رو می‌شوم، ناخودآگاه به سمتش می‌روم، گویی دوست دارم با خطر مواجه شوم. خصلت اصلی من از کودکی ماجراجویی بود. گویی همواره سرم درد می‌کند تا بدانم چه خبر است و همیشه خطر را به جان می‌خرم؛ به همین دلیل، آن روز هم کنار رودخانه ایده‌ای عالی به فکرم رسید. ما می‌خواستیم به آن طرف رودخانه برویم، اما برای چگونگی انجام این کار نقشه‌ای به ذهنم رسید. ازآنجاکه جریان آب خروشان‌تر از مواقع عادی بود، پیشنهاد

دادم برای عبور از رودخانه از طناب استفاده کنیم؛ یعنی من به قسمت بالای رودخانه می‌روم و طناب را به جایی در این سمت می‌بندم. سپس، درون رودخانه می‌پرم و تا آن سمت رودخانه شنا می‌کنم و آنجا طناب را به درختی محکم گره می‌زنم. بعد، آن سه نفر دیگر نیز، مانند کماندوها، با گرفتن طناب به راحتی به آن طرف رودخانه می‌آیند. به یاد دارم مادرم یک بار به من گفت که اگر بعد از انقلاب و زمان جنگ ایران و عراق، ایران بودم، نه تنها جان خودم را در جنگ از دست می‌دادم، بلکه دوستانم را نیز با چنین ایده‌هایی به کشتن می‌دادم.

چون قسمت بالای رودخانه آب قدری آرام‌تر بود، چندصدقدمی به آن سمت رفتم و آنجا یک سر طناب را محکم به تخته سنگ بزرگی بستم و سر دیگرش را هم دور کمرم گره زدم. سپس، دوباره همه چیز را وارسی کردم و به میان آب پریدم.

آسان نبود، جریان آب خروشان بود و من دست وپا می‌زدم و سخت تقلا می‌کردم تا بالأخره توانستم خودم را به آن سوی رودخانه برسانم. هرچند به دلیل خروشان بودن رودخانه کار آسانی نبود، اما بااین حال دو تا دیگر از دوستانم توانستند طبق برنامه‌ای که چیده بودم، خود را به آن سمت برسانند. نفر چهارمی که باید از رودخانه عبور می‌کرد، پسرعمویم بود که جثه‌اش کمی از بقیهٔ ما کوچک‌تر بود؛ به همین دلیل، حین عبور از رودخانه خسته شده بود و به یک‌باره طناب از دست‌هایش رها شد و در رودخانهٔ خروشان افتاد و هراسان و دست وپازنان به پایین رودخانه سرازیر شد.

با دیدن این صحنه بلافاصله درون رودخانه شیرجه زدم. نمی‌توانستم بگذارم بلایی سرش بیاید، حتی لحظه‌ای هم به خطری که پیش رویم بود فکر نمی‌کردم، مثلاً به اینکه آخر دوستانمان از کنار رودخانه به سمت خانه بدوند و به والدین خودشان و ما بگویند که پسرانشان در رودخانه مرده‌اند. آن لحظه نگران این چیزها نبودم، تنها چیزی

که می‌دانستم این بود که نباید وقت را تلف کنم، تنها چیزی که برایم مهم بود نجات جان پسرعمویم بود و بس.

رودخانهٔ سهمگینی که او را در چشم برهم زدنی با خود به پایین می‌برد، مرا هم همان‌گونه در خود کشید. بالأخره با تقلای زیاد توانستم از میان موانع و تخته سنگ‌ها و جریان سریع آب او را بگیرم، اما در همان حال، فشار شدید آب هر دویمان را همچنان به پایین رودخانه می‌راند.

با ضربه، به سنگ‌ها می‌خوردیم و، مانند عروسک‌های پارچه‌ای که در آب افتاده باشند، با جریان سریع و خروشان آب همچنان به جلو رانده می‌شدیم. برای حفظ جان عزیزمان پسرعمویم را به خود چسبانده بودم و سعی می‌کردم همچنان او را نگه دارم. سرم به هر طرف می‌خورد که ناگهان چشمم به شاخهٔ درختی در مقابلم افتاد و با بدبختی به سمتش شنا کردم و خود را به آن رساندم و شاخه را گرفتم. سپس، با تقلای بسیار به پسرعمویم کمک کردم دستش را به شاخه بگیرد و خود را در نقطه‌ای متوقف کند و از تخته سنگی بالا برود، اما من نتوانستم. خسته و ضعیف شده بودم. پس، دوباره درون رودخانه افتادم و درحالی که چپ و راست به تخته سنگ‌ها برخورد می‌کردم، با جریان آب برده شدم. فقط سعی می‌کردم سرم را میان بازوهایم نگه دارم تا شاید بتوانم از خودم در برابر ضربه‌های سخت محافظت کرده باشم.

حدود یک مایل پایین‌تر، که رودخانه پهن‌تر می‌شد، سرانجام جریان آب قدری فروکش کرد. درحالی که حسابی داغان شده بودم، سرانجام توانستم خودم را از آب بیرون بکشانم، لب رودخانه درحالی که نفس نفس می‌زدم، روی زمین دراز کشیدم، جان سالم به در برده بودم.

در همان حین که همراه جریان آب و با شتاب، به سوی پایین رودخانه کشانده می‌شدم

و دوستانم همراه من، اما لب رودخانه و تا پایین تپه، می‌دویدند و سعی می‌کردند مرا بگیرند و به نوعی کمکم کنند. آن‌ها بعداً به من گفتند که حین دویدن و تلاش برای نجاتم به شدت دچار وحشت شده بودند و نگران بودند که اگر سرانجام با جنازه‌ام روبه رو شوند، به پدر و مادرم چه بگویند.

در آن وضعیت، آن‌ها می‌گفتند مرا ازدست رفته می‌انگاشتند. پس، وقتی زنده‌ام یافتند، حتی له وکوبیده، از خوشحالی در پوست خود نمی‌گنجیدند.

من موفق شدم پسرعمویم را نجات دهم. هرچند این حرکت نزدیک بود به بهای از دست دادن جان خودم تمام شود، ولی از اینکه نجات یافته بود، خدا را شکر می‌کردم. به یاد دارم آن روز، همان طورکه در مسیر رودخانه به سمت پایین پرتاب می‌شدم، افکار بی‌شماری از ذهنم عبور می‌کرد. احساس درماندگی می‌کردم، هیچ کنترلی بر وضعیت پیش‌آمده نداشتم، تنها چیزی که از ذهنم می‌گذشت این بود که برای نجاتم امیدوار باشم و دعا کنم.

آن روز، دست خالی و بدون کبک و خیس و لرزان، به خانه بازگشتیم. خبر این اتفاق به سرعت در ناحیه پیچید و همه دربارۀ اینکه چگونه ما دو نفر از مرگ نجات یافته بودیم حرف می‌زدند. مادرم مرا نصیحت کرد ـ و گرنه انگار وظیفه‌اش را به انجام نرسانده بود ـ و به دوستانم توصیه کرد وقتی کنار من هستند، مراقب ماجراجویی‌هایم باشند و با طناب من به چاه نروند. هیچ بیمارستانی در نزدیکی آن ناحیه نبود؛ به همین دلیل اگر برای یکی از ما آسیبی جدی پیش می‌آمد، دسترسی به بیمارستان نیز امکان نداشت. از والدینم بسیار حرف و نصیحت شنیدم، اما آن‌ها خود به خوبی می‌دانستند که من آدمی نیستم که لم دهم و از تماشاچیان تئاتر زندگی باشم، بلکه کسی هستم که باید بیرون بروم و در این تئاتر، نقشی اصلی را به عهده داشته باشم. به نظرم خصلت هدایت و رهبری در من از همین نگاهی که به زندگی دارم سرچشمه می‌گیرد. از همان

دوران جوانی، آدم‌ها اصولاً دوست داشتند کنار و اطرافم باشند، شاید چون روزهایشان کنار من سراسر ماجراجویی و هیجان بود. درواقع، برای ما هیچ روز روزی عادی نبود. انگار هر روز باید اتفاقی متفاوت در دل خود می‌داشت، حال می‌توانست شکار کبک باشد، به دل رودخانه زدن یا بالا رفتن از کوه به خاطر برف. اگر دربارهٔ وجود خرس یا شیر کوهی اطراف ناحیه می‌شنیدم، می‌رفتم و سعی می‌کردم اثر یا ردپایی از آن‌ها پیدا کنم. حالا تصورش را بکن اگر با یکی از آن‌ها روبه رو می‌شدیم چه؟ بی‌خیال! بعداً فکری برایش می‌کردیم.

آن زندگی پرماجرایی که ما در آن سنین در دل طبیعت تجربه می‌کردیم، متأسفانه این روزها کمتر برای کودکان میسر است. در آن ایام، اینترنتی در کار نبود و تلفن‌های هوشمند همراه وجود خارجی نداشت. کارمان این بود که خودمان بیرون بزنیم و چیزی برای سرگرمی و تجربه بیافرینیم و این شامل همهٔ افراد خانواده می‌شد، نه فقط بچه‌ها. طبیعت‌گردی آن روزگار، مانند چادرزدن‌هایمان در این سال‌ها کنار دریاچهٔ تاهو یا تفریح با ماشین‌های بزرگ که تخت و آشپزخانه و تلویزیون دارند و مخصوص طبیعت‌گردی هستند، فرق داشت. با چنین ماشین‌هایی، ما دیگر نگران غذا و آشپزی نیستیم. با چنین امکاناتی، به راحتی سرگرم ماهیگیری، پیاده روی یا قایقرانی در دریاچه هستیم، درحالی‌که در تابستان‌های ایام کودکی، ما بچه‌ها به‌محض رسیدن به روستا، تنها به والدینمان کمک می‌کردیم تا وسایلی را که همراه برده بودیم از اتومبیل پیاده کنیم. سپس، روزمان شروع می‌شد، دیگر ما بودیم و یک دنیا هیجان و اکتشاف.

فردای آن روزِ حادثهٔ رودخانه، ما دوباره به همان محل برگشتیم و طناب هنوز آنجا بود. این بار پسرعمویم را با طناب، محکم، به خودم بستم تا حادثهٔ دیروز تکرار نشود. این بار همگی توانستیم به سلامت از رودخانه عبور کنیم و آن شب مادرم شام خوشمزه‌ای برایمان آماده کرد: خوراک کبک.

بخش یازدهم

سال ۲،۱۸

بعد از نشاندن هواپیما بر زمین، از مسیر مخصوص آر جی خارج می‌شویم و هواپیما را متوقف می‌کنم.

پال بر شانه‌ام زد:«حالا یک نفس راحت بکش کاپیتان! نفس راحت بکش» لحظاتی طول کشید تا باور کنم ما واقعاً بر زمین نشسته‌ایم، ما موفق شده بودیم.

دست راستم هنوز بر دستگیرهٔ کنترل سوخت بود و دست چپم انگار با چسب، به فرمان هدایتگر مقابلم چسبیده بود.

طی ۴۰ دقیقهٔ بحرانی، که پیش از نشستن هواپیما پشت سر گذاشته بودیم، پال متحیر مرا تماشا می‌کرد و نگران بود که آیا جسمم تسلیم این اتفاق خواهد شد؟ اما نشد، خودم هم نشدم، نه جسمم، نه روانم.

آن لحظه، تمام وجودم خسته و خالی از هر نیرو و انرژی‌ای شده بود، اما همچنان متمرکز بودم. انگار فقط نیاز به بستری برای استراحت داشتم که البته در آن موقعیت امکانش نبود.

گروه آتش‌نشانی و نجات تمام قد آنجا منتظر ایستاده بودند. آن‌ها قبل از فرود هواپیما آنجا آماده بودند. چقدر خوب است که این‌ها اینجا حاضرند، اما حضورشان در دلم

احساس آشفتگی و نگرانی را دامن می‌زند. وجود آن‌ها به من یادآوری می‌کند که چه حادثهٔ هولناکی می‌توانست در سرنوشتمان رخ دهد و چه جان‌هایی می‌توانست از کف برود.

هنوز نمی‌دانستیم چه اتفاقی برای موتور هواپیما پیش‌آمده بود. موتور سمت چپ را روشن نگاه داشته‌ایم، نمی‌خواهم هیچ ریسکی کرده باشیم، آن‌ها باید موتور سمت راست را به دقت بررسی کنند تا ببینند آیا آتش یا دودی در آن وجود دارد.

همان طور که مشغول معاینه و وارسی هستند، من همچنان روی صندلی خلبان در کابین منتظر نشسته‌ام.

هیچ دود یا آتشی در موتورها دیده نمی‌شود، خیالم راحت می‌شود. هرچند سوخت هیدرولیک آثار نشتی را نشان می‌دهد و این علامت خوبی نیست. بااین حال، به ما می‌گویند که برای جابه جا کردن هواپیما تا درِ مخصوص ورودی مسافران و خاموش کردن موتور مشکلی نیست.

هواپیما را به در مخصوص ورود مسافران هدایت می‌کنم و درحالی که دست‌هایم ناخودآگاه روی فرمان هدایت هواپیما چسبیده‌اند، همچنان روی صندلی‌ام در کابین خلبان نشسته‌ام، انگار ناخودآگاه می‌خواهم کنترل هواپیما را همچنان در دست داشته باشم.

از پشت سرم، صدای هورا و شادی به گوشم می‌رسد و مسافران ترسانی که حقیقتاً جان عزیزشان در دست ما بود، سرانجام احساس نجات و رهایی می‌کردند، اما کارمان هنوز تمام نشده بود. ما هنوز وظایفی داشتیم. اول از همه باید کنار مسافرانی باشیم که تشویق‌کنان سروصدا به راه انداخته بودند.

بدون تردید، تجربهٔ پر هراس و هولناکی را پشت سر گذاشته بودند؛ ۴۰ دقیقه، با

وحشت، با توهم مرگ و زندگی و احتمال سقوط هواپیما دست و پنجه نرم کرده بودند. به همکارانم در کابین خلبان گفتم برویم: «کنار در خروجی هواپیما بایستیم و از مسافران قدردانی کنیم.»

از کابین خلبان بیرون آمدیم، مسافران خوشحال بودند، اما خیلی از آنها آشکارا می‌لرزیدند. برخی یکدیگر را در آغوش گرفته بودند و می‌گریستند، برخی به خانواده‌هایشان تلفن می‌زدند. فضای هواپیما به هم ریخته و اشیای مختلف، از قبیل چمدان‌ها، لباس، ساک و غیره، در هر طرف پراکنده شده است.

کنار در می‌ایستیم و با هر مسافری که از هواپیما خارج می‌شود دست می‌دهیم. همگی می‌گویند که تصور می‌کردند دیگر هرگز خانواده‌هایشان را نخواهند دید. برخی با ما عکس می‌گیرند. همچنان به دست دادن و خداحافظی با آنها ادامه می‌دهیم. برخی مردان سعی می‌کردند وانمود کنند آرام و سرسخت هستند. برخی دیگر اشک می‌ریختند. دخترکی کوچک و موطلایی به طرفم آمد. ۴ یا ۵ ساله به نظر می‌رسید. می‌توانستم تصور کنم چه دقایق سختی را پشت سر گذاشته است و این به من یادآوری می‌کرد که زندگی می‌تواند چقدر گران‌بها و شکننده باشد.

افکارم به سوی پسرم، الکساندر، پرواز می‌کند. زمان تولدش من و همسر سابقم تقریباً نزدیک بود او را از دست بدهیم. تا ۷۲ ساعت نخستِ پس از تولد، هنوز معلوم نبود زنده می‌ماند یا نه. هنگام تولد فقط شش پوند و نیم وزن داشت و در عرض سه روز نخست تقریباً یک پوند از وزنش را نیز از دست داده بود. نمی‌دانستیم مشکل چیست، قادر به هضم غذا نبود. شیر می‌خورد، ولی دفعی در کار نبود.

خیلی نگران‌کننده بود. سیستم هاضمه‌اش کار نمی‌کرد و ما به شدت نگران از دست دادنش بودیم. او را به بخش اورژانس بیمارستان بردیم و خدا را شکر که این کار را کردیم. بلافاصله پسرمان را به اتاق عمل بردند و او را جراحی کردند. نفس در سینهٔ

من و همسرم، بِت، حبس شده بود و دست به دعا بودیم که عمل فرزندمان به خوبی سپری شود. ظاهراً بیماری فرزندمان مشکل روده بود، بعداً به ما گفتند که اگر بلافاصله آن جراحی را انجام نداده بودند، احتمالاً جانش را از دست داده بود؛ چراکه ظاهراً کیسهٔ اطراف روده‌ها به خوبی رشد نکرده بود و روده‌ها بیرون این کیسه رشد کرده و پیچ خورده بودند. خوشبختانه جراحش توانست پیچ و انسداد روده‌ها را برطرف کند و جانش را نجات دهد. هرچند بعد از جراحی نیز حالش به سرعت خوب نشد و شش روز نخست را در بیهوشی گذراند و من طی آن شش روز به ندرت بیمارستان را ترک کردم. تمام لحظات کنارش نشسته بودم و تمام آینده‌ای را که با او آرزو داشتم و کارهایی را که دلم می‌خواست با هم انجام دهیم، در ذهنم تجسم می‌کردم. فارغ‌التحصیلی‌اش را تصور می‌کردم، عاشق شدنش را، نخستین شغلی که به عهده می‌گیرد، نخستین شکست عشقی‌اش را. می‌توانستم همهٔ این‌ها را در آینده‌اش ببینم. او را با قد ۶ فوت و ۷ اینچ و وزن ۲۲۵ پوند تجسم می‌کردم (البته اکنون تقریباً با همین قد و وزن است). دعا کردم و دعا کردم و دعا کردم، کار دیگری از من ساخته نبود. برایش دستکش بیسبال و توپ فوتبال به بیمارستان آوردم، می‌گفتم که حالش خوب خواهد شد و از این‌ها استفاده خواهد کرد. تمام آرزوهایم را در تصوراتم تجسم می‌کردم: ماهیگیری و قایق‌سواری و سفرهای آینده‌ام با او. به او یاد خواهم داد که چگونه بند کفشش را ببندد و دوچرخه‌سواری یاد بگیرد. کراواتش را قبل از رفتن به جشن مدرسه برایش گره خواهم زد. آن ۶ روز، آن ۱۴۴ ساعت از سخت‌ترین روزهایی بود که در زندگی پشت سرگذاشته‌ام، اما هرگز ایمانم را از دست ندادم. هیچ‌گاه باورم را به دعا و گفت‌وگو با همان نیروی برتری که به او اعتقاد دارم از دست ندادم.

یک روز، در همان دورانی که برای بازگشت سلامتی‌اش دست به دعا بودیم، برای پیاده‌روی به محل پارکینگ بیمارستان رفتم. هوا ابری بود، اما من نیاز به هوای تازه داشتم. همسرم کنار الکساندر بود، همان‌طورکه مشغول قدم زدن بودم، بغضم

شکست و گریه‌ام گرفت. تحمل این فشار از عهده‌ام خارج شده بود. از خداوند درخواست کردم به جای پسرم، جان مرا بگیرد تا او بتواند زندگی را تجربه کند. هرچند شاید به نظر مسخره بیاید، اما شوخی نمی‌کنم، ابرها از یکدیگر فاصله گرفتند و گرمای مطبوع خورشید پوستم را لمس کرد. هرگز فراموش نمی‌کنم که آن لحظه چقدر التیام‌بخش و قدرتمند بود و من این را به نشانهٔ انرژی مثبتی تلقی کردم که به من می‌گفت: «همه چیز درست خواهد شد». به اتاق بیمارستان بازگشتم و دربارهٔ آنچه پیش‌آمده بود و احساسم با همسرم حرف زدم. فردای آن روز، پس از ۶ روز، پسرمان چشمانش را گشود.

زمانی که کنار در خروجی هواپیما، آن دختر کوچولوی موطلایی به طرفم آمد، همان احساس و خاطره برایم زنده شد. او به سمتم آمد و با لبخند قشنگی گفت: «خیلی خوب بود.» و من تنها توانستم لبخند عمیقی بر لب بیاورم. او به من می‌گفت که این بهترین کاترپیلاری بود که تابه حال سوار شده است و من، همان طورکه خروجش از در هواپیما را تماشا می‌کنم، لبخند می‌زنم، اما درواقع درونم آتش فشانی در حال فوران است و تمام سعی‌ام را می‌کنم از انفجار آن جلوگیری کنم.

زن میان‌سالی با موهای خاکستری کوتاه و نگاه قدرشناسانه با لهجهٔ استرالیایی به من می‌گوید که این بهترین فرودی بوده که تاکنون داشته است. پسربچهٔ کوچکی مرا در آغوش می‌گیرد و دوباره به یاد پسرم می‌افتم. تمام آن آرزوهایی که در ذهنم برای او مجسم کرده بودم، همه به حقیقت پیوسته بود؛ او اکنون ورزشکاری واقعی است و، به دلیل شنای حرفه‌ای، بورس تحصیلی دانشگاه کَل پُلی سن لوئیس اُبیسپو را به دست آورد و بعد از فارغ‌التحصیلی از آن دانشگاه اکنون در رشتهٔ پزشکی مشغول به تحصیل است. پسرکم اکنون جوانی قوی و برومند است و البته که دیگر بچه نیست. اکنون با در آغوش گرفتن این طفل کوچک عواطف پدرانه وجودم را پر می‌کند و خاطرات

فرزندان خودم را مقابل چشمانم به حرکت درمی‌آورد. این کودک خیلی جوان است و زندگی پیش رو انتظارش را می‌کشد، درحالی که طی ۴۰ دقیقۀ سرنوشت‌ساز و بحرانی که ما و مسافران پشت سر گذاشتیم، زندگی این موجود، چون بلوری شکننده، در دستان من بود و حال از اینکه توانسته بودم در زندگی این طفل و مادرش چنان تأثیر حیات‌بخشی داشته باشم، احساس غرور می‌کردم. کودک را به آغوش مادرش بازمی‌گردانم و احساسم را با او در میان می‌گذارم.

مسافران تشکرکنان هواپیما را ترک می‌کنند و طی مدت کوتاهی همگی رفتند و هواپیما خالی شده است. مهمانداران و خدمۀ هواپیما را جمع می‌کنم و همگی یکدیگر را در آغوش می‌گیریم و به تک تکشان «خسته نباشید» می‌گویم و از آن‌ها قدردانی می‌کنم. بعد از آن، لحظه‌ای با خودم خلوت می‌کنم و از خداوند عالم و هواپیما بابت فرود امن و سلامتمان سپاسگزاری می‌کنم.

سپس، همگی پیاده می‌شویم تا نگاهی به هواپیما بیندازیم و ببینیم چه بر سر آن آمده است.

در نگاه اول می‌بینیم، همان‌طورکه فکرش را می‌کردیم، کاور موتور سمت راست، که چون پوششی، تمام قطعات و اجزای داخلی آن را می‌پوشاند، کاملاً کنده شده است. به رغم زیبایی و دقتی که در مهندسی و ساخت موتور هواپیما به کار می‌رود، مشاهدۀ اجزای داخل و آن همه جزئیات به کاررفته چیزی نیست که حین پرواز کسی مایل به دیدنش باشد، اما اکنون شاهد موتوری بودیم که بدون هیچ روکشی تمام دل و رودهاش نمایان است. تعجبی ندارد که چرا هواپیما آن طور به یک سمت کشیده می‌شد. فقط خدا را شکر کردم که حین پرواز هیچ یک از اجزای کنده شدۀ موتور به دُم هواپیما برخورد نکرده بودند. اگر تکه‌ای از قطعات کنده شده، ولو تکه‌ای کوچک (مثلاً قطعه‌ای ۱۰ پوندی با سرعت ۵۰۰ مایل در ساعت، به قطعه‌ای با وزن ۵ هزار پوند در

اینچ مربع طی برخورد با هواپیما تبدیل خواهد شد)، به دم هواپیما خورده بود، آسیب‌های پیش‌بینی‌ناپذیری را موجب می‌شد تاحدی که حتی می‌توانست موجب کنده شدن و افتادن دم هواپیما شود که مسلماً امکان پرواز با هواپیمایی بدون دم امری غیرممکن است، حتی اگر خلبانی به مهارت چاک ییگر یا فضانوردی، مانند نیل آرمسترانگ، باشید.

بدون تردید اگر چنین اتفاقی پیش می‌آمد، هواپیما سرنگون می‌شد و همگی ما کشته می‌شدیم. گروه تعمیر و نگهداری آمدند تا دلایل این اتفاق و مشکلات فنی را بررسی کنند. بر اساس تحقیقات و کنکاش دقیق معلوم شد که به دلیل شل‌شدگی و کنده شدن برخی تیغه‌های موتور، بعضی از این اجزا به بدنۀ هواپیما برخورد کرده‌اند، اما خوشبختانه به ستون‌های فرعی بال برخورد کرده‌اند که قطعه‌ای شبیه دنده است و اتفاقاً خیلی سخت و مقاوم است. پس، آسیب کمی خورده‌اند، اما اگر تکه‌های جدا شده به قسمت‌های دیگری از بدنه برخورد کرده بودند، می‌توانستند سوراخ و آسیبی جدی پدید آورند و فشار داخلی هواپیما را بر هم بزنند که ما ناچار می‌شدیم، ناگهانی و بدون بهره‌گیری از سیستم خودکار هواپیما، ارتفاع هواپیما را به ۱۰ هزار پا کاهش دهیم که دراین صورت، مطمئناً هواپیما سقوط می‌کرد.

از وضعیت هواپیما عکس و ویدیوهای زیادی گرفتیم، در این میان، کسی هم از من و پل و اِد عکس گرفت. تلفنم تمام این مدت زنگ می‌خورد، برخی کسانی که دربارۀ حادثۀ هواپیما شنیده بودند، نگران می‌شدند و پیوسته تماس می‌گرفتند. هواپیمایی یونایتد تماس می‌گرفت. آن‌ها می‌خواستند با کاپیتان هواپیما صحبت کنند تا جزئیات دقیق را از او بشنوند، اما من از قوانین چنین شرایطی کاملاً اطلاع داشتم؛ ما ابتدا باید با اتحادیۀ خلبانان پرواز تماس می‌گرفتیم و اتفاقات و مشکلات پیش‌آمده را برای آن‌ها توضیح می‌دادیم؛ چراکه هر آنچه را که برای یونایتد توضیح می‌دادیم، ممکن بود بعداً

علیه خود ما استفاده شود. این از آن موقعیت‌هایی است که اگر حرفی به اشتباه بزنید، می‌تواند به اخراجتان منجر شود؛ یعنی در چنین شرایطی، ما گناهکار یا حداقل مورد سوءظنیم، مگر اینکه خلافش ثابت شود.

اتومبیل مخصوص هواپیمایی یونایتد ما را سوار کرد و همراه خود، به جایگاه مخصوص یونایتد برد. در راه، اتومبیلمان ناچار به تغییر مسیر می‌شود؛ چراکه آژانس‌های مختلف خبری با شنیدن این اتفاق به فرودگاه هجوم آورده‌اند. پس، به سمتی می‌رویم که چمدان‌ها را از آن قسمت، داخل فرودگاه می‌فرستند. در دفتر مرکزی یونایتد، اتاق مخصوص کنفرانس خبری برایمان در نظر گرفته شده است. اتاق مذکور خالی است و کسی به جز من، پال، اِد و مسئول مربوط آنجا نیست. به دوست دخترم و فرزندانم پیامی می‌فرستم تا مطمئن شوند حالم خوب است و به رغم آنچه در اخبار شنیده‌اند، جای نگرانی نیست.

مسئول کنفرانس خبری از ما می‌پرسد که به چیزی نیاز داریم و ما می‌گوییم: « هیچی» تمام آنچه ما آن لحظه نیاز داشتیم، یک تلفن و محلی آرام و ساکت بود. تشکر می‌کنیم و او اتاق را ترک می‌کند. بالأخره من و پال و اِد تنها شدیم و توانستیم در سکوت، به فاجعهٔ عظیمی که از دامش گریخته بودیم فکر کنیم.

بخش دوازدهم

سال ۱۹۷۵

می‌خواهم خاطره‌ای را برایتان تعریف کنم که تجربه کردنش را به کسی توصیه نمی‌کنم. تصورش را بکن! سوار بر اتومبیل بر لبهٔ صخره‌ای مرتفع الاکلنگ بازی کنی.

آن روز صبح، بدون اطلاع پدر و مادرم، سوئیچ جیپ پدرم را برداشته بودم. هنوز گواهینامهٔ رانندگی نداشتم، اما رانندگی بلد بودم. خواهران، دخترعموها، پسرعموها و بچهٔ کارگر خانه‌مان را پشت جیپ ویلیز نعنایی رنگ پدرم سوار کرده بودم تا همگی در روستا دوری بزنیم و از بقالی ده خوراکی بخریم. درواقع، پنج بچه را با خود همراه کرده بودم. در تپه‌های تاکر، یعنی محل خانهٔ تابستانی‌مان، با هیاهو می‌راندیم. جاده‌های خاکی زیبایی در تاکر و اطرافش وجود داشت که قدری شبیه جاده‌های تاهو بود. در جاده بودیم و به سمت خانه می‌آمدیم و خیلی خوش می‌گذشت. یک جا، وقتی به بالای تپه می‌راندم، پدال گاز را فشردم و فرمان را چرخاندم و ناگهان اتومبیل، با سرعت، دور خود چرخید. به نظرمان خیلی باحال آمد، بچه‌ها هیجان‌زده دست زدند و هورا کشیدند و من تشویق شدم دوباره همان حرکت جسورانه را تکرار کنم.

لحظهٔ بسیار هیجان‌انگیزی بود، البته تا زمانی که آن اتفاق خطرناک افتاد. همان‌طورکه در حال چرخ زدن با اتومبیل بودیم، به خم پیچ رسیدیم. پس، به چپ پیچیدم. ناگهان، قسمت عقب جیپ شروع به سُر خوردن کرد و هم زمان صدای فریاد یکی از بچه‌ها از عقب اتومبیل شنیده شد. لحظه‌ای چشمم را از جادهٔ مقابل برداشتم و به پشت برگشتم تا ببینم چه اتفاقی افتاده است. خدای من! یکی از درهای عقب اتومبیل باز شده و یکی از پسرعموهایم از اتومبیل بیرون افتاده بود.

نگران، دوباره به جلو نگاه کردم و یک‌باره متوجه شدم که بی‌مهابا به بالای صخره می‌رانیم. بی‌درنگ پایم را روی ترمز کوبیدم، اما متأسفانه اتومبیل سُر خورد و از جاده بیرون افتاد. به سرعت به سوی صخره می‌رفتیم. صخره‌ای به ارتفاع هزار پا تا سطح زمین.

اما لبهٔ صخره، درست پیش از سقوط، جیپ به شکل معجزه‌آسایی از حرکت ایستاد، انگار به کمک دستی غیبی به تخته سنگی گیر کرده بود و اکنون در آن نقطهٔ رعب‌آور همگی نشسته در اتومبیلی بر لبهٔ پرتگاه، میان مرگ و زندگی، معلق بودیم. اتومبیل، مانند الاکلنگی، بالا و پایین می‌رفت و تنها یک معجزهٔ دیگر لازم بود تا ما را از آن شرایط مرگبار نجات دهد.

بلافاصله اتومبیل را خاموش کردم. جیپ سر جایش آرام گرفت و دیگر کمتر حرکت می‌کرد. با خاموش شدن اتومبیل، سکوت مرگباری بر دشت حاکم شده بود و تنها صدایی که شنیده می‌شد صدای گاه‌به‌گاه برخورد بدنهٔ اتومبیل به صخره بود. باید، هرطور بود، بچه‌ها را از اتومبیل پیاده می‌کردم، اما هر حرکت ناگهانی یا جابه‌جایی می‌توانست اتومبیل را به پایین صخره سوق دهد. در آن وضعیت، نه به درستی از شرایط جلوی اتومبیل خبر داشتم و نه می‌دانستم تا کجای اتومبیل، از صخره آویزان است. تنها چیزی که به خوبی می‌دانستم این بود که در مخمصهٔ بدی گیر افتاده بودیم.

یکی از بچه‌ها، که صندلی عقب نشسته بود، با آهستگی و احتیاط هرچه تمام‌تر، در جیپ را گشود، اتومبیل کمی تکان خورد و باز بی‌حرکت ماند. درحالی‌که نفس‌هایمان در سینه حبس بود، یکی یکی و با احتیاط، از همان در، اتومبیل را ترک کردیم. در آن لحظه، تنها نگرانی من مسئولیتم در برابر این بچه‌ها و خانواده‌هایشان بود.

بعد از پیاده شدن همهٔ بچه‌ها نوبت من بود. نگاهی به عقب انداختم، درِ اتومبیل همچنان باز بود. با حرکتی سریع روی صندلی عقب پریدم. سپس، به حالت فرار، اتومبیل را ترک کردم. با خروج من از در عقب، همهٔ ما توانسته بودیم به سلامت از اتومبیل خارج شویم. جیپ همچنان، مانند الاکلنگی، بر نوک صخرهٔ سرنوشت، به دنبال توازن، بالا و پایین می‌رفت. بعد از تکاندن خودمان از گرد و خاک، برای یافتن پسرعمویم که زودتر از این، از در عقب اتومبیل بیرون افتاده بود رفتیم. او را کمی پایین‌تر، کثیف و خاک‌آلود و کمی خراش یافته و زخمی یافتیم.

با آنکه همگی از این مهلکه جان سالم به در برده بودیم، اما ترسیده بودیم و لرزان بودیم، رنگ و روی خاک آلوده‌مان پریده بود. به سرعت به خانه رفتیم تا بزرگ‌ترها را در جریان بگذاریم. در مسیر بازگشت، از شدت شوکی که از سر گذرانده بودیم، کلامی حرف نمی‌زدیم.

زمانی که به خانه رسیدیم، دریافتیم مردم ناحیه پژواک صدای اتومبیل را که در حال راندن به طرف بالای صخره در کوه‌های اطراف طنین انداخته بود شنیده بودند. همان لحظه گویی به پدرم الهام شده بود که اتفاق بدی در حال وقوع است، اما ما مقابل چشمانشان نبودیم و حداقل یک مایل با آن‌ها فاصله داشتیم.

بااین حال، او می‌دانست. پس بلافاصله بعد از شنیدن آن پژواک هولناک، عمو و دوستان را جمع کرده بود و همگی سوار بر اتومبیل، در جست وجوی منبع صدا به راه

افتاده بودند. همان موقع که ما پیاده و روبه پایین تپه در حرکت بودیم، به ما رسیدند. به پدرم اطمینان خاطر دادم که همگی سالمیم. سپس، همراه آن‌ها به سراغ جیپ رفتیم؛ بر لبۀ تخته سنگی بزرگ، معلق، کمی بالا و پایین می‌رفت. همگی آمدند و اتومبیل را با طناب بستند و با سه اتومبیل دیگر به پایین هدایت کردند. سرانجام آن را به جاده بازگرداندند.

یک بار دیگر، از چنگال مرگ رسته بودیم، اما می‌دانستم به همین جا ختم نخواهد شد، می‌دانستم گوشمالی درست وحسابی پدرم منتظرم است. البته از خوش شانسی من بود که پدر و مادرم هیچ‌گاه ما را تنبیه بدنی نمی‌کردند. در موقعیت‌هایی نظیر این، مادرم نهایتاً پوزخندی می‌زد، ولو اینکه باید مرا شماتت می‌کرد و می‌گفت که نباید چنین کاری می‌کردم، اما می‌توانم بگویم که از اینکه پسرش را این طور بی‌باک و جسور می‌دید، چندان ناراضی نبود. بعدها که در امریکا، والدینم را برای پرواز یا تفریح، سوار بر قایق‌های تندرو، با خود می‌بردم، درمی‌یافتم که مادرم از این ماجراجویی‌ها لذت می‌برد، اما پدرم قدری محتاط‌تر است و هیجان چندانی از خود بروز نمی‌دهد.

بعد از آن اتفاق، پدرم به من گفت که این احمقانه‌ترین کاری بوده که تابه حال از من سر زده است. می‌خواست بداند با خودم چه فکری کرده بودم که دست به چنین کاری زدم؟ آیا می‌دانم اگر آن قدر خوش‌شانس نبودیم که همه جان سالم به در ببریم، چه اتفاق جبران‌ناپذیری می‌افتاد؟ اما در باطن، او دلیلش را می‌دانست و آن روحیۀ ماجراجویانۀ من بود. البته آن کار احمقانه و نسنجیده بود، اما پدرم می‌دانست که هرچه بزرگ‌تر می‌شوم، بیشتر نیاز به هدایت و کنترل دارم. من تنها پسر میان چهار دختر بودم و هرگز از خواهرانم چنین کارهایی سر نزده بود، اما من پسربچه‌ای عادی نبودم و همواره با آتش‌بازی می‌کردم.

همیشه کارهایی می‌کردم که دیوانگی و خطرناک و جسورانه بود. هرچند عموماً آنچه از من سر می‌زد، تماماً بی‌حساب‌وکتاب نبود، اما موقعیت‌های استثنایی، نظیر آنچه با اتومبیل جیپ پدرم پیش آمد، در کارنامهٔ خطاهایم دارم. پدرم از من پرسید که اگر خواهر یا پسرعمویم در این حادثه کشته شده بودند و من مسئول مرگ آنان بودم چه؟ چگونه می‌توانستم چنین بار سنگینی را تا آخر عمر به دوش بکشم؟

در چشمان پدرم خیره مانده بودم. من از رنجی که زندان رفتن‌های او بر مادرم تحمیل کرده بود باخبر بودم. من این را در چشمان مادرم دیده بودم. از خودم می‌پرسیدم که سرنوشتم در آینده چه خواهد بود. چطور و چگونه این سرنوشت می‌توانست به او گره‌خورده باشد؟ آن روز، نگریستن در چشمان پدرم موضوعی را برایم روشن کرد؛ اینکه ممکن است گاه اتفاقات زندگی سبب شود شعله‌ای در تو کم‌توان و کم‌سو شود، اما هرگز آن شعله تماماً در وجود تو خاموش نخواهد شد، بلکه دوباره سر بر خواهد داشت، این بار حتی قوی‌تر از گذشته. پدرم خودش به من آموخته بود که هرگز تسلیم نشوم. غالباً افکار و ترس‌هایمان جسارت و اعتمادبه نفسمان را پایین می‌کشند، اما اگر ما اجازه دهیم آن افکار بر ما چیره شوند، سرنوشتمان را منجمد کرده‌ایم. ما اصولاً عادت نداریم موقعیت‌های این چنینی را به درستی تحلیل کنیم، تنها بلافاصله خدا را شکر می‌کنیم که خطر از سرمان گذشته است و جان به در بردیم، اما جایی در اعماق وجودم، در قلبم، می‌دانستم به دلایلی من از آن حوادث جان سالم به در خواهم برد؛ چراکه سرنوشتی در انتظارم است، وظیفه‌ای که باید به انجام برسانم. در کسوت یک خلبان، به ما تعلیم داده می‌شود تا در شرایط خاص احساساتمان را کنترل کنیم، بتوانیم آن‌ها را تجزیه‌وتحلیل کنیم و به علم باور و اعتماد داشته باشیم.

در باور من، مشیت الهی نیز جایگاه خاص خودش را داشت.

بخش سیزدهم

سال ۲۰۱۸

مدیر اتاق کنفرانس من و پال و اِد را تنها گذاشت و ما فرصتی یافتیم تا غلبه بر خطری را که پشت سر گذاشته بودیم، به یکدیگر تبریک بگوییم. این اتفاق برایمان تکان‌دهنده بود، اما به عنوان کاپیتان این پرواز حس می‌کردم باید همچنان استوار و قابل‌اطمینان باشم. از آن‌ها خواستم افکار و احساسشان را دربارۀ این اتفاق مطرح کنند؛ ما چیزی برای پنهان کردن نداشتیم. پس، آنچه اتفاق افتاده بود، با هم، مرور و بررسی کردیم و از احساسات درونی‌مان حرف زدیم.

پیروی از چهارچوب‌های آلپا[1] قدم بعدی است. در مواردی نظیر این، آلپا، به عنوان واسطۀ میان خلبان‌ها و خطوط هوایی، عمل می‌کند؛ سازمانی کاملاً بی‌نظیر است. این سازمان بزرگ‌ترین اتحادیۀ خلبانان خطوط هوایی در دنیاست. تمام خلبان‌های یونایتد عضو این سازمان هستند. از ۱۹۳۰ تاکنون، این سازمان، به‌گونه‌ای

خستگی‌ناپذیر، تلاش کرده است تا مدافع حقوق خلبان‌ها و ایمنی و امنیت پروازها باشد. خلبان‌های آن‌ها در جنگ جهانی دوم پرواز کردند تا حافظ دموکراسی باشند.

سازمان آلپا برای شکل‌گیری سازمان هوایی مستقلی تلاش کرد و این زحمات منجر به تشکیل فدراسیون بین‌المللی اتحادیه‌های خلبانان نیروی هوایی شد. وظیفهٔ آن‌ها تمرکز بر این است که مطمئن باشند با خلبانان عادلانه رفتار می‌شود، هر پرواز برای مسافران کاملاً ایمن است و پیوسته ایمن‌تر می‌شود. آن‌ها همواره ما را از جریانات درون سازمان آگاه می‌کنند.

چند ساعتی با کَتی هِرست گفت‌وگو می‌کنم. او رئیس کمیتهٔ بررسی اتفاقات هوایی در سازمان آلپاست و در کار خود بی‌نظیر است. ما همراه او به هواپیما بازگشتیم و در کمال آرامش و دقت، همهٔ جزئیات وقایع را برایش شرح دادیم. هنگام توضیح وقایع مراقبم که کاملاً منطقی و غیراحساسی و واقع‌گرایانه برخورد کنم. بعد از پایان این مرحله به ما می‌گوید که حال می‌توانید بروید و با یونایتد تماس بگیرید و از من می‌پرسد که آیا دقیقاً می‌دانم چه می‌خواهم به آن‌ها بگویم. البته که می‌دانم: یک موتور را از دست دادیم و به سلامت به زمین نشستیم، همین! البته که آن‌ها می‌خواهند تمام جزئیات و دل و رودهٔ ماجرا را از من بشنوند، اما من به آن‌ها خواهم گفت که پیشاپیش با آلپا صحبت کرده‌ام و پیرو اساسنامهٔ آن‌ها هستیم. شرکت یونایتد، خود، روند کار را می‌داند. آن‌ها با وکلای آلپا تماس خواهند گرفت و روند ایمنی را بررسی خواهند کرد. تمام چیزی که می‌خواهند از ما بشنوند این است که به سلامت روی زمین نشستیم. کتی همچنین به ما اطلاع داد که درحال حاضر و تا زمانی که تحقیقات لازم انجام شود، هیچ یک از ما اجازهٔ پرواز نداریم. البته این هم بخشی از اساسنامه است و در ادامه گفت:((این ممنوعیت پرواز ممکن است ۴- ۶ هفته طول بکشد، اما طی این مدت، حقوق شما پرداخت خواهد شد.)) پیش از رفتن به ما یادآوری می‌کند که

شرکت هواپیمایی یونایتد از ما خواهد خواست که آزمایش مصرف مواد و الکل بدهیم که البته این آزمایش‌ها بعد از وقوع چنین حوادثی اجباری است. به او می‌گویم که دراین‌باره صحبت کرده‌ایم و خوشحال خواهیم شد هرچه زودتر آزمایش دهیم. بعد از پایان این گفت‌وگوها کتی می‌رود و ما مدیر جلسه را صدا می‌زنیم و از او می‌خواهیم هرچه سریع‌تر آزمایش‌های لازم را از ما بگیرند.

وقتی شرایط فراهم شد، برای آزمایش دادن به طبقهٔ پایین رفتیم. پس از آن، اِد که خود ساکن هاوایی است، به خانه می‌رود و من و پال هم به هتل می‌رویم. البته هتلی غیر از هتلی که باید می‌رفتیم؛ چرا که می‌دانستیم خبرنگاران زیادی آنجا منتظر ایستاده‌اند.

شش ساعت بعد از فرود هواپیما، بالأخره در اتاق هتل تنها می‌شوم. احساس عجیبی دارم. تازه دریافتم چه اتفاق عجیبی رخ داده است. باورم نمی‌شد با چنان اتفاق نادر و پیچیده‌ای دست به گریبان شده بودم. چند ساعت قبل، با سرعت ۵۵۰ مایل در ساعت و یک موتور تکه‌پاره شده، در ارتفاع ۳۶ هزارپایی زمین بودم، اما حالا من و ۳۸۱ نفر دیگر زنده و ایمنیم و روزمان را ادامه می‌دهیم. انگار که هیچ اتفاقی نیفتاده است.

همه‌چیز دوباره عادی است.

کولر اتاق را خاموش می‌کنم. لباس‌هایم را درمی‌آورم و روی تختم می‌نشینم. پنجره باز است. نسیم خنکی می‌وزد. من و خانواده‌ام عاشق این هوا هستیم، گرم و کمی مرطوب. به آن‌ها فکر می‌کنم. ابتدا به فرزندانم تلفن می‌زنم و تماس با مالی را آخرسر می‌گذارم؛ زیرا می‌دانم گفت‌وگویم با او طولانی‌تر خواهد بود.

فرزندانم می‌خواهند بدانند کی به خانه بازمی‌گردم. به آن‌ها می‌گویم که باید در هاوایی بچرخم تا ببینم تصمیم بعدی یونایتد برای ما چیست. یکی از دخترانم هنوز

می‌ترسد و شوکه است. او تمامی اخبار را دنبال کرده و حتی سعی کرده بود زمانی که در اتاق کنفرانس بودم، با من تماس بگیرد و الآن با خیال راحت می‌توانست وقایع را از دهان خودم بشنود و مطمئن شود حالم خوب است و بشنود که به او می‌گویم که دوستش دارم و به او اطمینان دهم که همه چیز خوب است و فقط کمی به زمان نیاز دارم تا تمام آن اتفاقات را هضم کنم. پس از آن، یونایتد با من تماس می‌گیرد و می‌گوید که با پرواز فردا، من و پال را به سان‌فرانسیسکو بازمی‌گردانند، البته این‌بار به عنوان مسافر، نه خلبان.

دراز می‌کشم، درحالی که افکارم همچنان درگیر واقعه است. ترشح آدرنالین بدنم همچنان با شتاب در جریان است. انگار سیستم عصبی‌ام هنوز باور نکرده که پایم به زمین رسیده است. سرانجام سر بر بالین می‌گذارم و سعی می‌کنم تمام آن اتفاقات را، مانند قطعات پازل، کنار یکدیگر بگذارم. می‌دانستم زمان زیادی صرف می‌شود تا بتوانم چنین شوکی را در ذهنم پردازش کنم، اما شگفتی‌ام بیشتر از این است که چطور و چگونه عواملی دست‌به‌دست هم می‌دهند تا ۳ نفر غریبه، کنار یکدیگر، قرار بگیرند و چنین بحران بزرگی را مدیریت کنند. تمامی مجریان این پرواز فوق‌العاده حرفه‌ای عمل کردند؛ بهترین خلبانان و مهماندارانی که من تابه حال با آن‌ها کار کرده‌ام. در عملکرد هیچ‌کدام گیجی یا تندی دیده نشده بود. نمی‌دانم بدون اِد در این گروه ما چه می‌کردیم؟ سؤالات پی درپی در ذهنم می‌چرخد:

- اگر موتور هواپیما را کمی زودتر یا دیرتر خاموش کرده بودیم، چه اتفاقی می‌افتاد؟

- اگر تکه‌ای از پوشش فلزی موتور، هنگام جدا شدن، به بدنه یا دم هواپیما اصابت کرده بود، چه اتفاقی می‌افتاد؟

اگر و اگرهای متوالی در ذهنم رژه می‌روند و سرانجام به خواب می‌روم. طی روزهای آینده، هیچ یک از حملات اضطرابی و آثار روانی خاصی که ناشی از اضطراب آن پرواز باشد، در من بروز نکرد و تنها همان اگرها بود که از ذهنم عبور می‌کردند. در چهارمین شبِ پس از حادثه، ناگهان از خواب پریدم، گیج اما همچنان آرام بودم. مالی نیز از خواب بیدار می‌شود و می‌پرسد: «چه شده؟»

خوابی را که دیده بودم، برایش تعریف کردم: «دو دست بزرگ عظیم‌الجثه از آسمان بیرون آمد و هواپیما را روی باند فرودگاه هدایت کرد.»

اگر بعدها آدم‌ها از من بپرسند که هنگام آن اتفاق، نخستین چیزی که از ذهنم گذشت چه بود، خواهم گفت که آن لحظه دعا کردم: «خدایا! لطفاً مراقب هواپیما و مسافران و من باش!»

بخش چهاردهم

سال ۱۹۷۳

هرچند من در دوران رژیم شاه بزرگ شدم، اما باید بگویم که همواره فضای باز اجتماعیِ آن روزگار را به یاد دارم. در آن ایام، ایرانیان مسلمان، یهودی، مسیحی و بهایی بی‌دغدغه کنار هم زندگی می‌کردند؛ یعنی همهٔ این آیین و ادیان، کنار یکدیگر، بودند و هر اقلیتی نماینده‌ای در مجلس داشت.

پدر من مسلمان‌زاده‌ای بود که پیرو اصول دینی نبود. او هرگز هیچ یک از فرزندانش را وادار به پذیرش دین یا عقیدهٔ خاصی نمی‌کرد و ما درواقع با روحیه‌ای آزاد پرورش پیدا کردیم. او همواره می‌خواست ما تفکر مستقل خودمان را داشته باشیم و کاری را که دوست داریم انجام دهیم و هر مسیری را که می‌خواهیم انتخاب کنیم.

تمام عمرم، آدمی معنوی بوده‌ام، دین و آیینم زمین و طبیعت است و از نخستین سال‌های زندگی‌ام پیرو اصول و قواعد طبیعت بوده‌ام و هستم. طبیعت هرگز دروغ نمی‌گوید. اگر درخت سیب بکاری، سیب برداشت خواهی کرد و اگر هویج بکاری، همان را برداشت می‌کنی. اگر نفرت بکاری، نفرت درو می‌کنی و اگر عشق بکاری،

عشق درو می‌کنی. ترس بکاری، ترس به ثمر می‌نشیند و همچنین موفقیت موفقیت به بار می‌آورد. تو نمی‌توانی برای تماشای غروب آفتاب به سوی مشرق زمین بچرخی.

نخستین باری که با مسئلهٔ معنویت و ایمان آشنا شدم، از طریق دوستی امریکایی بود که در ایران در همسایگی ما زندگی می‌کردند. او پسری لاغر و بلندقامت بود؛ به همین دلیل، همه او را مداد صدا می‌کردند، اما درواقع نامش پِنسی بود. در آن ایام، داشتن دوست و همسایهٔ امریکایی چیز عجیبی نبود. دورانی که من بچه بودم، امریکا بیش از ۳۰۰ هزار مستشار در ایران داشت. پنسی برایم از شگفتی‌های کالیفرنیا، آب و هوای مطبوع، دختران زیبا و پل باشکوه گلدن‌گیت در سان‌فرانسیسکو تعریف می‌کرد. او دربارهٔ پل گلدن‌گیت طوری حرف می‌زد که گویی یکی از عجایب هفتگانه است. گلدن‌گیت پل فلزی قرمز نارنجی با شکوه و عظمتی است که شبه‌جزیرهٔ سان‌فرانسیسکو و مارین هدلندز را به یکدیگر متصل می‌کند.

در آن دوران، توصیفات پنسی علاقهٔ وسواس گونه‌ای را به امریکا، به خصوص سان‌فرانسیسکو، در من به وجود آورد. پس‌ازآن، هرچه بیشتر دربارهٔ تاریخچهٔ سان‌فرانسیسکو و نواحی‌ای نظیر، جزیرهٔ آلکاتراز و شراب‌سازی‌های اطراف و مناظر اقیانوس و کوه‌ها، می‌دانستم، بیشتر به دیدن آن‌ها علاقه‌مند می‌شدم. پنسی مسیحی بود و برایم از آیین مسیحیت نیز حرف می‌زد. در آن سنین، من هیچ آیین و مذهب خاصی را نمی‌شناختم و دنبال نمی‌کردم، اما همان زمان، و هم‌اکنون، خود را آدمی معنوی و معتقد به موجودی که به نظرم خالق هستی و کائنات بود می‌دانستم؛ یعنی از همان ایام کودکی، معتقد به وجود خالق یا موجودی ماورای جهان مادی بودم و هستم.

طی سالیان مختلف، اوقات زیادی را صرف مطالعهٔ ادیان مختلف سراسر دنیا، نظیر بودیسم، اسلام، مسیحیت، یهودیت و سایر مذاهب، کرده‌ام و درپی مطالعاتم به این

نتیجه رسیدم که همهٔ آن‌ها یک ستون مشترک دارند: یک خدا، پیامبر مشترک و سایر قوانین دینی است که پیروانشان باید دنبال کنند. به علاوه دریافتم بیش از ۱۵۰۰ دین مختلف در دنیا وجود دارد که هریک پیروان خودشان را دارند. درنهایت، به این نتیجه رسیدم که خالق هستی چیزی نیست که در کتاب توصیف شود، بلکه باید در قلب تو حضور داشته باشد. باید خالقت را بشناسی، همان که با او گفت‌وگو می‌کنی یا در حالت مدیتیشن، با او ارتباط برقرار می‌کنی، حال هرچه یا هرکه هست. زمانی که من مدیتیشن می‌کنم و تمرکزم را جمع می‌کنم، چیزی شبیه راه یا تونلی را مقابلم می‌بینم که با آن می‌توانم به قدرت لایزال الهی متصل شوم و وقتی این کار را می‌کنم، خودم را وصل به نیرویی ماورایی و برتر و قدرتمندتر از تصورم می‌یابم.

دوستم، مداد، به من دعا کردن را یاد داد. من برای سلامت خودم و پدرم و مادرم دعا می‌کنم، به خصوص همیشه به شدت نگران این بودم که مبادا کاری از من سر بزند که موجب شود یکی از والدینم را از دست بدهم. رفت و برگشت‌های پدرم به زندان رنج و نگرانی زیادی را بر ما تحمیل می‌کرد و من هر شب برای او دعا می‌کردم. کنار بسترم می‌نشستم و با خداوند گفت‌وگو می‌کردم و اگر آنچه را دعا کرده بودم اجابت می‌شد، به خودم می‌گفتم: "خب، معلوم است که کسی آن بالا نشسته و به دعاهایم گوش می‌دهد."

طی آن دوران سختی که خانوادهٔ ما پشت سر می‌گذاشت، دعا خواندن‌هایم بسیار به من کمک کرد. آن دعاها اهمیت باور داشتن به نیرویی برتر از خودم را به من آموخت؛ باوری که همچنین در موقعیت واقعهٔ پرواز ۱۱۷۵ همراهم بود و موجب آرامشم می‌شد. من همیشه با این باور زندگی کرده‌ام.

مداد همچنین مرا با دنیای موتورسواری آشنا کرد. حقیقتش از زمانی که من دعا کردن را شروع کردم، بیش از هر چیز، برای داشتن دوچرخه دست به دعا بودم و بالاخره

اجابت شد. مادرم به من گفته بود که اگر نمره‌های مدرسه‌ام خوب شود، برایم دوچرخه می‌خرد و این اتفاق افتاد. به یاد دارم آن زمان دوچرخه را به قیمت ۹ هزار تومان گرفت. خنده‌دار است، این روزها یک دلار امریکا ۵۰ هزار تومان است.

احتمالاً تعجب می‌کنید که چطور دوچرخه مرا خوشحال یا هیجان زده کرد؛ چون تمرکز اصلی من بر جمع‌آوری ماکت‌های هواپیما معطوف بود، اما درواقع، هر وسیلهٔ مکانیکی برایم جذاب بود. به یاد دارم در آن ایام، برخی اسباب‌بازی‌هایم را اتومبیل‌های کوچک کنترل‌دار تشکیل می‌داد. با دوستانم مسابقه می‌دادیم، می‌راندیم، آن‌ها را در گوشه‌های مختلف می‌گذاشتیم و سپس، به سوی یکدیگر هدایتشان می‌کردیم. می‌خواستیم ببینیم چرخ‌ها و پیستون و میل‌لنگ‌ها چگونه کار می‌کنند. در آن روزگار، یوتیوب و گوگل وجود نداشت. دوربین این‌طور رایج نبود. من از سر کنجکاوی، اجزای اتومبیل‌ها را از یکدیگر جدا می‌کردم تا بفهمم چگونه کار می‌کنند و همیشه حین این تکه تکه کردن‌ها، مرحله به مرحله، همه چیز را روی کاغذ یادداشت می‌کردم تا بعد، باز بتوانم همه را دوباره به هم وصل کنم. همین کار را با دوچرخه‌هایمان نیز می‌کردیم. بعد، سربازان تخیلی‌مان را عقب اتومبیل‌هایمان می‌گذاشتیم و به سمت درخت‌ها می‌راندیم. آن دوران و آن خاطرات خیلی حال خوبی داشت.

دوچرخه‌ای که مادرم به دنبال دعا کردن‌های زیاد برای من خریده بود، مدل‌اش یاماهای ایکس زد ۲۵۰۱ بود. من و دوستانم همگی یاماها داشتیم، یک گروه باحال و پرانرژی. حتی گاه مدرسه را به خاطر دوچرخه‌سواری می‌پیچاندیم و زودتر مدرسه را ترک می‌کردیم.

آن زمان، تمام شرکت‌های تولیدکنندهٔ معروف دوچرخه، ارسال دوچرخه به ایران را

YZ 250-۱

آغاز کرده بودند، اما افسوس که، به جز کلاه ایمنی، هیچ یک از سایر تجهیزات دوچرخه وارد ایران نمی‌شد؛ یعنی مثلاً محافظ زانو یا شانه در کار نبود. درواقع، ما باید خلاقیت به خرج می‌دادیم و هرچه لازم داشتیم، خودمان درست می‌کردیم، مثلاً پارچهٔ چرم می‌خریدیم و به خیاط می‌دادیم تا برایمان ژاکت یا محافظ شانه و زانو درست کند. رنگ‌های خودمان را داشتیم، مثلاً ژاکت‌های گروه ما سفید با آستین‌های آبی بود و هرکدام شمارهٔ خودمان را پشت آن می‌گذاشتیم. من شمارهٔ ۶۰ بودم.

در دوران نوجوانی، به داشتن دوچرخه‌های یاماها افتخار می‌کردیم و از بچه‌هایی که دوچرخهٔ کاوازاکی یا سوزوکی می‌راندند خوشمان نمی‌آمد. درست مانند سریال داستان وست ساید[1] هر گروه حواسش به گروه‌های دیگر بود و همیشه به یاد دارم هرگاه مسابقه یا رقابتی در میان بود، خصومت بینمان بالا می‌گرفت و ما همیشه سعی داشتیم پیروزی‌هایمان را افزایش دهیم تا برتری یاماها را ثابت کرده باشیم.

٭٭٭٭٭

بهار بود، درختان شکوفه زده بودند، هوا تر و تازه بود و ما برای تمرین و بازی و دوچرخه‌سواری به پیست دوچرخه‌سواری‌مان رفتیم.

ازآنجاکه من خیلی تمرین کرده بودم، تصمیم گرفتم دور اول را آهسته بروم. با تمام مسیرها و موانع سر راه آشنا بودم، طوری که گویی نقشهٔ تمام مسیر دوچرخه‌سواری و مسابقه را در ذهنم داشتم. پس، سوار شدم و به راه افتادم.

همه چیز عالی بود، نسیم ملایمی به صورتم می‌خورد و هرچه بر سرعت دوچرخهٔ یاماهایم می‌افزودم، حال بهتری داشتم، اما دور پنجم، دوچرخه‌ام پیچید و به مانع

خورد و ناگهان به هوا پرتاب شدم. عجیب اینکه انتهای جاده دیده نمی‌شد، انگار ناپدید شده بود، چطور ممکن بود؟

اما بعداً فهمیدم من از سیلاب کوچکی که قبلاً آمده و این قسمت مسیر دوچرخه‌سواری را شسته و برده بود، کاملاً بی‌خبر بودم.

نهایتاً با شدت به دیواری برخورد کردم و شدت ضربه طوری بود که دست‌هایم از دوچرخه رها شد و صورتم به شدت به میلهٔ میان دسته‌ها برخورد کرد و سرم مجدداً به عقب برگشت و در آخر، با بدنی لهیده نقش زمین شدم.

در آن موقعیت، بعضی دوستانم افتادن مرا دیده بودند، بعضی دیگر هم فقط متوجه ناپدید شدنم شده بودند و حدس می‌زدند که باید اتفاقی برایم افتاده باشد.

نمی‌دانستم آیا دوچرخه بر بدنم فرود آمده؟ بدنم خرد شده؟ گردنم شکسته؟

بچه‌ها به سمتی که من ناپدید شده بودم دویدند. دقایق اول، گیج و منگ بودم. تا سرانجام به خودم آمدم، دوستانم را اطرافم می‌دیدم که با نگرانی نگاهم می‌کردند، می‌خواستند حرکتم بدهند، اما از آن‌ها خواستم این کار را نکنند. سعی کردم انگشتان و دستانم را تکان دهم، اما هیچ‌کدام حرکت نمی‌کردند.

یعنی چه؟ یعنی فلج شده‌ام؟ یعنی من دیگر نمی‌توانم حرکت کنم؟ فقط دلم می‌خواست همان‌جا بی‌حرکت دراز بکشم تا بدانم چه بلایی بر سرم آمده است. چه حرکتی می‌توانستم بکنم؟ هیچ!

دوستانم ده‌دقیقه‌ای آنجا ایستاده بودند و خیره مرا نگاه می‌کردند. بالاخره چهار نفر جلو آمدند و با ترس و احتیاط مرا از زمین بلند کردند، خوشبختانه هنوز کلاه ایمنی سرم بود، یکی از آن‌ها نیسان سبزرنگی را که همیشه وسایل دوچرخه‌سواری و خوراکی‌ها را با آن حمل می‌کردیم آورد. مرا عقب نیسان جای دادند و دو نفر برای

مراقبت از من کنارم نشستند و به سمت درمانگاهی که چهار پنج مایل با ما فاصله داشت راندند. در مسیر، از مقابل خانه‌مان عبور می‌کردیم. پس، دو نفر از دوستانم از عقب نیسان پایین پریدند تا به مادرم اطلاع دهند. آن زمان، پدرم زندان بود.

در درمانگاه، دکتر از من خواست دست و انگشتانم را حرکت دهم، اما به‌هیچ‌وجه قادر به کوچک‌ترین حرکتی نبودم. چشمانم را با چراغ مخصوص نگاه کردند، مادرم هراسان از راه رسید و من شنیدم که یکی از پزشکان به او می‌گفت که من احتمالاً دچار آسیب نخاعی شده‌ام و شاید دیگر هرگز نتوانم راه بروم. مادرم دیوانه شد. حدود ده بیست دقیقه پیش از آمدن مادرم پزشکان از من می‌خواستند برخی اعضای بدنم را حرکت دهم و من به رغم تلاشی که می‌کردم، نمی‌توانستم حرکت کنم. همان طور که در تخت بیمارستان دراز کشیده بودم، رؤیای خلبان شدنم را می‌دیدم که دود می‌شد و به هوا می‌رفت. با خودم فکر می‌کردم با وجود چنین حادثه‌ای حتی اگر بتوانم دوباره راه بروم، احتمالاً دیگر همهٔ شرایط جسمانی لازم برای پذیرفته شدن در آزمایش‌های خلبانی را نخواهم داشت.

آن شب، در بیمارستان نگاهم داشتند و پی درپی به دقت معاینه‌ام می‌کردند، هیچ شکستگی‌ای دیده نمی‌شد، اما تشخیص پزشکان ضربهٔ مغزی بود. دکتر به مادرم گفت که در آن شرایط، من فقط نیاز به استراحت دارم و ناچاریم صبر کنیم تا ببینیم آیا تغییری در شرایطم به وجود می‌آید یا خیر. پس، مرا با آمبولانس به خانه بردند و روی تخت خواب اتاقم گذاشتند. تنها کاری که می‌توانستم انجام دهم دراز کشیدن بود. بعد از چند روز به تدریج احساس می‌کردم شرایطم در حال بهبود است. بعد از مدتی دریافتم حس لامسهٔ انگشتانم قدری بازگشته است و من ته دلم می‌دانستم که خوب خواهم شد. خودم را در حال راه رفتن تجسم می‌کردم، در حال نشستن، دویدن،

نوشتن تا به لحاظ روانی به خودم کمک کرده باشم به زندگی عادی بازگردم. در رؤیاهایم خودم را می‌دیدم که از کوه‌ها بالا می‌روم و میان ابرها جولان می‌دهم.

برخی روزها، دوستانم برای دیدنم می‌آمدند و از تمرین‌های دوچرخه‌سواری‌شان تعریف می‌کردند و من خودم می‌دانستم که به زودی دوچرخه‌سواری خواهم کرد. ذره ذره توانایی‌های حسی‌ام به انگشتان و بدنم بازمی‌گشت، برایم حکم معجزه داشت. دوستانم زیر بغلم را می‌گرفتند و بلندم می‌کردند و کمک می‌کردند تا روی پاهایم بایستم. به هیچ وجه به خودم اجازه ندادم که باور کنم این حادثه تأثیری دائمی بر من گذاشته باشد و باقی عمرم از حرکت بازخواهم ماند. کاملاً مصمم بودم که بر این ناتوانی غلبه کنم. زمانی که بالأخره قادر به ایستادن شدم، باور کردم روند بهبود این آسیب زمان بر خواهد بود. نمی‌گویم که نترسیده بودم، اما از تصور فلج ماندنم، عرق سرد بر تنم می‌نشست، می‌دانستم که بلایی بر سرم آمده، وقتی مشاهده می‌کردم که نمی‌توانم دست و پاهایم را حرکت دهم، هراس برم می‌داشت. در چنین موقعیتی، ترس امری عادی است، اما مهم این است که چگونه در مقابل این ترس واکنش نشان می‌دهیم.

آن روزی که ناگهان حس کردم می‌توانم انگشتانم را کمی حرکت بدهم، از خوشحالی دیوانه شده بودم.

پس، به خودم گفتم که مطمئناً هر روز بهتر و بهتر خواهم شد.

آسیب واردشده به بدنم ضربهٔ محکمی به دیسک گردنم بود؛ شدت ضربه آن قدر بود که می‌توانست به راحتی باعث شکستگی مهرهٔ گردنم شود، اما خدا را شکر که خوشبختانه شکستگی‌ای در کار نبود. پزشکان می‌گفتند که با فلج شدن دائم، فقط چند میلی‌متر فاصله داشتم. این یکی از همان موقعیت‌هایی بود که باور داشتم خداوند فرصت دوباره‌ای برای زندگی به انسان‌ها می‌دهد، فرصتی که شاید دلیلی

برای آن وجود داشته باشد. من حوادث زیادی را پشت سر گذاشته‌ام: شکستگی دنده، بینی، مچ دست و استخوان‌هایی که اغلب بر اثر ماجراجویی‌های دوچرخه‌سواری و طبیعت‌گردی بود، اما همهٔ آن تجارب سخت از من کسی را ساخت که اکنون هستم و می‌توانم در رویارویی با ناملایمات، واکنش‌های کنترل شده‌ای از خود بروز دهم.

این اتفاقات نتوانست شهامتم را از من بگیرد و من همچنان پا را فراتر از اتفاقات می‌گذاشتم. پس از جستن از آن حادثه مجدداً سرپا شدم و باز به مسابقات دوچرخه‌سواری برگشتم. هدفم در زندگی این بوده و هست: در کاری که آغاز می‌کنم، موفق و متبحر شوم و حتی بهترین باشم.

*****

هنوز دوچرخه‌ام یاماهای ۲۵۰سی سی بود، اما نمرات خوبم در مدرسه باعث تقویت اعتمادبه نفسم می‌شد و با کسانی که یاماهای ۵۰۰ سی سی داشتند مسابقه می‌دادم، البته این از پُررویی زیادم بود، وگرنه که دوچرخه‌ام قدرت رقابت با آن‌ها را نداشت و غالباً همان ابتدای مسابقه مرا در غبار سرعت خود پشت سر می‌گذاشتند، اما کاری از من ساخته نبود، البته که دوچرخه‌های آن‌ها بهتر از من بود. یک بار هم به یاد دارم در یکی از این مسابقات، از زیر چرخ دوچرخهٔ بزرگ جلویی سنگ بزرگی دررفت و به سمتم آمد و به شدت به قفسهٔ سینه‌ام اصابت کرد و از این حادثهٔ ظاهراً ساده سه دندهٔ شکسته نصیبم شد.

بعد از اینکه شکستگی دنده‌هایم بهبود یافت، با یک‌دندگی تمام دوباره به مسابقات بازگشتم؛ یعنی تنها یک هفته قفسهٔ سینه‌ام باندپیچی بود و من دو هفته بعد، باز در مسیر مسابقات بودم.

خاطرهٔ خوبی که از این سرتق بازی‌ها همیشه در ذهنم به جا مانده، مسابقهٔ دیگری بود که باز من میانهٔ میدان بودم. آن روز، همان ابتدای مسابقه، دوچرخه‌های قوی‌تر

گل و لای‌شان را به من پاشیدند و رفتند. خدا را شکر، لااقل پرتاب سنگی در کار نبود. هرچند شروع خوبی نبود و ۱۵ دوچرخهٔ دیگر هم در میدان رقابت بودند، اما من به دلیل سرسختی و تلاشم نفر دهم بودم. بعد، با تلاش زیاد نفر چهارم شدم. سپس، همهٔ تبحر و مهارتم را در مانور دادن به کار گرفتم؛ چون می‌دانستم قدرت دوچرخه تنها عامل مؤثر در برنده شدن نیست، تاآنجاکه فقط صد قدم با نفر سوم شدن فاصله داشتم و می‌دانستم تنها چیزی که در این میان ممکن است مرا پیروز کند، فنون و مهارت‌های دوچرخه‌سواری است و روش‌هایی که کارایی‌ام را هنگام دور زدن و چرخیدن بالا ببرد. در آخرین دور مسابقه، از بخت خوشم دوچرخه‌های نفر سوم و چهارم به هم برخورد کردند و نقش زمین شدند و من توانستم آن‌ها را پشت سر بگذارم. ناگهان دریافتم نفر دومم و حال قصد داشتم مزهٔ اول شدن را بچشم، اما دوچرخه‌های پشت سرم داشتند به من می‌رسیدند و من تشنهٔ برنده شدن بودم، البته آن‌ها هم همین‌طور. نهایتاً با تقلای زیاد، به خط نهایی رسیدیم و نفر دوم شدم.

درست است کسی که پیش از من به خط پایان رسیده بود اول شد، اما تمام فریادهای هیجانی و تشویق‌ها به خاطر من بود؛ کسی که با دوچرخهٔ کم قدرتش نفر دوم شده بود. هرچند آن روز من اول نشدم، اما مهارت و فنونی که به دلیل تمرینات زیاد، از قبل یاد گرفته بودم، بر همهٔ حاضران آشکار بود، حتی بر آن‌هایی که خود را به ظاهر بی‌اعتنا نشان می‌دادند. گروه من از خوشحالی فریاد می‌کشیدند و مرا میان دست‌هایشان بالا و پایین می‌انداختند. دخترها هم از خوشحالی دیوانه‌وار فریاد می‌زدند و بعد از آن روز، آدم سرشناس محله و مدرسه‌مان شده بودم؛ چراکه دیر آمده، اما خوش درخشیده بودم، کسی که هرگز تسلیم نمی‌شد. اغلب اوقات، موانع پیش رو صرفاً ادراک ما از احتمالات منفی است، درحالی که عبور از آن مانع، ممکن و شدنی است. این همان چیزی است که در مواقع ناامیدی و گرفتاری باید باور داشت. هرچند ممکن است گاه به آنچه می‌خواهیم نرسیم، اما تلاش برای عبور از موانع راه

پیروزی است. من شاید نمی‌توانستم آن لحظه، از پرتاب شدن سنگ به طرفم ممانعت کنم، اما توانستم واکنشم را در مقابل آن موقعیت کنترل کنم و بهبود یابم. شما هم می‌توانید همین‌گونه عمل کنید.

بخش پانزدهم

سال ۲.۱۸

روز بعد از حادثۀ هواپیما، پیش از بازگشت به سان‌فرانسیسکو، من و پال برای صبحانه با هم بودیم. پشت میز، گفت‌وگوی کوتاهی می‌کنیم و مجدداً به یکدیگر تبریک می‌گوییم و از احوال خانواده‌هایمان می‌پرسیم. همچنان که مشغول صبحانه‌ایم، هر دو می‌دانیم که هنوز منگِ اتفاقات دیروز و نجات معجزه‌آسایی که پشت سر گذاشته بودیم هستیم. در این حین، پال سرش را بلند کرد و به من گفت که آیا می‌تواند سؤالی از من بپرسد: «لحظه‌ای که آن حادثه اتفاق افتاد و فهمیدیم که یکی از موتورها از کار افتاده و هواپیما تقریباً به یک طرف چرخیده است، آیا فکر کردی کارمان تمام است؟ یعنی همه چیز تمام شده؟»

لحظه‌ای درنگ کردم و گفتم: «بله!» پال گازی به تکه نانی که در دست داشت زد.

معلوم نبود اگر یکی از عواملی که طی آن حادثه در جریان بود طور دیگری اتفاق می‌افتاد، سرنوشت چگونه رقم می‌خورد. احتمالاً همه چیز در چشم برهم زدنی به فنا می‌رفت. اگر ما کنترل و هدایت هواپیمایی را که با سرعت ۵۵۰ مایل در ساعت در

حرکت بود و یک موتورش نیز از کار افتاده بود، از دست داده بودیم، دیگر کاری نمی‌توانستیم بکنیم.

پال در ادامه می‌پرسد: «اگر اوضاع طور دیگری می‌شد چه؟ برایت مسئله‌ای نبود؟»

و من به زندگی‌ام و خانواده‌ام فکر می‌کنم و پاسخ می‌دهم: «خیر، مسئله‌ای نبود»؛ چراکه همواره سعی کرده‌ام طوری زندگی کنم که اگر یک روز صبح، سرم را از بالین برندارم، هیچ افسوسی نداشته باشم. چرا که همواره آگاهانه تلاش کرده‌ام در هر موقعیتی، به موقع اقدام کنم و واکنشی صحیح از من سر بزند. رویکرد من در زندگی هرگز فقط سعی‌کردن نبوده، بلکه انجام دادن است. در فرهنگنامهٔ زندگی‌ام کلمهٔ سعی کردن جایی ندارد، بلکه به جای آن همواره اقدام کردن و عمل کردن بوده است. اگر کسی از شما بخواهد مدادی را که روی میز است بردارید، شما سعی نمی‌کنید بلکه برمی‌دارید. بدون عمل، هیچ پیشرفت و تغییری وجود ندارد. اگر روز قبل، حین آن بحران، مصمم اقدام به نجات هواپیما نکرده بودم، اکنون اینجا هم نبودم.

از پال پرسیدم: «تو چطور؟ فکر می‌کردی خواهیم مرد؟» و پال پاسخ داد: «البته که این طور فکر کردم واقعاً فکر کردم مزرعه را خریده‌ایم. کنترل شرایط از دست ما خارج بود».

مطمئن نیستم اصطلاح «مزرعه را خریده‌ایم[1]» از کجا وارد نیروی هوایی شده، اما وقتی چنین اصطلاحی را به کار می‌بریم، اشاره به سقوط و مردن دارد. شاید به پروازهای نمایشی رایج بعد از جنگ جهانی اول و هواپیماهایی که در مزارع ذرت سقوط می‌کردند اشاره می‌کند. و اضافه کرد: «من واقعاً تصور می‌کردم که ما همگی در آن حادثه کشته خواهیم شد».

Buy the farm- ۱

من خودم را در آن لحظات به یاد آوردم؛ از آن لحظه‌ای که می‌توانم همچنان کنترل را در دست داشته باشم، زمانی که کنترل سکان و باله‌ها را کاملاً در دستانم احساس کردم، زمانی که دماغهٔ هواپیما را به بالا و پایین هدایت می‌کردم؛ یعنی جایی که دیگر می‌دانستم کنترل هواپیما را مجدداً به دست گرفته‌ام، همه چیز تغییر کرد. از آنجا به بعد، همه چیز به من بستگی داشت که بتوانم آسمان را بالای سرمان نگاه دارم. گویی ما بودیم که کنترل دیو را در دست داشتیم، نه دیو کنترل ما را.

آن روز، سر میز صبحانه دوساعتی با هم صحبت کردیم. سپس، در مسیر بازگشت به سان‌فرانسیسکو، مانند مسافران عادی، نه با لباس خلبانی، سوار هواپیما شدیم. تصور می‌کردیم صندلی ما در قسمت درجه یک هواپیما خواهد بود، اما در کمال تعجب و البته کمی دلخوری، دیدیم صندلی‌هایمان در بخش خیلی عادی هواپیما بود.

به کابین خلبان می‌روم و خودم را معرفی می‌کنم، البته همیشه فارغ از اینکه با چه کسی پرواز می‌کنم، این کار را می‌کنم. دراین صورت، آن‌ها می‌دانند که در شرایط اضطراری، خلبانی واجد شرایط هم در هواپیما وجود دارد. همان‌طورکه دیروز اِد در هواپیمای ما خودش را معرفی کرد و من نمی‌دانستم ما، بدون او، در آن حادثه چه می‌کردیم. خلبانان و خدمهٔ آن پرواز، خود، پیشاپیش می‌دانستند ما چه کسی هستیم. مهمانداران ما را در آغوش می‌گیرند و بابت نجات مسافران به ما تبریک می‌گویند. سپس، جای ما را با صندلی‌های بهتری عوض می‌کنند تا فضای راحت‌تری داشته باشیم.

در مسیر بازگشت به سان‌فرانسیسکو، من و پال همچنان با هم گفت‌وگو می‌کنیم. همهٔ جزئیات را با یکدیگر مرور می‌کنیم. می‌خواهیم مطمئن شویم که تمام قضایا از زبان هر دوی ما یکی باشد؛ چرا که می‌دانیم بعد از نشستن هواپیما، هریک به راه خود خواهیم رفت.

پرواز برگشت برایم احساس وهم‌انگیزی داشت؛ از تصور اینکه راهی را که با آن شرایط خطرناک رفته بودیم، اکنون بازمی‌گردیم، حال عجیبی داشتم. چیزهای زیادی بود که باید با یکدیگر مرور می‌کردیم. پس، تصمیم گرفتیم تا زمانی که همهٔ موارد این سانحه مشخص می‌شود، هر دو سه روز یک بار با یکدیگر در ارتباط باشیم.

زمانی که هواپیما بر زمین نشست، معاون سرخلبان در سان‌فرانسیسکو، اِستان اِسنو، کنار درِ ورودی منتظر بود و اتفاق دیروز را تبریک گفت و از اینکه من خلبان آن هواپیما بوده‌ام، اظهار خشنودی کرد و افزود: «خلبانانی هستند که در انجام چک‌لیست ناموفق‌اند یا کوتاهی می‌کنند، برخی حتی زیر نظر گرفته شده‌اند. مسلماً اگر یکی از آن دست خلبان‌ها، آن روز هدایت هواپیما را به عهده داشت، بدون تردید اتفاق جبران‌ناپذیری پیش می‌آمد سپس، به من تأکید کرد که به خانه بروم، استراحت کنم و نگران هیچ‌چیز نباشم».

او به من و پال اطمینان خاطر می‌دهد که با این حادثه موقعیت شغلی ما در خطر نیست، اما چند هفته یا شاید چند ماه، تحقیقات و پرسش و پاسخ‌ها ادامه خواهد داشت. می‌گوید که با ما در ارتباط خواهند بود و اگر برای خود و خانواده‌مان به چیزی نیاز داشتیم، با آن‌ها مطرح کنیم. آن‌ها حتی گروهی از روان‌شناسان و درمانگران را نیز برای ما تدارک دیده بودند تا در صورت ضرورت بتوانیم از آن امکانات برخوردار باشیم.

از او تشکر می‌کنیم و من و پال، هریک، به راه خود می‌رویم.

حس برگشت به خانه چه حس خوبی است. حادثهٔ هواپیما برای من و احتمالاً تمام کسانی که سوار بر آن بودند، حکم بیداری را داشت. هرکدام از ما تنها ۴۰ دقیقه با مرگ یا زنده ماندن فاصله داشتیم و طی آن لحظات به همهٔ موقعیت‌هایی

می‌اندیشیدیم که شاید باید به کسی می‌گفتیم: «متأسفم! لطفاً من را ببخش! دوستت دارم! اشتباه کردم و نظایر این»!

وقتی به خانه رسیدم، مالی آنجا منتظرم بود. اشک‌هایش جاری بود، تصور می‌کند می‌توانست مرا از دست بدهد، اما اکنون من اینجا هستم. هر دو قدردان بودیم؛ چراکه من خانه بودم.

بخش شانزدهم

سال ۱۹۷۶

سرانجام در۱۹۷۶ ، ایران را به قصد انگلستان ترک کردم. آن زمان، هدفم ادامهٔ تحصیل و خلبان شدن بود و قصدم بازگشت به ایران و پیوستن به نیروی هوایی کشورم بود. هرچند شاید به نظر تحمل‌ناپذیر می‌آمد.

۱۸ ساله بودم. پول اندکی داشتم و یک کلمه انگلیسی بلد نبودم. یکی از دوستانِ دورهٔ دوچرخه‌سواری‌ام، قبل از من، به انگلستان رفته بود و خوشبختانه توانستم هفتهٔ اول را در خانهٔ او سپری کنم تا بتوانم قدری با محیط جدید آشنایی و سازگاری پیدا کنم.

آنجا همه چیز برایم غریبه بود؛ شهری پرجمعیت و پر از افراد کاملاً غریبه. از آب وهوایی می‌آمدم که بسیار مطبوع و آفتابی بود، نظیر کوه‌های بلند کُلُرادو، اما زمانی که به لندن رسیدم، هوا سرد و مه‌آلود و خاکستری بود. من تا آن زمان، در آن شهر هرگز مه ندیده بودم. قدم زدن از میان مه غلیظ و تماشای تلألؤ زردرنگ چراغ‌های خیابان‌های لندن مسحورکننده بود. درحالی که در ایران چراغ‌های فلورسنت براق و درخشان بود، اما اینجا در لندن، چراغ‌ها میان مه به نظر زرد و کم سو می‌آمد.

می‌دانستم به آن عادت خواهم کرد. در پایان هفتهٔ اول در لندن، دوستم از من خواست دنبال مکان مستقلی باشم و من تصمیم گرفتم به بورن ماث در بخش جنوب غربی لندن بروم. می‌خواستم آنجا زبان انگلیسی را بیاموزم.

دوستم با اتومبیلش مرا تا آنجا برد. آنجا در کلاس‌های زبان ثبت نام کردم. به آن‌ها گفتم که کی هستم و از کجا می‌آیم. ثبت نام کردم، اما من مکانی برای اقامت نداشتم، البته جای نگرانی نبود؛ زیرا نگرانی مشکلی را حل نمی‌کرد.

پول زیادی نداشتم و مؤسسهٔ زبانی که در آن ثبت نام کردم، پیشنهاد داد تابلوی اعلانات مدرسه را نگاه کنم، شاید بتوانم جایی برای اقامت بیابم. خوشبختانه با قیمت ده پوند در هفته، استودیویی را که ده دقیقه با کلاسم فاصله داشت یافتم؛ جایی که تنها یک اتاق کوچک و یک اجاق و توستر کوچک داشت و باید از حمام و دستشویی مشترک با افراد دیگری که ساکن ساختمان بودند استفاده می‌کردیم، اما اشکالی نداشت، به هرحال این برایم حکم خانه را داشت.

*****

در آن ایام، ایران بحران‌های سیاسی اجتماعی خاصی را تجربه می‌کرد. طی سال‌های ابتدایی‌تر نوجوانی‌ام، پدرم همچنان گرفتار مشکلات سیاسی‌اش بود و بابت اعتقاداتش، مدتی طولانی را در زندان گذرانده بود. البته لازم به گفتن نیست که طی دوران حبس و زندان پدرم، چه ایام تلخ و دشواری بر مادر و خانواده‌ام گذشت. او هیچ وقت نمی‌دانست پدرم دوباره کی دستگیر خواهد شد. به یاد دارم پیوسته از دفتری به دفتر دیگر، از زندانی به زندان دیگر می‌رفت تا حداقل بداند شوهرش کجاست. البته هیچ‌گاه پاسخ درستی نمی‌گرفت. وقتی برای یافتن پدرم به زندان اوین رفته بود، به او گفتند که پدرم در بازداشتگاه پلیس است و پس از اینکه به آنجا رفت، گفتند که پدرم در زندان قصر است. درواقع پیوسته مادرم را بازی می‌دادند.

پدرم پروفسور بود و درآمد خوبی داشت، اما تحت قوانین ایران، اگر فردی زندانی سیاسی بود، حقوقش قطع می‌شد و چیزی به خانواده‌اش تعلق نمی‌گرفت. دورانی که پدرم زندان بود، مادرم ناچار بود به خوردوخوراک و نیازهای ما رسیدگی کند. استقامت و بردباری‌اش ستودنی و الهام‌بخش بود. او برای رسیدگی به ما هیچ کمک و حمایتی نداشت و هیچ‌گاه از کسی هم درخواستی نمی‌کرد. سعی می‌کرد با فروش جواهرات و زیورآلاتش هزینه‌های ما را تأمین کند، اما فروش این چیزها و وسایل خانه به سختی کفاف زندگی‌مان را می‌داد. مادرم خانه‌دار بود و مسئولیتش به شدت سخت و بزرگ، چه برسد به اینکه پدرم هم اغلب بی‌رمق در زندان بود. من در زندگی‌ام کسی را سراغ ندارم که به اندازهٔ او دلسوز و دوست‌داشتنی باشد.

مادرم با قدرتی بی‌پایان و قلبی گشوده پذیرای شرایط زندگی و شوهر و فرزندانش بود و وجود او برایمان، مانند سدی نفوذناپذیر، میان ما و روزهای تاریک زندگی بود.

او هرگز کاری نمی‌کرد که ما احساس کنیم دوست‌داشتنی نیستیم یا هیچ‌گاه پدرم را بابت مصائب زندگی‌مان سرزنش نمی‌کرد. حقیقتاً صخره‌ای مقاوم و باعظمت بود.

یک بار وقتی ۸ ساله بودم، همراه او، به دانشگاهی که پدرم آنجا تدریس می‌کرد رفتیم تا حقوق پرداخت‌نشدهٔ پدر را دریافت کند. خانم فرخ رو پارسا، از زنان فرهیخته و شریف و تأثیرگذار در حکومت پهلوی، رئیس دانشگاه پدرم بود. او زنی مهربان و بامنزلت بود، اما به مادرم گفت که دربارهٔ قطع حقوق پدرم کاری از دستش ساخته نیست. فراموش نمی‌کنم که اشک در چشمان مادرم جمع شد، اما آن روز اتفاقی افتاد که پس از آن، نگرشم را به دنیا و آدم‌ها متحول کرد.

خانم پارسا دسته چکش را از کیفش درآورد و برای مادرم چکی نوشت. باورم نمی‌شد. من هرگز چنین سخاوتی را از یک ناشناس ندیده بودم. مشاهدهٔ اینکه فردی غریبه

می‌تواند چنین مهربان و باتوجه باشد، حکم درسی ارزنده و هدیه‌ای گران‌بها را برایم داشت. نخستین باری بود که می‌دیدم فردی چنین کاری می‌کند. مدتی بعد، خانم پارسا مسئول قسمت آموزشی شد، اما در کمال تأسف و ناباوری، بعد از تغییر حکومت شاه، حکومت جمهوری اسلامی او را به دلیل کار در نظام اداری پهلوی به شدت ضرب و شتم کرد و به وحشیانه‌ترین نحو اعدام کرد. پارسا زنی بی‌نظیر بود. مهربانی او زندگی ما را تغییر داد. همان طور که مشغول نوشتن چک بود، نگاهی به من کرد و گفت: «نگران نباش پسرم! همه چیز درست می‌شود، تو در آینده کارهای بزرگی خواهی کرد.»

البته آن زمان، من پسربچه‌ای ۸ ساله بودم و در دل از او می‌پرسیدم: «مثلاً چه کاری؟ تو از کجا می‌دانی؟» اما سرنوشت ثابت کرد که او درست می‌گفت. از آن مهم‌تر، رفتارش به من آموخت کسان دیگری، به جز خانواده‌ام، هستند که به سرنوشت پدرم و ما اهمیت می‌دهند. حرکت خانم فرخ‌رو پارسا تأثیری بر من گذاشت که همیشه در خاطرم، به عنوان یکی از زیباترین اعمال انسانی، می‌درخشد.

هرچند دست و پا زدن‌هایمان در آن وضعیت غیرعادلانه برای خانواده سخت و رنج‌آور بود، اما ما تنها کسانی نبودیم که با چنین شرایطی روبه‌رو بودیم. خانواده‌های زیاد دیگری نیز بودند که سرنوشتی شبیه ما داشتند. خانواده‌هایی که به دلیل باور و جهان‌بینی سیاسی‌شان دچار بحران شده بودند و اذیت شدند.

علاوه بر همهٔ این‌ها، به دلیل حبس‌های مکرر پدرم، مادرم وحشت داشت که من نیز به نحوی هدف سیاسی حکومت قرار بگیرم. در چنین اوضاعی، آرزوی خلبانی برای نیروی هوایی ایران تحقق‌نیافتنی می‌نمود. به همین دلیل تصمیم خانواده‌ام بر این شد که برای ادامهٔ تحصیل راهی امریکا شوم. آن زمان، نمی‌توانستم با ویزای دانشجویی به امریکا بروم، اما مهاجرت به انگلستان ممکن بود. ما دربارهٔ چنین مهاجرتی هیچ

نمی‌دانستیم، هیچ‌کدام تحقیق نکرده بودیم. زمان زیادی نداشتم. فقط باید از ایران خارج می‌شدم. پدرم به خوبی می‌دانست انقلابی در راه است. او می‌دانست ورق علیه شاه برخواهد گشت، فقط زمانش نرسیده بود.

سه سال پس از اینکه من ایران را ترک کردم، در ۱۹۷۹، انقلاب اسلامی ایران به وقوع پیوست. حکومت پادشاهی سرنگون شد و آیت‌الله‌ها قدرت را در دست گرفتند. خانواده‌ام از من می‌خواستند که به ایران بازنگردم؛ چراکه می‌دانستند شرایط کشور در حال تغییر و تحولات اساسی است. کمی بعد از تحقق انقلاب، صدام حسین، رئیس‌جمهور عراق، به ایران حمله کرد و امیدم به بازگشت به کشور کاملاً رنگ باخت. دیگر به فکر بازگشت نبودم. اگر بازمی‌گشتم، احتمالاً برای سربازی، راهی جنگ می‌شدم و البته، مانند هزاران هزار جوان بی‌گناه دیگر، احتمالاً کشته می‌شدم. متأسفانه آن جنگ نیز، مانند هر جنگ دیگر، نتایج بسیار تأسف‌بار و غم‌انگیزی را به دنبال داشت؛ جنگی که در آن، حدود یک میلیون جوان قربانی سیاستمداران خودخواه شدند.

*****

بعد از پایان کلاس‌های زبان، به کالج نیوبری رفتم و لیسانسم را در رشتۀ فیزیک به پایان رساندم. من عاشق علوم بودم که به شیفتگی وافرم، از همان کودکی و نوجوانی، به پدیده‌های مکانیکی، ریاضی، مهندسی و هرچه موجب پرواز می‌شود بازمی‌گردد. هرچند زمانی که انگلستان بودم، خیلی زود فهمیدم که آرزوی خلبان شدنم در انگلستان هم، مانند ایران، غیرممکن بود. آن سال‌ها در انگلستان تنها سه خط هوایی وجود داشت: بریتیش آورسیز ایرویز کامیشنز[1] و بریتیش ایرویز و بریتیش کالدونین[2]

British Overseas Airways Commissions - ۱

British Caledonian - ۲

(سومی در ۱۹۸۸ با بریتیش ایرویز یکی شد.)

بریتیش ایرویز بزرگ‌ترین آن‌ها بود و آن زمان، اصلاً خلبان خارجی و غیرانگلیسی نداشت. هرچند طی فرصتی که پیش آمد، با یکی از خلبانان بریتیش ایرویز که در شهر تاتنهام، شهری نزدیک ما، زندگی می‌کرد، گفت‌وگو کردم. او خلبان هواپیمای ۷۳۷ بود.

در اولین ملاقاتم با او، نخستین چیزی که توجهم را جلب کرد، اتومبیل زیبا و اسپورت لانچیای مونت کارلوی او بود. سوار شدیم و با هم به مناطق زیبای اطراف راندیم و در باری به گفت‌وگو نشستیم. او برایم آبجو سفارش داد و به داستان زندگی‌ام و آرزوهای خلبان شدنم گوش داد، اما در آخر به من گفت که بعید می‌داند که بتوانم، در کسوت خلبان، کاری در انگلستان بیابم. دلیلش هم این بود که در انگلستان خطوط هوایی کمی وجود داشت و توصیه‌اش این بود که به امریکا بروم؛ چراکه آنجا بیش از صد خط هوایی وجود دارد و راحت‌تر می‌توانم، به عنوان خلبان، استخدام شوم. آن روز برایم محرز شد که برای رسیدن به آرزوی خلبانی‌ام باید راهی امریکا شوم، نه اینکه در انگلیس بمانم.

در ۱۹۷۶، انگلستان کشوری که امروز می‌بینیم نبود؛ اتباع خارجی خیلی کم بودند، به خصوص در شهر کوچکی، مانند نیوبری، که من زندگی می‌کردم. درواقع، من آنجا انگشت‌نما بودم، هرچند خوشبختانه بعد از مدتی، دو دوست ایرانی به نام‌های رضا و ادوین پیدا کردم. ما سه تا خیلی زود با هم دوست شدیم و دیگر، بیشتر اوقاتمان، با یکدیگر، به بدمینتون و شنا می‌گذشت. درواقع، من برای شنا به استخر می‌رفتم و آن‌ها برای دید زدن دختران بیکینی‌پوش. بین ما سه نفر، رضا اولین کسی بود که آنجا با دختری دوست شد و البته پُرواضح است که دیگر بیشتر وقتش با او می‌گذشت، اما من برای این قبیل مشغله‌ها وقت نداشتم. آن زمان هم، مانند همین حالا، بیشتر پی

ورزش بودم و حتی از فرصت کوتاه ناهار نیز برای دویدن استفاده می‌کردم. بیشتر وقتم را صرف مدرسه و ورزش می‌کردم تا ذهنم را از اتفاقاتی که در ایران می‌افتاد دور نگه دارم. من حتی در یک گروه دو، با عده‌ای از معلمان دوست شدم و آشنایی با آدم‌هایی که بیش از من می‌دانستند و آگاه‌تر بودند، همیشه بخشی از باورم در دوست‌یابی‌هایم بود. معمولاً بعد از دویدن، ساندویچ یا بطری آبی در دست، با یکدیگر به گفت‌وگو می‌پرداختیم. من آدمی نبودم که با بچه‌های عادی و معمولی مدرسه بچرخم. اهل مهمانی و مشروب و مواد مخدر هم نبودم. خیلی به ندرت و گهگاه برایم اتفاق می‌افتاد که الکل بنوشم و تابه امروز نیز هرگز مستی را تجربه نکرده‌ام؛ چون همیشه انضباط و حریم‌های شخصی برایم مهم‌تر از هر چیز دیگری بود.

یکی از استادان فیزیک، خانم پیرس، با ما ایرانیانی که شرایط خاص سیاسی و جنگ را در کشورمان تجربه می‌کردیم، احساس همدلی می‌کرد. او روحی لطیف داشت. در آن ایامی که بعضی دانشجویان غیرایرانی ما را با القاب نامناسب و گاه توهین‌آمیز خطاب می‌کردند یا به ما می‌گفتند که به کشورتان بازگردید و آنجا شترسواری‌تان را بکنید، خانم پیرس همیشه کنار ما می‌ایستاد و مدافعمان بود. در آن روزهای انقلاب، همهٔ شهرهای ایران درگیر شورش و قیام سراسری بودند. هم‌وطنانمان در ایران کشته می‌شدند و ما ناچار بودیم اینجا، دور از خانواده‌هایمان در انگلستان، باشیم. استاد ما، خانم پیرس، دائم به ما اطمینان می‌داد که حالمان را درک می‌کند و به ما می‌گفت که اکثر انگلیسی‌ها درک درستی از وضعیت دانشجویان ایرانی ندارند، می‌گفت که آن‌ها مجبور نیستند برای به دست آوردن چیزی زحمت زیادی به خود بدهند، لااقل نه مثل ما. آن‌ها دوری از خانواده و عزیزان را نمی‌فهمیدند؛ چراکه می‌توانستند هر آن که اراده کنند، به خانه و نزد والدین خود بروند و کنار آن‌ها وقت بگذرانند. خانم پیرس به ما این احساس را منتقل می‌کرد که دیده و درک می‌شویم و ما به این حس نیاز داشتیم. وقتی به او گفتم :«برای رسیدن به آرزوی خلبانی شدنم می‌خواهم به امریکا

بروم». خیلی خوشحال شد. تا سالیانِ بعد از آن، ما همچنان با یکدیگر دوست بودیم و به هم نامه می‌نوشتیم. او زنی فوق‌العاده و دوستی عزیز و معلمی دوست‌داشتنی بود که متأسفانه ۲۰ سال پیش، دار فانی را وداع گفت. من هرگز تأثیری را که آن زمان بر من گذاشت فراموش نخواهم کرد.

*****

دانشگاه دوره‌ای سخت اما تکوینی بود. بگذارید دربارهٔ یادگیری کاراته بگویم؛ دوره‌ای که در ایران و دوران کودکی شروع کرده بودم. تازه اولین فیلم بروس‌لی را دیده بودم و او تمام هوش و حواسم را برده بود. برایم حیرت‌آور بود که یک نفر می‌تواند، در آن واحد، با این همه آدم بجنگد. همیشه تصور می‌کردم کاراته ورزشی تفریحی است. به علاوه، می‌توانست موجب هراس کسانی باشد که می‌خواهند با من دربیفتند. پس، آموزش کاراته را شروع کردم. والدینم نمی‌توانستند مانعم شوند، نه اینکه مخالف کاراته باشند، اما پدرم که غالباً کنار ما نبود و مادرم هم گرفتارتر از آن بود که بخواهد نگران این موضوع باشد. او مشکلات جدی‌تری در زندگی داشت. والدین ایرانی مانند امریکایی‌ها نبودند که فرزندانشان را از کلاس والیبال به بسکتبال و سپس فوتبال و کاراته ببرند. والدین ایرانی نقش راننده را برای فرزندانشان ایفا نمی‌کنند. همهٔ این کارها را خودم باید انجام می‌دادم. می‌خواستم تاآنجاکه ممکن است زمان زیادی را در کلاس‌های کاراته بگذرانم تا بتوانم از کسانی که توانایی و مهارت بیشتری در کاراته دارند بیشتر بیاموزم.

آن موقع، هیچ‌کس در محله‌مان اهل ورزش کاراته نبود. پس، کسی نبود که بتوانم از او بخواهم گاه هم مرا به کلاس برساند. پس، مجبور بودم با اتوبوس رفت وآمد کنم. تا اینکه سرانجام یکی از بچه‌های محل نیز به کلاس کاراته آمد و از آن به بعد، هر دو با هم با اتوبوس می‌رفتیم و برمی‌گشتیم. بیرون کلاس هم همیشه خودم تمرین می‌کردم.

برایم لذت‌بخش بود که در شوتوکان، سبکی که می‌آموختم، وقتی کاتا انجام می‌دهی، در همان نقطه‌ای به بازی خاتمه می‌دهی که شروع کرده‌ای، مانند طی کردن حلقه‌ای کامل. به نظرم بخش بزرگی از زندگی بر همین روال است. همه چیز در کاراته برایم جالب بود، لباس متحدالشکل، ساختار و ترتیب، ترشح بالای تستوسترون و جوانانی که حین تمرین یک صدا فریاد می‌کشند. به یاد دارم پسرعمویم (همان که از سوراخ پشت‌بام خانهٔ همسایه‌مان در ییلاق پایین افتاد) را وادار می‌کردم بالشی را در دست نگه دارد تا من بتوانم تمرین لگد زدن کنم و او به دنبال گرفتن بالش در هوا به هر سوی اتاق پرواز می‌کرد؛ چه خاطرات خوبی بود. من به تمرین کاراته ادامه دادم و زمانی که ایران را ترک می‌کردم، کمربند سبز داشتم.

در انگلستان نیز نزدیک خانه‌ام، باشگاه آموزش کاراته را با سبک شوتوکان یافتم که کلاس‌هایشان بعد از ساعات مدرسه، در باشگاه ورزشی یک دبیرستان تشکیل می‌شد. ۲۵ شاگرد بودیم که از مرتبهٔ بالا به پایین و از چپ به راست قرار می‌گرفتیم: سفید، زرد، سبز، بنفش، قهوه‌ای و مشکی. ازآنجاکه کمربندم سبز بود، میانهٔ این صف قرار می‌گرفتم. من بلندقامت، سریع، باریک و ورزیده بودم، با قد شش فوت و دو اینچ و وزن ۱۸۰ پوند. دست و پاهای بلندی داشتم و هر حرکتی را بیش ازحد انتظار انجام می‌دادم. همواره مسافت بیشتری را می‌پیمودم یا زمانی که با ضربهٔ مشت‌هایم مبارزه می‌کردم، تمام نیروی بدنی‌ام را پشت این حرکت قرار می‌دادم؛ این نیروی اضافی مرا یک فوت به جلوتر می‌راند، درحالی که سایر شاگردان کلاس قادر به کاربرد چنین مهارتی نبودند. افراد معمولاً در فاصلهٔ چهار فیتی می‌ایستند و فکر می‌کنند من نمی‌توانم به آن‌ها برسم، اما اشتباه فکر می‌کردند.

در کاراته، به سرعت پیشرفت می‌کردم: کمربند بنفش و بعد هم کمربند قهوه‌ای. از آنچا که عاشق کاراته بودم، شروع به مربیگری کاراته کردم وازآنجاکه‌تا پیش از ترک

انگلستان، سرانجام کمربند مشکی‌ام را به دست آوردم.

از آن روزگار تا به حال، سِنسی دیوید جونز یکی از دوستان خوب من شد. در انگلستان، کاراته مرا به دنیایی برد که احساس می‌کردم جزوی از آن جامعه‌ام. درحالی که در ایران من در دبیرستانمان تنها کسی بودم که کاراته کار می‌کردم. اطرافیان مرا بابت تمرین کاراته دست می‌انداختند یا سر به سرم می‌گذاشتند، اما هرگز از این توانایی علیه کسی استفاده نکردم یا به خاطر آن با کسی دعوا و مرافعه نمی‌کردم. در شوتوکان، پیشینه و گذشتۀ آدم‌ها مطرح نیست و همۀ آدم‌ها پذیرفته شده‌اند. همۀ ما تا مرحلۀ استادی پیش رفتیم.

دوست من، دیوید، تا مدت‌های طولانی بعد از دانشگاه، همچنان به آموزش کاراته مشغول بود و هم اکنون نیز همچنان به تمریناتش مشغول است. تاآنجاکه به رتبۀ هشتم کمربند سیاه رسید و اکنون مربی ارشد فدراسیون بین‌المللی کاراتۀ شوتوکان[1] و رئیس هیئت مدیرۀ آن در شهر کَلگَری کاناداست.

ما دوستان صمیمی یکدیگر باقی مانده‌ایم. او کاراته را حرفۀ اصلی‌اش برگزید و من نیروی هوایی را انتخاب کردم، هرچند هرگز کاملاً کاراته را کنار نگذاشتم و نهایتاً کمربند سوم سیاه را کسب کردم.

*****

خصومت برخی افراد در جامعۀ انگلستان به ایرانیان، که من و رضا و ادوین حسش می‌کردیم، تنها محدود به دانشگاه نبود. در اواسط دهۀ هفتاد، انگلستان، مانند امروز، کلان‌شهر نبود یا حضور خارجی‌ها در آن رایج نبود و مردم در روابط خود با خارجی‌ها چندان خوش رو و خوش‌برخورد نبودند. من در شهر کوچکی، مانند نیوبری، کاملاً در چشم بودم. تعداد زیادتری عرب و پاکستانی هم دیده می‌شدند که آن‌ها هم، مانند

ما، مورد نفرت بودند؛ همهٔ ما برای انگلیسی‌ها در یک طبقه جا داشتیم و آن‌ها به همهٔ ما نگاه یکسانی داشتند.

کاراته برایم مانند چاقویی دولبه بود. من کاراته کار بودم و کسی سعی نمی‌کرد به من چیزی بگوید. البته نه به این دلیل که قوی بودم و از من می‌ترسیدند، بلکه به این دلیل که دانشجوها آموخته بودند برای کسی که خود حامل اقتدار و نظم است، احترام قائل باشند. زمانی که سر کلاس یا مشغول ورزش و تمرین یا در محیطی رقابتی، مانند کاراته، نبودم، مثلاً وقتی در خیابان راه می‌رفتم، مردم طوری نگاهم می‌کردند که انگار ایرادی در من می‌دیدند. این احساس آزاردهنده بود و همهٔ این احساسات و تجربیات غریبی که جامعه و اطرافیان به ما تحمیل می‌کردند، باعث نزدیکی و صمیمیت بیشتر من و ادوین و رضا شده بود. هر سهٔ ما تنها پسر خانواده بودیم و به تنهایی در انگلستان درس می‌خواندیم و تلاش می‌کردیم آینده‌ای برای خود بسازیم و هیچ‌کدام قبلاً همدیگر را نمی‌شناختیم، اما به بهترین دوستان هم تبدیل شده بودیم.

من هرچند دوستان کاراته‌باز و دوندهٔ خود را داشتم، اما سایر اوقات را با این دو دوست هم‌وطنم می‌گذراندم. ما برای همدیگر حکم حامی را داشتیم.

اواسط ایامی را که دانشگاه بودم (۱۹ سالگی) به یاد دارم؛ یک روز، رضا و دختری که با او دوست بود، سوار بر اتومبیل شدند و به انتهای خیابانی که دوراهی بود و به دو جادهٔ جداگانه منتهی می‌شد راندند که ناگهان اتفاقی افتاد که رضا ناچار شد به سرعت ترمز بگیرد، اما اتومبیل آن‌ها سُر خورد و به سوی دیگری کشانده شد و با اتومبیل دیگری به شدت تصادف کرد. متأسفانه هم او و هم دوست دخترش، در دم، جان سپردند. شوک بزرگ و دردناکی برای من و ادوین بود. ادوین با رضا صمیمی‌تر از من بود، هر دو سیگاری بودند و همین آن‌ها را به هم کمی نزدیک‌تر می‌کرد. آن دو عصرها بعد از کلاس، وقتی من برای دویدن می‌رفتم، روی چمن‌های دانشگاه ولو می‌شدند

و حرف می‌زدند و می‌خندیدند و سیگار می‌کشیدند و دخترها را برانداز می‌کردند، اما متأسفانه این ضایعهٔ جبران‌ناپذیر اتفاق افتاده بود. فوت رضا ضایعهٔ بزرگی برای من و ادوین بود. گویی بخشی از پشت‌گرمی‌مان از دست رفته و محو شده بود. رضا مرده بود. چگونه می‌توانستم به دوستی خداحافظ بگویم که شب قبل دیده بودمش.

او با خانواده‌ای اهل انگلستان زندگی می‌کرد. آن‌ها بودند که با من تماس گرفتند و مرا در جریان فاجعه‌ای که اتفاق افتاده بود گذاشتند. آن‌ها از من خواستند این خبر را به خانوادهٔ رضا بدهم. بعدازظهر بود، من و ادوین در خیابان بودیم، بعد از اینکه گفت‌وگویم با آن خانوادهٔ انگلیسی تمام شد، ادوین را در جریان گذاشتم و او شروع به فریاد و ضجه کرد. نمی‌توانست مصیبت را باور کند. با صدای بلند گریه می‌کرد. همه متوجه او شده بودند. از ته دل می‌گریست. بله، از دست دادن یک عزیز می‌تواند کسی را تا این حد متأثر کند. ما ایرانی‌ها نمی‌توانیم به راحتی احساساتمان را پنهان کنیم؛ زیرا آدم‌هایی احساساتی هستیم. از آن به بعد، من باید به ادوین پشت‌گرمی می‌دادم.

بعدها برادر دوست‌دختر رضا با من تماس گرفت. ناچار بودم برای تشخیص هویت بروم. ادوین قادر به انجام چنین کاری نبود. پس، من به تنهایی رفتم.

آسیب‌های ناشی از تصادف، بیشتر، داخلی بود و سر و صورت رضا دستخوش حادثه نشده و بدشکل نگشته بود. در آن ایام، رضا جوان ایرانی خوش‌سیمایی بود، درست مانند بقیهٔ جوانان ایرانی. موهایش کمی بلند بود، می‌توان گفت که تا پایین گردنش می‌رسید. سبیل و ریش اصلاح شده و مرتبی داشت. همیشه خیلی برازنده به نظر می‌آمد. ما هر سه به ظاهر و موهایمان خیلی توجه می‌کردیم. خنده‌دار بود که ما را در دانشگاه، پسرخوشگل‌ها صدا می‌کردند؛ زیرا همیشه خوش‌لباس و اصلاح‌شده و مرتب بودیم و بوی اودکلن می‌دادیم.

رضا در ادارهٔ تشخیص هویت گویی با آرامش خوابیده بود. هرچند رنگش به شدت پریده بود، اما در چهره‌اش سکون و آرامش را می‌دیدی. خیلی عجیب بود.

او مرده بود. این شوک گزنده دوباره مرا تکان داد.

نگاهش کردم و تأیید کردم: «بله، دوست من است، رضا.» از من پرسیدند: «با او نسبتی داری؟» و من گفتم: «خیر! ما دوست بودیم.»و پیش از رفتن، پیشانی رضا را بوسیدم و دستش را فشردم و گفتم: «متأسفم!» و از صمیم قلب، بسیار متأسف و متأثر بودم. قلبم درد می‌کرد. طفل معصوم شاید هنوز ۱۹ سال هم نداشت و من بی‌اختیار تکرار می‌کردم: «متأسفم، خیلی متأسفم».

زمانی که برگه‌های احراز هویت را امضا کردم، به من گفتند که باید این موضوع را به خانوادهٔ رضا اطلاع دهم. به آن‌ها گفتم که خانواده‌اش ایران هستند و در انگلستان کسی را ندارد، اما نمی‌شد کاری نکرد. باید کاری می‌کردم. ناچار بودم با خانواده‌اش تماس بگیرم. آن‌ها باید در جریان قرار می‌گرفتند و ترتیبی برای مراسم خاک‌سپاری‌اش می‌دادند. کاملاً مطمئن نبودم چه کار می‌توانم بکنم، اما به آن‌ها اطمینان دادم راهی پیدا خواهم کرد.

من شماره تلفن خانوادهٔ رضا را داشتم. تماس گرفتم و مادر رضا جواب داد. حتی پیش از اینکه صدایش را بشنوم، دلم شکست، اما ناچار بودم قوی باشم. ابتدا صدای تلفنچی آمد: «خانم! تلفنچی هستم. از خارج کشور، کسی با شما تماس گرفته است. احساس کردم مادرش آن سوی سیم ساکت و مردد است. شاید هم فکر می‌کرد پسرش، رضا، است که تماس گرفته است.

مؤدبانه خودم را معرفی کردم و گفتم که باید با همسرش صحبت کنم. پاسخ داد :«او سرکار است». پرسیدم: «کی بازمی‌گردد؟» نمی‌خواستم این خبر را به مادرش بدهم.

آن دوران، رسم بر این بود که با مرد خانه صحبت کنی و این پدر رضا بود که تصمیم می‌گرفت این خبر را چگونه به سایر اعضای خانواده مادرش بدهد. به من گفت که همسرش کی بازمی‌گردد. گفتم:«آن موقع دوباره تلفن می‌زنم!» او پرسید: «آیا همه چیز روبه راه است؟» گفتم: «بله» زیرا می‌خواستم فقط با شوهرش حرف بزنم.»کمی بیشتر با مادر رضا صحبت کردم و او جویای حالم شد و اینکه چه می‌کنم. هفتهٔ پیش با پسرش حرف زده بود و من ناچار بودم دروغ بگویم. قادر نبودم واقعیت را به او بگویم. می‌خواستم مراتب احترام را، همان‌گونه که آموخته بودم، به جا آورم و با مرد خانه صحبت کنم. خداحافظی کردم و تلفن را قطع کردم. باید تا فردا صبر می‌کردم. به نظر می‌آمد انتظار بسیار طولانی شده بود، چیزی شبیه شکنجه. فردای آن روز، حدود ساعت سه بعدازظهر مجدداً تماس گرفتم. بیرون دانشگاه پارکی بود که ما سه نفر زیاد به آنجا می‌رفتیم. منطقه‌ای زیبا و پُردرخت با هوای مطبوع و صدای پرندگان. مسیری در راه پارک بود که ما آنجا کنار درخت شکسته‌ای می‌نشستیم و درحالی که با تکه چوب‌ها ور می‌رفتیم، با هم گپ می‌زدیم. رضا و ادوین سیگار می‌کشیدند، چرت وپرت می‌گفتیم و می‌خندیدیم. من هنوز نیز دل تنگ آن روزها می‌شوم.

به خانهٔ ادوین می‌روم تا او را بردارم و برویم. ساندویچی بر می‌داریم و به پارک می‌رویم. قدم زدن تا درخت همیشگی بسیار غم‌انگیز بود و احساس تنهایی ما را در چنگال خود گرفته بود. کنار درخت نشستیم، حال درستی نداشتیم، چیزی سر جایش نبود، دوستمان رضا آنجا نبود. به جای سه دوست، دو نفر بودیم. ادوین همچنان درگیر احساساتش بود.

سیگار می‌کشید و به زمین و زمان لعنت می‌فرستاد. من هم حال بهتری نداشتم، هرچند سعی می‌کردم خوددار باشم، اما اشک‌هایم روان بود، حتی همین حالا هم فکر کردن به رضا اشکم را جاری می‌کند. می‌دانستم گفت‌وگوی تلفنی‌ام با پدر رضا بسیار دشوار و دردناک خواهد بود. تصورش را بکن! ناچار بودم به والدین دوست

خوبم بگویم که تنها پسرشان در تصادف کشته شده است. ما، هر سه، تنها پسرهای خانواده‌هایمان بودیم و خانواده‌های ما آمال و آرزوهای زیادی برای آینده‌مان در دل داشتند. ما، هر سه، می‌خواستیم به اهداف درخشانی در آینده برسیم و برای جامعه و خانواده‌هایمان مفید و سازنده باشیم. می‌خواستیم باعث غرور و افتخار پدر و مادرمان باشیم. چندساعتی آنجا کنار درخت نشستیم و دربارهٔ این حادثه و حاشیه‌های آن صحبت کردیم.

بعد، زمانش فرارسیده بود، من به آپارتمانم برگشتم. وقتش بود به پدر رضا تلفن می‌زدم. بیش از این نمی‌توانستم طاقت بیاورم یا این کار را به تعویق بیندازم. تلفن‌های عمومی سکه‌ای بودند و من کلی دو پوندی و سه پوندی همراه خود داشتم تا در صورت طولانی شدن گفت‌وگویمان تلفن قطع نشود. نمی‌خواستم بگویم که وقتم یا پولم تمام شده و باید قطع کنم. تنها یک روز از این واقعه گذشته بود، تنها کاری که از دستم برمی‌آمد این بود که وقت بیشتری برایشان بخرم.

شماره را گرفتم، مادر رضا تلفن را برداشت، درخواست کردم با همسرش صحبت کنم. سلام کردم. پدرش احوال من و رضا را پرسید. این همان لحظه بود! لحظه‌ای که از آن وحشت داشتم. گفتم: «چیزی هست که لازم است به شما بگویم.» پرسید: «آیا رضا به درس‌های مدرسه‌اش بی‌توجه است؟» گفتم: «خیر. اتفاقی پیش‌آمده، تصادفی رخ‌داده.»

نمی‌دانستم چطور ادامه دهم. قلبم به دیوار سینه‌ام می‌کوبید. سرانجام سکوت میانمان شکسته شد. پدر رضا پرسید: «تصادف چقدر بد بوده؟»

و من به سختی گفتم: «با اتومبیل دیگری تصادف بدی کرده است.» و ساکت شدم.

پدرش پرسید: «رضا چطور است؟» برایم سخت بود کلمهٔ مناسبی پیدا کنم. نفس عمیقی کشیدم و گفتم: «هر دو همان لحظه فوت کردند».

سکوت کرد. می‌توانستم صدای گریه‌اش را بشنوم، صدای هق هق مادر رضا را هم می‌شنیدم، حدس می‌زدم آن لحظه کنار پدر رضا بوده و صحبت‌های مرا شنیده است. قلب انسان به درد می‌آید. هربار که این خاطره را در ذهنم مرور می‌کنم، قلبم تیر می‌کشد و چشمانم پر از اشک می‌شود. دودقیقه‌ای ساکت منتظر بودم. کلامی ردوبدل نمی‌شد. فقط اشک در میان بود. آن لحظه، من هم همراه آن‌ها می‌گریستم. هیچ یک از ما کلامی برای گفت‌وگو نمی‌یافتیم.

زمانی که بالأخره پدر رضا توانست صحبت کند، از من پرسید: آیا من رضا را پس از این اتفاق دیده‌ام؟» به او گفتم: «رضا را بلافاصله پس از تصادف ندیده‌ام، اما فردای روز حادثه دیده‌ام». و رفتنم به پزشکی قانونی و تشخیص هویت رضا را برایش شرح دادم.

فردای آن روز، دوباره با پدر رضا صحبت کردم. پدرش گفت که می‌خواهند جسد رضا را به ایران بازگردانند و از من خواست تا دراین‌باره کمکشان کنم. به من گفتند: «همهٔ هزینه‌های انتقال جنازه را به پرداخت خواهند کرد و لازم است من در ترتیب دادن کارها و هماهنگی این انتقال آن‌ها را یاری دهم».

آن‌ها اطمینان خاطر دادم که از هیچ کمکی دریغ نخواهم کرد. با بیمارستان تماس گرفتم. آن‌ها به یک تابوت نیاز داشتند تا جسد را به شیوه‌های مخصوص خودشان در پارچه و مواد مخصوص بپیچند و لازم بود به فرودگاه بروم و با شرکت هواپیمایی بریتیش ایرویز هماهنگ کنم. هیچ عکسی نداشتم تا برای خانواده‌اش بفرستم، تمام برگه‌ها و کاغذهای لازم را به دقت پر کردم. خانواده‌اش به من وکالت داده بودند تا بتوانم تمامی کاغذها و برگه‌ها را امضا کنم. تدارکات انتقال رضا داده شد، اما هیچ

شماره صندلی‌ای در میان نبود، تنها، هزینهٔ انتقال در قسمت بار بود که باید پرداخت می‌شد.

تابوت رضا را دیدم که به داخل هواپیما انتقال داده می‌شد. خانوادهٔ رضا را مجسم می‌کردم که با دیدن این تابوت چه حالی خواهند داشت. اینکه وقتی هواپیما به ایران برسد، در فرودگاه چه اتفاقی خواهد افتاد، متأسفانه چون نمی‌توانستم همراه تابوت بروم، پس نمی‌دانم.

تابه امروز، من به ایران بازنگشته‌ام. من اجساد زیادی را در پروازهایم جابه‌جا کرده‌ام، به خصوص زمان جنگ. تاکنون تابوت‌های زیادی را به نقاط مختلف جهان برده‌ام؛ بیشتر، پروازهای داخلی به مقصد شهرهایی بود که نیروی هوایی یا دریایی دارند. زمانی که فرود می‌آیم خانواده‌های عزادار را می‌بینم. منتظر می‌ایستند تا از هواپیما پیاده شوم، همه سر در گریبان، لحظهٔ غمگین و رنج آوری است. دلم برای همهٔ خانواده‌هایی که فرزند یا فرزندانشان را در جنگ از دست داده‌اند، به شدت می‌سوزد. من معتقدم هیچ‌کس به جز خدا حق ندارد جان انسانی را بگیرد. ما انسان‌ها حق چنین کاری را نداریم. حادثه یا تصادف اتفاق می‌افتد، اما جنگ؟ نه، جنگ چنین حقی ندارد. من اعتقادی به مردن به دلایل مسخره یا تلف شدن در بازی‌هایی سیاسی، به نام جنگ، را ندارم. من می‌دانم که انسان اگر بخواهد، می‌تواند دنیای بهتری بسازد. این، تنها، تفکر و همت انسانی را می‌طلبد که پای در این راه بگذارد و این باور را جهانی کند و سایر انسان‌ها را گرد این تفکر جمع کند. من به تغییر باور دارم.

رضا دوست عزیزی بود. او مانند من بود. طوری مرا و پیشینه‌ام را درک می‌کرد که دیگران نمی‌توانستند، اما من او را از دست دادم. اولین باری بود که فردی نزدیک به من مرده بود، آن هم در ۱۹ سالگی. هرگز قادر نیستم رنجی را که خانواده‌اش متحمل شده‌اند تصور کنم. اصلاً نمی‌دانم چطور می‌شود با چنین اندوه بزرگی زندگی کرد.

می‌دانم که مرگ هر لحظه می‌تواند به سراغ انسان بیاید، درحالی که زندگی برای سایر آدم‌ها همچنان جاری و ساری است. برمی‌خیزی و به مدرسه می‌روی، ورزش می‌کنی، کار می‌کنی و زمان می‌گذرد. ده‌ها سال بعد، وقتی پدرم فوت کرد، زندگی همچنان ادامه یافت. همهٔ این‌ها را می‌گویم تا تأکید کنم سعی کنیم به بهترین وجه ممکن زندگی کنیم؛ زیرا وقتی رفتیم، دیگر برای همیشه رفته‌ایم، انگار که هرگز نبوده‌ایم. ضمانتی برای زمان رفتن هیچ یک از ما وجود ندارد.

*****

دانشگاه رو به اتمام است. چشم‌انداز رفتن به امریکا مقابل چشمانم خودنمایی می‌کند. تحقیقات زیادی کردم و یک دانشگاه خلبانی در شهر اوکلند کالیفرنیا یافتم. بیشترِ نگاه و تمرکزم بر سان‌فرانسیسکو و اطرافش بود. دیوید، مربی کاراته‌ام، که دیگر با هم خیلی صمیمی‌شده بودیم، هم تصمیم گرفت در این مهاجرت با من همراه شود.

وقتی به ادوین گفتم که می‌خواهم از انگلستان بروم گفت: «من هم همین تصمیم را دارم»، اما متأسفانه نتوانست. در آن ایام، خیلی از افراد نمی‌توانستند این طور جابه‌جا شوند. سرانجام ادوین، به جای امریکا، سر از تورنتوی کانادا درآورد. مدتی، با یکدیگر در تماس بودیم، اما متأسفانه درحال حاضر از یکدیگر بی‌خبریم. دیوید توانست به راحتی ویزای توریستی بگیرد، اما ویزای من کمی پیچیده‌تر بود. اولین باری که از شهر کوچکم خارج شدم و برای گرفتن ویزای امریکا به سفارت امریکا در لندن رفتم، درخواستم رد شد. دانشجویان به اصطلاح خط امام سفارت امریکا در ایران را اشغال کرده و سفرا و کارمندان آن را به اسارت گرفته بودند. پس، واضح بود که با این وضعیت، گرفتن ویزای امریکا برای ایرانی‌ها کار دشواری بود. شش ماه صبر کردم و مجدداً اقدام کردم و دوباره تقاضایم رد شد.

برایشان مدارک و کاغذهایی بردم که نشان می‌داد ۴۰ هزار دلار در حساب بانکی‌ام

دارم، اما گفتند: «کافی نیست» و من ناچار شدم سفارت را ترک کنم، اما دوباره مراجعه کردم، هرچند این بار پولی در حسابم نبود و برای سومین بار تقاضای ویزایم رد شد. مرتبۀ چهارم، خانمی که آنجا بود مرا شناخت، به او گفتم: «سرنوشت من این است! باید بروم و خلبان بشوم»

نگاهی به چشمانم انداخت و گفت: «می‌دانی چیست؟ من آرزوهای تو را تحسین می‌کنم، سرسختی‌ات را و اصراری که برای رسیدن به هدفت داری» و از من خواست قولی به او بدهم؛ اینکه وقتی به امریکا رسیدم، به کمک‌های دولتی متکی نباشم.

پرسیدم: «وقتی رفتم؟» گفت: «بله، برو و برای خودت کاری بکن. به دنبال آرزوهایت برو و با آن‌ها زندگی کن!»

من این قول را به او دادم و سر قولم هم ماندم.

بخش هفدهم

سال ۲۰۱۸

اغلب مشاغل این‌طور نیستند که سرکار بروی و شاید بازنگردی. بعد از حادثۀ هواپیما، وقتی به خانه رسیدم، چیزی در من تغییر کرده بود. فقط می‌خواستم مالی را در آغوش بگیرم. آن شب به‌سختی خوابم برد. به او می‌گویم: «دلم می‌خواهد همه چیز را پشت سر بگذارم و با یک کوله‌پشتی راهی کوه‌های کلیمانجارو، اورست یا دِنالی شوم». گویی می‌خواهم از همه چیز بگریزم».

*****

به یاد واقعۀ دیگری افتادم؛ زمانی که در فلوریدا زندگی می‌کردم، یک قایق بادبانی خریده بودم. بیش از ۲۱ سال بود که قایق‌رانی می‌کردم. در عین اینکه گاه فرزندانم را با خودم همراه می‌کنم، اکثر اوقات، از تنهایی‌ام در قایق بسیار لذت می‌برم. من شیفتگی خاصی به اقیانوس دارم و احترام خاصی برای قدرت و شکوهش قائلم، حتی زمانی هم که جایی لنگر انداخته‌ام، تکان‌های آرام قایق به من احساس آرامش قشنگی می‌دهد، اما هرکس که تابه حال در اقیانوس سفر کرده است، می‌داند آرامش و سکون

اقیانوس می‌تواند در چشم برهم زدنی تغییر کند؛ به همین دلیل، نحوۀ قایق‌رانی با قایق بادبانی را به خوبی یاد گرفتم.

جریان آب‌های خلیج، از جنوب فلوریدا به سمت جنوب، در حرکت و وزش باد که معمولاً در جهت خلاف آن است، اغلب باعث جریان تندوتیز و خشن آب می‌شود.

آن روز، پیش‌بینی وضع هوا طول‌موج‌هایی تا ۴ یا ۵ فوت را نشان می‌داد؛ یعنی خیلی هم بد نبود. یک روز مطلوب برای قایق‌سواری بود. من بودم و افکارم و آب‌های زیبای پیش رو. همان‌طور که ساحل را پشت سر می‌گذاشتم، مرغان دریایی بالای سرم پرواز می‌کردند. آن‌قدر زیبا که گویی در حال اجرای باله هستند. درپی یافتن غذا اوج می‌گرفتند و بر سطح آب فرود می‌آمدند. به مسیرم ادامه دادم. حرکت قایق به خوبی پیش می‌رفت و می‌دانستم روز زیبایی در پیش است، اما خیلی زود ابرها انباشته شدند؛ ابرهایی که تیره بودند، بادهای شمالی تغییر کرد و شدت گرفتند. دیگر کاملاً مشخص بود که طوفانی در راه است و من مستقیم به سمت آن می‌رفتم. تا آن لحظه، دیگر فاصلۀ قایق با ساحل خیلی زیاد بود و می‌دانستم که باید به فکر رسیدن به نقطۀ ساحل باشم. طوفان شروع شده و طول امواج به ۱۵ فیت رسیده بود. موج‌های خروشان برمی‌خواستند و به عرشۀ کوچک قایق هجوم می‌آوردند. دیگر، من بودم و قایق و طوفان. آرواره‌های طوفان به سوی قایق دهان گشوده بود. احساس کسی را داشتم که در معرض امتحان الهی قرار گرفته است. قدرت و نیروی اقیانوس هیچ‌گاه قابل‌اندازه‌گیری نیست. هنگام قایق‌رانی روی اقیانوس، درواقع انسان خود را با نیروهای بی‌نهایتِ طبیعت دست به گریبان می‌کند و آن روز، در آن بعدازظهر تاریک و طوفانی، نبرد مهیبی را پیش رو داشتم که باید با آن مقابله می‌کردم. آن روز همۀ تلاشم را کردم و با وجود سختی و مشکلات زیاد، نهایتاً خودم را به ساحل رساندم.

*****

در خانه، میانهٔ شب، از خواب می‌پرم. سؤالی دائم ذهنم را درگیر خود کرده است: «اگر بال هواپیما کنده شده و افتاده بود چه؟ اگر قسمتی از موتور، در سرعت ۵۵۰ مایل در ساعت، جدا شده بود و به دُم هواپیما برخورد کرده بود چه؟ اگر دم هواپیما کنده شده بود چه؟ حتماً هواپیما می‌چرخید و همگی می‌مردیم».

نحوهٔ آزمایش کارکرد موتورهای هواپیما را در ذهنم مرور می‌کنم. در این آزمایش‌ها، قطعه‌های یخ و پرندگان یخ‌زده را داخل موتور پرتاب می‌کنند تا دریابند موتور هواپیما چگونه می‌تواند با چنین آسیب‌هایی مقابله کند. می‌دانم که قطعات کنده شدهٔ هواپیما می‌توانستند به راحتی با بدنهٔ هواپیما برخورد کنند و فاجعه‌ای جبران‌ناپذیر رقم بزنند.

نیمه‌شب، ذهنم به سوی کابین خلبان و وضعیت آشفته‌اش در آن دقایق کشیده می‌شود:

- اگر چک‌لیست‌های مهم و اصل کاری را از قلم انداخته بودیم چه؟
- اگر ناچار بودم هدایت هواپیما را به تنهایی به عهده بگیرم چه؟
- اگر پال و اِد آنجا نبودند؟

افکارم بی‌قرار و آشفته می‌شود، اما تلاش می‌کنم پاسخ‌های مناسب و قانع‌کننده‌ای برای سؤالات و افکارم بیابم. من از پس آن طوفان آسمانی برآمده بودم. شروع می‌کنم در ذهنم به هر یک از اتفاقات افتاده و نیفتاده یک امتیاز یا ستاره می‌دهم و درنهایت به خودم می‌گویم: «باید این پنج ستاره کنار یکدیگر قرار می‌گرفتند تا آن هواپیما بتواند چنین اتفاق مهیبی را به سلامت پشت سر بگذارد و بر زمین بنشیند».

امتیاز اول: سه دقیقه قبل از این واقعه و انفجار موتور، من بیرونِ کابین خلبان و در دستشویی بودم، درحالی که اگر همان لحظه که من در کابین نبودم، این اتفاق

می‌افتاد، یعنی ما ثانیه‌ای را از دست داده بودیم، هواپیما به سادگی شبیه موشکی کنترل ناشدنی عمل می‌کرد و ما هرگز قادر به هدایت آن و تغییر شرایط نبودیم. خوشبختانه همان لحظه که هواپیما به یک سمت چرخید، من آنجا حاضر بودم و در عرض یک ونیم ثانیه توانستیم واکنش نشان دهیم.

امتیاز دوم: اِد گاگارین مسافر هواپیما بود، اما روی صندلی یدکی داخل کابین خلبان نشسته بود. اِد خلبان یونایتد بود و خوشبختانه تمرین‌های اولیهٔ پروازش را با هواپیمای بوئینگ ۷۷۷ انجام داده بود. ازآنجاکه همهٔ این تمرینات را به تازگی به پایان رسانده بود، هنوز کاملاً آگاه و آمادهٔ کمک بود. اِد نقش شایان و چشمگیری در نجات و موفقیت آن پرواز داشت.

امتیاز سوم: ما تنها ۴۰ دقیقه و ۲۰۰ مایل با هونولولو فاصله داشتیم. چند روز بعد از فرود و پس از اینکه گروه تحقیقات اطلاعات پرواز را استخراج و به کامپیوترها و دستگاه‌های تعبیرکننده منتقل کردند، به ما گفته شد که اگر این فاصله یک ساعت و ۳۰۰ مایل بود، با رانش شدید موتور راست (موتور معیوب) و سیر و جهت حرکت هواپیما به صورت نزولی، هواپیما به سوی آب کنترل می‌شد، نه به دست ما؛ یعنی هرگز امکان نداشت به هونولولو برسیم.

امتیاز چهارم: بیش از هزار پوند از قسمت‌های فلزی و مواد موتور سمت راست هواپیما حین پرواز کنده شده بود، اما حتی تکهٔ کوچکی از آن‌ها به هواپیما اصابت نکرده بود. درحالی که در پروازی با سرعت ۵۵۰ مایل در ساعت، حتی برخورد تکه‌ای ده پوندی از آن‌ها به دم هواپیما می‌توانست دم را بکند و بیندازد.

امتیاز پنجم: هرچند قسمت تیغه مانند که از موتور جدا شده بود، به بدنهٔ هواپیما برخورد کرده بود، اما خوشبختانه به محکم‌ترین و قوی‌ترین قسمت هواپیما اصابت

کرده بود؛ یعنی به استرینگر. قسمتی که می‌توان آن را به دنده‌های قفسهٔ سینه در بدن انسان تشبیه کرد که محافظ اجزای داخلی بدن هستند. پس، آن اصابت، تنها، فرورفتگی کمی ایجاد کرده بود، اما به بدنهٔ هواپیما نفوذ نکرده بود، درحالی که اگر چند اینچ بالاتر خورده بود، می‌توانست از پنجره عبور کند یا اگر چند اینچ پایین‌تر خورده بود، می‌توانست از بدنهٔ هواپیما عبور کند.

هریک از این موارد ممکن، مطمئناً فشار هواپیما را مختل می‌کرد و ما ناچار می‌شدیم ارتفاع هواپیما را تا ده هزارپایی کم کنیم که با توجه به فاصلهٔ دویست مایلی تا هونولولو امکان نداشت بتوانیم این مسافت را در این ارتفاع به سلامت طی کنیم.

بدون این پنج ستاره، و البته شاید دعاهای اجابت شده، بازگشت ما به‌سوی خانواده‌هایمان غیرممکن بود و من آن خواب را دیدم؛ خوابی که در آن، دستان قدرتمندی، مانند دستان خدا، از آسمان بیرون آمد و هواپیمای ما را به سلامت به زمین نشاند. دست‌های من روی فرمان و دندهٔ هواپیما نبود، بلکه دستانی نیرومندتر و بالاتر از دست من یا هر موجود دیگری بود. دائم به این فکر می‌کنم که اگر این پرواز به سرانجام نمی‌رسید چه؟ یک دنیا حرف‌های ناگفته و کارهای انجام نشده و آرزوهای تحقق نیافته از همگی ما به جا می‌ماند. حال تصور کنید مسافرانی که در آن شرایط وحشتناک درون هواپیما نشسته بودند و هیچ کنترلی بر اوضاع نداشتند، چه حال رنج آوری را پشت سر گذاشتند.

طی روزهای پس از حادثه، من بیشتر در خود فرورفته‌ام و کمتر صحبت می‌کنم. در باغچهٔ خانه خودم را سرگرم می‌کنم، نیمهٔ زمستان است و هوا سرد و من فقط می‌خواهم تنها باشم و در خلوت بنشینم و مدیتیشن کنم.

*****

از حدود ۱۱ سالگی، که کاراته را در ایران شروع کردم، مدیتیشن نیز بخشی از زندگی روزانه‌ام شد. همواره پیش از شروع کلاس، مُدرس صدا می‌زد: موکسو[1]

که به معنای مدینیشن در سکوت بود. ما می‌نشستیم و دقایقی را به تمرین تنفس می‌پرداختیم تا پیش از شروع تمرینات، ذهنمان را پاک و آرام کنیم. بعد از پایان تمرینات نیز همین کار را تکرار می‌کردیم تا فشار و اضطراب ناشی از تمرین را تخلیه کنیم و به آرامش برسیم. از آن پس، همواره کنار کاراته، این تمرین را ادامه دادم، اما حدود ۲۰ سال پیش، من بیش از پیش درگیر تمرینات مراقبه و مدیتیشن شدم. کلاس‌های یوگا را شروع کردم و یک بار بعد از پایان یکی از جلسات به مربی یوگا گفتم که بیش از ۳۰ سال کاراته کار کرده‌ام و تدریس کرده‌ام، اما با مدیتیشن خیلی آشنا نیستم. البته خود او هم دربارهٔ مدیتیشن دانش وسیعی نداشت. زمانی که به حاضران در کلاس می‌گفت :«مدیتیشن کنید». انتظار داشت هر شاگردی به روش خود مراقبه کند. به دنبال آن، یکسری مطالعه و تحقیقات در زمینهٔ مدیتیشن را شروع کردم، کتاب‌های زیادی خواندم و به پادکست‌های زیادی گوش دادم (آن زمان، به جای پادکست، نوار صوتی می‌گفتند) و هر روز، بیشتر و بیشتر، دربارهٔ مراقبه آموختم.

یکی از انواع تجسمات مراقبه‌ای که همیشه برایم بسیار مفید و کارآمد بوده، مراقبهٔ «آسانسور طلایی» نام دارد. این مراقبه یکی از تمریناتی بود که در انواع تجسمات مراقبهٔ من جای گرفت و پاسخگوی نیازهایم است و تابه امروز، همچنان در تمریناتم جایگاه ویژه‌ای دارد؛ یعنی در محیط آرامی می‌نشینم و چشمانم را می‌بندم و تجسم می‌کنم که در راهروی یک هتلم. آسانسور طلایی را می‌بینم. به سمت آن می‌روم و داخل می‌شوم. دکمه‌ای را فشار می‌دهم که مرا به پایین‌ترین طبقات می‌برد. آسانسور حرکتش را آغاز می‌کند و پایین و پایین‌تر و پایین‌تر، به عمیق‌ترین و تاریک‌ترین فضای

Mokuso-۱

ممکن در قلب زمین، حرکت می‌کند، نظیر موریا در فیلم ارباب حلقه‌ها؛ جایی که گندالف به بالروگ می‌افتد. من حتی پایین‌تر می‌روم، به جایی عمیق و عمیق‌تر، تا آنجا که دیگر زمان را از دست می‌دهم. سرانجام آسانسور طلایی متوقف می‌شود. در رو به فضایی باز می‌شود. قدم به آن فضا می‌گذارم. در مقابلم، اتاقی دیده می‌شود که نامم روی آن نوشته شده است. به طرف اتاق می‌روم، در را باز می‌کنم و وارد اتاق می‌شوم. چراغ‌ها روشن می‌شود و بعد از لحظاتی، چشمانم به آن عادت می‌کند. بر دیوارهای اتاق، تصاویر و پوسترهای بزرگی از تمام چیزهایی که در زندگی می‌خواهم، دیده می‌شود. همهٔ آن‌ها مقابل چشمانم قرار دارند. آن‌ها را در ذهنم تصویرسازی می‌کنم. خود را درحال عبور از کانالی می‌یابم و آتش می‌گیرم؛ آتشی که تمام وجودم را در برمی‌گیرد و تمامی ذرات بد و منفی ذهنم را می‌سوزاند و نابود می‌کند. از میان کانال آتش عبور می‌کنم و انتهای آن مسیر، خود را میان برف می‌یابم. روی برف‌ها دراز می‌کشم و تا خاموش شدن آتش، روی برف‌ها باقی می‌مانم. رفته‌رفته تمام بدنم به آدم برفی تبدیل می‌شود. سپس، به سمت دریاچه‌ای که نزدیک است به راه می‌افتم و کاملاً در آب فرومی‌روم. برف شروع به آب شدن می‌کند، مانند آدم برفی که در آب شروع به ذوب شدن می‌کند، تا آنجا که دیگر با آب یکی می‌شوم. در دریاچه شروع به حرکت و شنا می‌کنم تا اینکه آن سوی دریاچه، چون آدمی که سراسر وجودش آب است، از دریاچه بیرون می‌آیم و باز به راهم ادامه می‌دهم. به آبشار عظیمی می‌رسم و از درونش عبور می‌کنم و از سوی دیگر آبشار که بیرون می‌آیم، دوباره، مانند یک انسان، پدیدار می‌شوم و همچنان به راهم ادامه می‌دهم. انتهای جاده، خانهٔ دوطبقهٔ معمولی و سفیدرنگی دیده می‌شود. سال‌خورده مردی آنجا منتظرم است. شنلی را روی شانه‌ام می‌اندازد و چوب بلندی را به دستم می‌دهد، تاجی بر سرم می‌نهد و مرا با طلا می‌آراید و سپس به درون خانه هدایت می‌کند. مرا به طبقهٔ دوم خانه می‌برد؛

جایی که میلیون‌ها نفر ایستاده‌اند و منتظر رهبری دانا هستند و من آنجا دانسته‌هایم را در اختیارشان می‌گذارم. در پایان، چشمانم را می‌گشایم.

من این تمرین را شب‌ها پیش از خواب انجام می‌دهم. شما هم می‌توانید همین تمرین را انجام دهید تا ملکهٔ ذهنتان شود. هر شب دراز بکشید و موسیقی آرامی بگذارید؛ هر موسیقی‌ای که برایتان آرامش بخش است. تمرین را با تنفس عمیق شروع کنید و خود را مقابل آسانسور طلایی تجسم کنید.

هیاهو و هیجانات مثبت و منفی زیادی همواره در زندگی و اطراف ما آدم‌ها جاری است. دردسر و گرفتاری‌های مختلف و محرک‌های زیادی که می‌توانند برهم زنندهٔ آرامشمان باشند. مهم این است که طی روز، هریک از ما بتوانیم خود را در فضای ذهنی مطبوع و آرامش بخشی قرار دهیم تا بتوانیم قدرت بی‌نهایت خالق هستی را دریابیم و درون خود بکشیم. چیزی مانند حس درختان در جنگل و کوه‌ها یا انعکاس آسمان در آب دریاچه یا درخشش خیره‌کنندهٔ خورشید هنگام غروب آفتاب یا احساس گرمای مطبوع خورشید موقع عبور از پل باشکوه گلدن‌گیت سان‌فرانسیسکو. انسان گاه از ساخته‌های خودش خسته و وازده می‌شود یا همهٔ جلوه‌های خودساخته‌اش برایش کهنه و یکنواخت می‌شوند، اما بشر هرگز از تماشای شکوه طبیعت و دریافت انرژی طلوع یا غروب خورشید خسته نمی‌شود.

*****

ذهنم به سوی پدرم پر می‌کشد. او با بیماری سرطان دست به گریبان است. از خواهرانم می‌خواهم که دربارهٔ سانحهٔ هواپیما چیزی به او نگویند. می‌خواهم وقتی خودم او را دیدم، همه چیز را برایش تعریف کنم. نمی‌خواهم در فاصلهٔ میان شنیدن واقعه و صحبت با خودم، دچار نگرانی شود.

صبح فردا بیدار می‌شوم. حس غریبی وجودم را در مشت می‌فشارد. درمی‌یابم در تمام طول شب، اتفاقات هواپیما را در خواب‌هایم دیده بودم. دوباره به یاد دست‌های عظیم‌الجثه‌ای که برای نجات و هدایت هواپیما از میان ابرها بیرون آمد و زیر بال‌های هواپیما را گرفت و تا فرودگاه هدایت کرد می‌افتم. حس معنویت جالبی وجودم را در برگرفته است. همچنان در فکر آغاز سفر با یک کوله‌پشتی در کوهستان‌ها هستم. تصمیم گرفتم چند روزی برای دیدن فرزندانم بروم.

برای دیدن دختر بزرگ و پسرم به جنوب کالیفرنیا می‌روم. به محض اینکه اتومبیلم را پارک می‌کنم و پایین می‌آیم، دخترم به طرفم می‌دود و بدون کلامی، یکدیگر را در آغوش می‌گیریم و بی‌اغراق، شاید یک ربع، در همان حال باقی می‌مانیم. هر دو اشک می‌ریزیم. هر دو از این ارتباط عاشقانه احساس شعف می‌کنیم. بعد از شام، همراه مالی، در قایقم در کوئین مری می‌مانم. غروب زیبایی است، اما هوا خیلی سرد است. بادهای سانتا آنا در حال وزیدن هستند. بیش از نیمی از فردای آن روز را نیز همان‌جا می‌مانیم. سپس، برای دیدن پسرم به سمت سواحل جنوب کالیفرنیا راندیم. برای شام، همه دور همیم و چه لذتی دارد دیدن فرزند بعد از بازگشت از برزخ.

بعد از آن، به دیدار پدرم می‌روم و تمام واقعه را برایش شرح می‌دهم. می‌گوید که بابت سرانجام این حادثه، خدا را شکر می‌کند و خوشحال است که در آن شرایط، من هدایت و کنترل هواپیما را به عهده داشته‌ام. می‌گوید که به من و توانمندی‌ام، که آن را مانند خون در رگ‌هایم جاری می‌بیند، باور دارد. شنیدن این حرف‌ها از دهان پدرم به من احساس غرور می‌دهد. او خودش همواره انسان سخت‌کوش و قوی‌ای بوده است. همیشه پابرجا ایستاده و راه‌حلی یافته است. می‌گوید که می‌داند که من نیز اهل تسلیم نیستم. سعی می‌کند آرامم کند. می‌گوید :«نگران هیچ نباش، همه چیز درست

می‌شود» و در پایان می‌گوید: «تو باز هم در زندگی کارهای بزرگی انجام خواهی داد». او چند ماه بعد، دار فانی را وداع گفت».

*****

پدرم در مه ۲۰۱۸ چشم از جهان فروبست؛ یعنی چند ماه بعد از واقعهٔ یونایتد. از هونولولو به دنور بازمی‌گردم. هوای غریبی است. هر بهار که از هونولولو به دنور پرواز می‌کنم، به سمت مشرق، همیشه سیارهٔ ونوس را می‌بینم که از افق سر برمی‌زند. امشب هم هوا شفاف و سبک است. خطوط آسمان خیره‌کننده‌اند. غروب خورشید آسمان را با صدها رنگ مختلف، از بنفش گرفته تا زرد طلایی و آبی و قرمز، رنگ‌آمیزی کرده است. اما همان طورکه ونوس به بالای افق سر می‌کشد، شاید ۱۰-۱۵ درجه، مانند سیاره نه، بلکه ستاره‌ای درخشان جلوه می‌کند.

بر زمین که می‌نشینیم، به تلفنم نگاه می‌کنم، پیامی از خواهرم رسیده که از من می‌خواهد بلافاصله با او تماس بگیرم. پدرم را به بیمارستان برده‌اند. امیدی به بهبودش نمی‌بینند. بلافاصله با یونایتد تماس می‌گیرم و آن‌ها مرا از پرواز معاف می‌کنند و می‌کوشند با پرواز بعدی به خانه بازگردم و پدرم را ببینم. متأسفانه بلافاصله پروازی نبود که با آن بیایم. پس، فوراً خودم را روی صندلی جامپ سیت هواپیمای ساوت وست[1] می‌اندازم و به سوی ساکرامنتو پرواز می‌کنم. تمامی احساساتم به قلیان درآمده است.

در فرودگاه ساکرامنتو، مالی مرا از فرودگاه برمی‌دارد و مستقیم به بیمارستان می‌رویم.

پنج دقیقه مانده به رسیدن من، پدرم چشمانش را به روی دنیا می‌بندد و سفر ابدی خود را آغاز می‌کند. اندوه و خشم بی‌پایان مرا در چنگال خود می‌فشارد. پدرم رفته

Southwest Airlines- ۱

است. با تمام وجود آرزو می‌کردم آخرین دقایق حیاتش کنارش باشم. قبل از این سفر، حسی به من می‌گفت که اتفاقی در راه است؛ به همین دلیل به همهٔ اعضای خانواده‌ام سپرده بودم اگر حال پدرم رو به وخامت گذاشت، بلافاصله مرا در جریان بگذارند. دلم می‌خواست در آخرین ساعات زندگی‌اش کنارش باشم اما نشد، افسوس!

روی تخت بیمارستان با چشمان بسته دراز کشیده است. میان اشک‌هایم صورت پدر را می‌بوسم. خواهرانم همه آنجا هستند. همگی دربارهٔ زندگی پرافتخاری که کنار پدر داشته‌ایم صحبت می‌کنیم، از اینکه او در راه ایستادگی بر سر آرمان‌هایش چه رنج‌ها و سختی‌هایی را تحمل کرد. با پدرم شروع به حرف زدن می‌کنیم و نیم ساعت دیگر کنارش هستیم، پرستارهای بیمارستان می‌خواهند او را به تخت متحرکی منتقل کنند و به ما می‌گویند که در صورت تمایل می‌توانیم در این امر به آنان کمک کنیم. من و دو خواهرم پدر را بلند می‌کنیم، پشت بدنش هنوز گرم است. چه حس عجیبی! پس از جابه‌جایی، او را روی همان تخت متحرک، با خود بردند. آن قدر در راهروی بیمارستان نگاهش می‌کنیم تا اینکه از دیده پنهان می‌شود. برای همگی ما این طولانی‌ترین راهروی جهان بود. از اینکه از ما جدا و دورش می‌کنند، در اندوه عمیقی فرورفته‌ایم. او بود که مرا به این دنیا آورد و صخرهٔ ستبر زندگی من بود. درعین‌حال، آن قدر مهربان و نجیب و بی‌نظیر بود که هرگز آزارش به کسی نرسید. هر کاری که می‌توانست برای کمک به اطرافیانش انجام می‌داد و همیشه دلش می‌خواست برای وطنش کاری بکند.

آرزو داشتم که بود و مرا راهنمایی می‌کرد، انگیزه می‌داد و به جلو می‌راند. هر روز به او می‌اندیشم، به پدرم. بزرگ‌شدن در سرزمین پُروقایعی، نظیر ایران، زخمی ماندگار بر قلبم گذاشته است. همهٔ آنچه بر پدرم گذشت، زندان، شکنجه، دوری از خانواده،

گرسنگی و بی‌عدالتی، باعث شده تا من همه چیز را دوباره بازنگری کنم. او آدمی بود که روی نظراتش استوار بود و پای آرمان‌هایش ایستاد. به نظر من، او مرد قدرتمندی بود و مرگش تا ابد حفره‌ای بزرگ در قلبم ایجاد کرد.

در سان‌فرانسیسکو یک مدرسۀ پرواز پیدا کردم که دانشجوی جدید می‌پذیرفت. داشتم به آرزوهایم نزدیک‌تر می‌شدم. حتی لحظه‌ای هم به اینکه شاید به آرزویم نرسم نیندیشیده بودم. ذهنم برای «ممکن نیست و سخت است» برنامه‌ریزی نشده است. مانند لیزری که روی نقطه‌ای تمرکز کرده باشد، پابرجا ایستاده بودم. نه نگران اجاره‌خانه و نه شغل و نه شهریه بودم.

چه بسیار آدم‌هایی که در مسیر رسیدن به هدف خود، به‌دلیل پرداختن به حواشی و جزئیات، از صرافت رسیدن به آن بازمی‌مانند و حتی آغازش هم نمی‌کنند. البته که با چسبیدن به نگرش‌های منفی تسلیم شدن اجتناب‌ناپذیر است. من در زندگی یاد گرفته‌ام که همیشه باید روی یک قدم و سپس، قدم بعدی و بعدی تمرکز کرد. روزبه‌روز پیش رفت و از رسیدن به افق‌های زیبای سرنوشت و آرزوها نهراسید. این همان روشی بود که من در پیش گرفته بودم.

در تخیلتم، خودم را مجسم می‌کردم که از انگلستان به سان‌فرانسیسکو می‌روم، وارد مدرسۀ خلبانی می‌شوم و مدرک خلبانی‌ام را می‌گیرم. پیشاپیش مقابل چشمانم همۀ

این‌ها را می‌دیدم و می‌دانستم که همگی تحقق خواهند یافت. اگر این‌ها را در سرنوشت و آینده‌تان تجسم نکنید و نبینید، اگر رسیدن به آرزوهایتان را در ذهنتان تصویرسازی نکنید، به آن‌ها نخواهید رسید.

سرانجام همراه دوستم با هواپیمای پَن اَم ۷۴۷ به سان‌فرانسیسکو رسیدیم. برایم مهم بود که با همین هواپیما به امریکا برسم. محال بود حاضر باشم به هیچ طریق دیگری پا به امریکا بگذارم؛ چراکه همین هواپیما بود که قلبم را برای خلبان شدن ربوده بود، پس باید با همین هواپیما به‌دنبال رؤیاهایم می‌رفتم. در مسیر سفر، به موسیقی گوش می‌دادم، تمام آلبوم کنی راجرز را تا زمان رسیدن به مقصد گوش دادم. سرم گیج می‌رفت و قلبم کاملاً آماده بود. می‌دانستم زمانی نخواهد گذشت که خودم خلبان ۷۴۷ خواهم شد.

زمانی که در فرودگاه بین‌المللی سان‌فرانسیسکو نشستیم، صدای کنی راجرز هنوز در مغزم دور می‌زد. بیرون ترمینال فرودگاه، من و دیوید چمدان به دست لحظه‌ای درنگ کردیم و از خود پرسیدیم: «خب، حالا چی؟» و ناگهان خود را در دنیای واقعی یافتیم.

یک تاکسی را متوقف کردیم و درونش پریدیم. راننده که مردی هندی بود پرسید: «کجا می‌روید؟» و ما دوباره لحظه‌ای درنگ کردیم. اصلاً نمی‌دانستیم کجا برویم. به راننده گفتیم که تازه‌وارد و ناآشنا هستیم و کسی را نمی‌شناسیم و دنبال محلی برای اقامتیم. او گفت که پسرعمویش مکانی نزدیک به بوش و ون نس دارد. خانه‌ای بزرگ به سبک ویکتورین که شانگری ـ لا نامیده می‌شد.

در مسیر شانگری ـ لا، به یاد کیف پولم افتادم، تنها ۲۰۰ دلار همراه داشتم. ایران هنوز در هیاهوی انقلاب بود. عراق با ایران درگیر جنگ بود و پولی به دست ما

نمی‌رسید. به جز پولی که در کیفم بود، نامه‌ای از بانک همراهم بود که پدرم برایم گرفته بود. این نامه نشان می‌داد که از لحاظ مالی قادر به پرداخت شهریهٔ خلبانی هستم. مبلغ این نامه دورهٔ آموزشی را شامل نمی‌شد، بلکه فقط برای مدرک خلبانی بود. هنوز ناچار بودم مبلغ ۴۰ هزار دلار برای دورهٔ آموزشی بپردازم، اما فعلاً نگرانی من این نبود. البته می‌دانستم که باید سخت کار کنم تا درآمدی داشته باشم و بتوانم از پس هزینه‌هایم بربیایم، ولی این قبیل تلاش‌ها برای رسیدن به هدف هرگز برایم آزاردهنده نبود. من به پشتکار و سخت‌کوشی ایمان داشتم. بعلاوه همیشه می‌دیدم آدم‌های خوبی در مسیر زندگی‌ام قرار می‌گیرند و کمک می‌کنند تا مسیر همموارتری داشته باشم.

خیلی زود به شانگری‌ـلا رسیدیم و نهایتاً اتاقی به مبلغ ۱۰۰ دلار برای یک ماه اجاره کردیم که دیوید آن را پرداخت. من هیجان زیادی داشتم و در فکر رسیدن به قلهٔ آرزوها سر از پا نمی‌شناختم. به‌راحتی مکانی، ولو یک اتاق، جمع‌وجور کرده بودیم، سان‌فرانسیسکو منتظرمان بود و ما هم بالاخره رسیده بودیم.

*****

در آغاز به خودم وعده دادم که یک ماه نخست را در کالیفرنیا بگردم و خوش بگذرانم و اکتشاف کنم؛ چون به خوبی می‌دانستم پس از اینکه دورهٔ آموزش خلبانی‌ام شروع شود، دیگر پول یا فرصتی برایم باقی نخواهد ماند.

وقتی به آکادمی هوانوردی رفتم و ثبت نام کردم، از من پرسیدند: «خیال داری کی کلاس‌هایت را شروع کنی؟» و من گفتم: سه هفتهٔ دیگر بازخواهم گشت». در همین روزها، دیوید در جستجوی یافتن کار بود، اما بدون داشتن گرین‌کارت، یافتن شغل سخت بود و ویزایش هم چند ماه بیشتر اعتبار نداشت، اما او دیگر قصد و انگیزه‌ای برای بازگشت به انگلستان نداشت و بعد از قدری تحقیق دریافت بدون داشتن

گرین‌کارت و اجازهٔ کار می‌تواند به کانادا برود و اقامت آنجا را بگیرد. پس، گویی تکلیفش معلوم شده بود و ما، پیش از شروع کلاس‌های من و رفتن دیوید، آن یک ماه را با هم در کالیفرنیا گذراندیم.

کالیفرنیا مرا خیره کرده بود. اولین باری را که روی پل گلدن گیت قدم زدم، همیشه به یاد خواهم داشت. گویی در وهم به سر می‌بردم. حتی پیش از آمدن به امریکا، کالیفرنیا همیشه برایم یک رؤیا بود. از همان ایام کودکی، از دیدن عکس‌ها و تصاویر سان‌فرانسیسکو و پل گلدن گیت و جزیرهٔ کوچک آلکاتراز و خیابان پرپیچ وخم و پُرگل لُمبارد شگفت‌زده می‌شدم.

اما اکنون همهٔ این‌ها در واقعیت مقابل چشمانم بودند. من اکنون اینجا بودم. می‌توانستم همهٔ این مکان‌ها و فضاها را ببینم و لمس کنم. این فرصت‌ها را به وضوح دیده بودم. ضرب‌المثلی ایرانی می‌گوید: «اگر چیزی را که می‌خواهید، در ذهنتان مجسم کنید، پس گویی نیمی از راه را رفته‌اید، حتی وقتی می‌روی و تجربه‌اش می‌کنی، پس فبها، دیگر به آن رسیده‌ای»

دیوید دوست داشت برای دیدن یونیورسال استودیو به لس‌آنجلس برود. بعد از اینکه یک اتومبیل پونتیاک زردرنگ خرید (نظیر اتومبیل فیلم استاراسکای و هاچ[1])، ما راهی لس‌آنجلس شدیم. هنوز ۱۰۰ مایل بیشتر نرفته بودیم که پلیس ما را کنار کشید. نمی‌دانستیم چه باید بکنیم. فکر کردیم می‌خواهند دستگیرمان کنند یا حتی اتفاق بدتری منتظر ماست.

افسر پلیس کنار اتومبیلمان آمد و شروع به صحبت کرد. حالا متوجه شدیم؛ دیوید در انگلیس بزرگ شده بود و همیشه عادت داشت در قسمت چپ جاده رانندگی کند؛

Starsky and Hutch -۱

به همین دلیل، می‌کوشید سمت راست جاده بماند، اما طی این تلاش و کشمکش، به چپ و راست متمایل می‌شد؛ ازاین‌رو، پلیس تصور کرده بود ما مستیم. پس، عذرخواهی کردیم و توضیح دادیم که به تازگی از انگلستان رسیده‌ایم. پلیس تذکر داد که مراقب باشیم تا کسی را به کشتن ندهیم. البته خوش اقبال بودیم که با همین تذکر از معرکه جستیم.

به لس‌آنجلس رفتیم و سر از یونیورسال استودیو درآوردیم. بعد از آن، با توری که مردم را به تماشای خانه‌های هنرپیشه‌ها و افراد معروف می‌برد همراه شدیم. اینکه اکنون در همان شهری بودم که بزرگ‌ترین ستارگانی که از نوجوانی دنبالشان می‌کردم در آن زندگی می‌کردند هیجان‌انگیز بود. ناگهان آن‌ها دیگر برایم نه ستاره‌های هالیوود بلکه مردم عادی بودند؛ چیزی که گاه فراموش می‌کنیم: آن‌ها آدم‌های عادی هستند؛ چراکه ما عادت داشتیم همیشه آن‌ها را بر پردهٔ سینما ببینیم، نه اکنون در پیاده‌روی خیابان. آنجا به شوخی به دیوید گفتم: «بالاخره من یک روز به هالیوود برمی‌گردم تا فیلم خودم را بسازم».

یک شب، نزدیک رفتن دیوید، به باشگاه رقص شبانه‌ای در سان‌فرانسیسکو رفتیم. چند دختر زیبا آنجا بودند و ما سر صحبت را با آن‌ها باز کردیم. وقتی گفتم که برای رفتن به مدرسهٔ خلبانی اوکلند به اینجا آمده‌ام، از خوش‌شانسی من، یکی از آن‌ها گفت که محل زندگی پسرعمویش با فرودگاه اوکلند ده دقیقه فاصله دارد و پیشنهاد کرد مرا با او آشنا کند. پس، من را با پسرعمویش آشنا کرد و از آن پس، من نه تنها با تام ران آشنا شدم، بلکه تا به امروز او یکی از بهترین دوستانم است. تام آپارتمانی دواتاقه با فضایی اضافه، نزدیک شهر اوکلند، داشت و این موقعیت بی‌نظیری برای من بود، به خصوص که مدت زمان اجارهٔ یک ماه‌همان نیز رو به اتمام بود. کرایهٔ اتاق جدید تنها ماهی ۵۰ دلار بود. تام خیلی زود به یکی از اصلی‌ترین مشوقانم تبدیل

شد. او خود در دوران دبیرستان شاگرد درس‌خوانی نبود؛ به همین دلیل، هرگز وارد دانشگاه نشده بود و در سوپرمارکت کوچک پدرش مشغول کار بود، اما همیشه من را برای خلبان شدن و درس خواندن تشویق می‌کرد و به آن‌سو هل می‌داد. همیشه به من می‌گفت: «درس خواندن و مدرسهٔ خلبانی رمز پیشرفت و موفقیت توست» و پیوسته می‌گفت: «در این راه، هرطور که بتوانم، حمایتت خواهم کرد» و من همیشه می‌گویم: «تمام آنچه در زندگی نیاز داری، دوست یا کسی است که به تو و آرزوهایت باور داشته باشد و احترام بگذارد و اگر خودت به خودت باور داشته باشی، در زندگی از عهدهٔ هر کاری برخواهی آمد».

آدمی هرگز شکست نمی‌خورد، مگر اینکه شکست را بپذیرد.

بخش نوزدهم

سال ۲.۱۸

کتی هرست و آلپا با من تماس می‌گیرند. او به من اطلاع می‌دهد که با نمایندگان یونایتد، آلپا، اف‌اِی‌اِی[1] و اِن‌تی‌اِس‌بی[2] (گروه امنیت حمل‌ونقل ملی) برگزاری کنفرانسی تلفنی هماهنگ شده است. ۳۳ سؤال مطرح بود. آن‌ها به جعبهٔ سیاه هواپیما[3] گوش داده‌اند و می‌خواهند با ما صحبت کنند تا ببینند آیا گفته‌های ما با محتویات جعبهٔ سیاه منطبق است یا خیر. تحقیقات لازم تقریباً انجام شده و ما همگی به زودی می‌فهمیم که چه مشکلی برای موتور هواپیما پیش‌آمده بود. پس از دو هفته، کتی مجدداً تماس گرفت.

پیش از این تلفن، ذهنم بی‌اختیار تمام خطرها و بحران‌های زندگی‌ام را مرور می‌کند؛ افکاری که نه از سر اضطراب، بلکه از سر یادآوری و قدردانی و سپاس است. افکارم به وقایع داخل اتاق خلبان و شرایط بحران‌زده‌مان در راه هونولولو و اینکه ناگهان تمام حس غریزی‌ام برای بهترین عملکرد وارد میدان شده بود، دائم در رفت و برگشت

FAA-۱
NTSB (National transportation safety board) - ۲
۳ - صداهای داخل فضای کابین خلبان.

است؛ نیروی هوایی، هدایت هواپیما، جهت‌یابی، رفتن به نقطه‌ای که می‌خواستم به آن برسم، تعامل با همکاران، اطمینان از اینکه برج مراقبت می‌داند چه اتفاقی در حال رخ دادن است. ممکن است مردم عادی درک درستی از این موقعیت نداشته باشند: اگر در جهت‌یابی اشتباه کنی و به کوه برخورد کنی، دیگر مهم نیست که چقدر همهٔ بایدونبایدها را درست و به نحو احسن انجام داده‌ای. ترتیب همهٔ این‌ها مهم است. نخستین چیزی که در خلبانی به تو می‌آموزند این است که بتوانی همواره آسمان را بالای سرت نگه‌داری و به هیچ مانعی برخورد نکنی.

حتی اگر موتور هواپیما را از دست بدهی، همچنان می‌توانی، مانند پرنده‌ای، هواپیما را در جریان هوا در حال پرواز نگاه داری.

اگر نمی‌توانی خود را به مقصد مورد نظر برسانی، می‌توانی مقصد دیگری، مانند جاده یا فرودگاهی دیگر، بیابی. در حینی که هنگام پرواز این روند در جریان است، تو، به عنوان خلبان، باید به قدم بعدی بپردازی؛ یعنی گفت‌وگو و تعامل با برج مراقبت فرودگاه دربارهٔ مشکل پیش‌آمده. طبیعی است لحظه‌ای که موتور راست را از دست دادیم، این اقدامات نخستین کارهایی بود که ذهنم را مشغول کرده بود. هواپیما، با ۴۵ درجه زاویه، روی یک بال چرخیده بود و نخستین تلاش من نگه داشتن آسمان در بالای سرمان و خنثی کردن چرخش هواپیما و صاف و مستقیم نگه داشتن حرکت آن بود. قدم بعدی جهت‌یابی بود. بنابراین بود که تا نقطهٔ خاصی مستقیم برویم و بعد از آن، به سمت هونولولو چرخش داشته باشیم اما نشد. به جای آنکه بعد از ۲۰ ـ ۳۰ مایل رفتن، به سمت راست، یعنی به سوی هونولولو، بچرخیم، تصمیم گرفته بودم مستقیم به هونولولو بروم که این خود باعث می‌شد ۵ ـ ۶ دقیقه زودتر به مقصد برسیم و به نفع ایمنی فرود و نشستن هواپیما بود. احتمالاً با آن وضعیت، بیش از آن هم قادر نبودیم در هوا باقی بمانیم. بر اساس تجربیاتم به خوبی می‌دانستم که نمی‌توان با یک

موتور، هواپیما را در ارتفاع ۳۶ هزار پا نگاه داشت. برای این کار باید نوک هواپیما را به سمت بالا ببرم، اما عواقب چنین کاری سکون و سقوط هواپیما بود. اگر می‌خواستم سرعت هواپیما را با ثبات نگاه دارم، ناچار بودم نوک هواپیما را به سمت پایین ببرم، درحالی‌که باید مؤلفه‌های هوایی را، که هواپیما را در حالت پرواز نگاه می‌داشت، همچنان در نظر می‌گرفتم. خدا را شکر که توانستم همهٔ این کارها را به درستی انجام دهم.

همچنان به یاد پرواز دیگری، که با هواپیمای ۷۷۷ به نیویورک داشتم، افتادم. در ارتفاع ۳ هزارپایی و ۱۵-۱۰ دقیقه‌ای فرودگاه بودیم. همان‌طورکه به سمت چپ و فرودگاه بین‌المللی لیبرتی و باند ۲۲ چپ می‌چرخیدم، با یک غاز کانادایی برخورد کردیم. پرندهٔ نگون‌بخت به برف‌پاک‌کن سمت من اصابت کرد. سرعتمان ۲۹۰ مایل در ساعت بود. شدت برخورد مانند این بود که کسی با اسلحهٔ ۵۰ میلی‌متری به هواپیما شلیک کرده باشد. خون و اجزای داخل بدن غاز نگون‌بخت تمام پنجرهٔ مقابل، به خصوص سمت من، را پوشاند و دیگر نمی‌توانستم بیرون را ببینم. به خلبان همراهم گفتم: «این دیگر هواپیمای توست»؛ چراکه سمتی که او نشسته بود بهتر و تمیزتر بود. خوشبختانه فرود سلامت و آرامی داشتیم.

گاه سرنوشت می‌تواند شما را به سمت‌وسوی خطرناکی براند یا، برعکس، به نقطهٔ امن و سالمی. هیچ‌کدام از ما نمی‌دانیم تا به حال چندین خطر از بیخ گوشمان گذشته است.

من کاملاً معتقدم که ما در دستان خداوند قرار داریم. چه بسیار مواقعی که به لب پرتگاه رسیده‌ام و نیرویی مرا کنار کشیده و نجات داده است؛ آن لحظه گویی نیروی لایزالی را کنارم احساس کرده‌ام.

کمی بیش از یک سال بعد از این اتفاق، در پرواز لندن به سان‌فرانسیسکو، دچار حادثۀ دیگری شدم. بینی یکی از مسافران ناگهان خونریزی کرد و او بی‌هوش شد. تشخیص پزشک داخل هواپیما سکتۀ مغزی بود. سرمهماندار واقعه را به من اطلاع می‌دهد و می‌رود تا دوباره به مرد مسافر و همسرش سر بزند. حال مرد کاملاً نامساعد به نظر می‌آمد. دکتر به سرمهماندار می‌گوید: «اگر می‌خواهیم بیمار جان سالم به در ببرد، باید هرچه زودتر او را به بیمارستان برسانیم». وقتی این پیام به من منتقل شد، به فرودگاه مبدأ اطلاع دادم. البته کار ساده‌ای نبود؛ نزدیک‌ترین محل به ما ایکالویت[1] در نوناووت[2]، جایی در منطقۀ قطبیِ شمال کانادا، بود.

باند فرودگاه آن ناحیه چندان مناسب فرود هواپیمای ما نبود. به پزشک داخل هواپیما اطلاع می‌دهم که در ایکالویت خواهیم نشست. هوای بیرون به شکل کشنده‌ای سرد است و هرچه نگاه می‌کنم، به جز مایل‌ها کوه‌های یخ و برف چیزی دیده نمی‌شود. به‌سوی فرودگاه کوچک آن ناحیه می‌رویم. مشکل اینجا بود که مخزن سوخت ما تقریباً پر بود و وزن هواپیما را برای نشستن سنگین می‌کرد. اگر بخواهیم بدون تخلیۀ بنزین هواپیما فرود بیاییم ممکن است چرخ‌های زیر هواپیما قفل کند و بدون بررسی مکانیک‌های متخصص ۷۷۷ نمی‌توانیم دوباره پرواز کنیم. البته تردید داشتم در این شهر کوچک قطبی، مکانیک‌های ۷۷۷ مستقر باشند.

از فرودگاه مبدأ می‌پرسم: «آیا این شهر بیمارستان دارد؟» و خوشبختانه جواب مثبت است: بیمارستان عمومی کویکیتانی[3] این شهر مجموعاً ۷۷۰۰ نفر جمعیت دارد و یک هتل با هفت اتاق. هواپیمای ما حدوداً ۳۰۰ مسافر داشت. مطمئناً این مسافران از اینکه شب را آنجا بگذرانند خوشحال نبودند. با همۀ این‌ها من ناچار بودم به سوی

Iqaluit-۱
Nunavut-۲
Qikiqtani-۳

فرودگاه بروم تا بلکه بتوانیم زندگی یک انسان را نجات دهیم. پس، ورودمان را اطلاع می‌دهم تا باند فرودگاه را برای نشستن ما آماده کنند. من حتی نمی‌دانستم می‌توانیم انتهای باند دور بزنیم یا نه؛ چراکه انتهای باند پوشیده از یخ‌های قطور بود و دیگر اینکه نمی‌دانستیم آیا فرودگاه وسیله‌ای دارد که بتواند ما را از انتهای باند تا در ورودی فرودگاه بکشاند یا خیر.

از برج مراقبت می‌پرسم: «آیا چنین امکاناتی دارند؟» می‌گویند: «خیر». نگرانی‌ام درست بود. درباره سرعت و جهت وزش باد می‌پرسم و درمی‌یابم خوشبختانه سرعت وزش باد پایین است. از آن‌ها درخواست می‌کنم تا از جهت دیگری بیایند تا بتوانیم هواپیما را به سمت در ورودی هدایت کنیم. من هنوز نگران کوچک بودن باند فرودگاهم. از پنجره، به تندرای یخزده‌ بیرون نگاه می‌کنم و در دل امیدوارم همه چیز به خوبی مرتفع شود. خوشبختانه فرود آهسته و خوبی داشتیم. مرد بیمار به بیمارستان برده می‌شود .برای چند دقیقه از هواپیما پیاده می‌شوم. برودت هوا تا مغز استخوانم نفوذ می‌کند. هوا منفی ۱۵ درجه فارنهایت است. هیچ‌یک از ما لباس گرم همراه نداریم، بااین‌حال، برای همه ما تجربه‌ای خاص و تکرارنشدنی محسوب می‌شود. ما در فرودگاهی کوچک به سلامت فرود آمده‌ایم و مرد به بیمارستان برده شده و از مرگ نجات یافته است. در عرض یک ساعت مجدداً به مقصد سان‌فرانسیسکو، از زمین برمی‌خیزیم، جریان ظاهراً ساده به نظر می‌رسد، اما درواقع مستلزم تصمیمات سریع و متعددی است که خلبان و کابین خلبان باید حتی در شرایط کنترل‌شده، نظیر این، بگیرند تا آن موقعیت بحرانی در کمال ایمنی ختم به خیر شود.

*****

سرانجام زمان کنفرانس تلفنی فرامی‌رسد. آن‌ها تمام آن ۳۳ پرسش را نخست با من و سپس با پال و در پایان، با اِد مطرح می‌کنند. آخرسر به ما گفتند که تمامی گفته‌های

هر سهٔ ما دقیقاً مطابق همان اطلاعات جعبهٔ سیاه هواپیما بود. البته پیشاپیش پاسخ همهٔ پرسش‌ها را می‌دانستند و این مراتب قانونی است که همیشه بعد از چنین اتفاقاتی اعمال می‌شود. درنهایت، به ما می‌گویند که به مرور به بررسی‌هایشان ادامه خواهند داد و با ما تماس خواهند گرفت که البته با وجود عدم اجازهٔ پرواز احتمالاً مشکلی نخواهد بود .بعدازآن، یکی از نمایندگان آلپا با من تماس می‌گیرد. ابتدا می‌گوید که علاوه‌بر او، کسان دیگری نیز به این گفت‌وگو گوش می‌دهند (نماینده‌ای از ان‌تی‌اس‌بی و اف‌اِی‌اِی و همچنین یونایتد). سپس ادامه می‌دهد: «نگران نباش! این افراد اینجا هستند تا بابت کاری که انجام داده‌ای، به تو تبریک بگویند و از تو تشکر کنند». نمایندهٔ ان‌تی‌اس‌بی می‌گوید: «کاپیتان! نمی‌دانید چه لذت بزرگی است که به جای جمع‌آوری تکه‌های هواپیما و مسافران از اعماق اقیانوس و کنار هم قرار دادن آن‌ها و حدس اینکه چه اتفاقی افتاده، با خلبانی زنده صحبت می‌کنم».

من هرگز این کلمات را فراموش نخواهم کرد. در پایان افزودند که تحقیقات ادامه خواهد داشت و کسی از دفتر سرخلبان یونایتد با من تماس خواهد گرفت.

پس باید بیشتر صبر کرد.

بخش بیستم

سال ۱۹۷۱

در آکادمی هوایی سیرا ثبت‌نام کردم. هرچند خیلی زود متوجه مشکل شدم، مشکلی اساسی؛ هرچند اکنون در مدرسهٔ پرواز ثبت‌نام کرده بودم، اما فقط می‌توانستم هزینهٔ دو یا سه جلسهٔ درس پرواز را بپردازم. من آن‌قدر پول نداشتم که حتی واحدهای خلبانی شخصی[1] را تمام کنم، چه برسد به دوره‌های هواپیماهای تجاری و چندموتوره[2]. وقتی مدرسه شروع شد، هنوز نمی‌دانستم چطور خودم را به کلاس برسانم. خدا را شکر، هم‌اتاقی‌ام، تام ران، موتوری کهنه و از کارافتاده در گاراژ داشت و به من گفت که اگر بتوانم آن را به کار بیندازم، موتور از آن من خواهد شد. من به دلیل تجربیاتم در مسابقات دوچرخه‌سواری، با سازوکار دوچرخه آشنا بودم. پس، موتور قراضه را شستم و حسابی برق انداختم و کاربراتورش را کامل تمیز کردم و بنزین زدم و دیگر، وسیلهٔ رفت‌وآمدم ردیف شده بود. موتورسواری چه کیفی داشت، به خصوص که مرا به یاد خاطرات مسابقات دوچرخه‌سواری در ایران می‌انداخت.

PPL -۱
CPL -۲

هرچند ۱۵ مایل در ساعت تندتر نمی‌رفت، اما به هرحال مال من بود. هیچ‌چیز برایم مهم نبود، به جز هدفی که بابتش به امریکا سفر کرده بودم. قدم اول کلاس‌های تئوری بود و پس از آن، آموزش‌های پرواز. من به پول نیاز داشتم. باید کاری پیدا می‌کردم . هم‌خانه‌ای‌ام، تام، این‌قدر به من لطف داشت که در سوپرمارکت پدرش به من کار داد. هرچند حقوق زیادی نمی‌گرفتم، اما همین مبلغ اندک برایم غنیمت بود.

طی گذراندن دورهٔ آموزش‌های پرواز، هر وقت احساس اضطراب می‌کردم، به دویدن متوسل می‌شدم و نزدیک فرودگاه اوکلند می‌دویدم. پارکی هم در آن نزدیکی‌ها بود که مسیر دویدن و پیاده‌روی خوبی داشت و خوراک ورزش روزانه من بود.

در حال دویدن هم بر فراز سرم، هواپیما و جت‌های زیادی را می‌دیدم که پرواز می‌کنند. در تمام طول زندگی‌ام، از دویدن لذت برده‌ام و به خلسه و آرامش وصف‌ناپذیری رسیده‌ام. آن‌قدر می‌دویدم که دیگر از پا می‌افتادم. من به دنبال خلبان شدن بودم و مصمم بودم که به هدفم برسم. فراموش نمی‌کنم که در تمام مدتی هم که می‌دویدم، به این فکر می‌کردم که چطور پول دربیاورم. ایده‌های مختلفی دراین‌باره از ذهنم می‌گذشت و به این نتیجه رسیدم که باید بر دروس تئوری، امتحانات، دروس پروازهای شخصی و تجاری و سازوکارهای خلبانی تمرکز کنم و می‌دانستم با این همه مشغله نمی‌توانم به کاری تمام‌وقت مشغول شوم، اما پس از آن، کمی اوضاع بهتر شد؛ چراکه تدریس دروس تئوری را آغاز کردم و ساعتی ۲ دلار به من می‌پرداختند، اما هزینهٔ آموزش پرواز ۱۵۰ دلار در ساعت بود؛ یعنی باید برای هر ساعت آموزش خلبانی ۲۰ ساعت کار کنم. پس، برای کنار آمدن با اضطرابم و کاهش نگرانی ناشی از آن، بیشتر و بیشتر، به دویدن می‌پرداختم؛ چراکه برایم حکم مسکن را داشت. می‌توانم بگویم که آن‌قدر می‌دویدم تا همه چیز را بالا می‌آوردم. خیلی اوقات فریاد می‌زدم و از مرد طبقهٔ بالا (خداوند) کمک می‌طلبیدم. از او می‌خواستم راهکارهای

متفاوتی را به من نشان بدهد؛ زیرا به نظر امیدی در کار نبود و هیچ راهی نبود تا بتوانم شهریهٔ گران خلبانی را فراهم کنم، اما جدای از همهٔ سختی‌ها و نگرانی‌ها، ندایی درونم همواره پژواک می‌کرد: «تسلیم نشو! به راهت ادامه بده! همین راهی را که می‌روی، ادامه بده! همه چیز تغییر خواهد کرد، فقط به راهت ادامه بده»!

مهم نبود چند مایل می‌دویدم، ۱ یا ۵ مایل، خستگی‌ام مهم نبود، به خودم قول داده بودم که آخرین ۳۰۰ یارد را با سرعت هرچه تمام‌تر بدوم. تمام توانم را به کار می‌گرفتم، گویی حتی علیه خودم برخاسته بودم، نمی‌خواستم کسی را خوشحال کنم یا تحت تأثیر قرار دهم، به جز خودم را.

چندباری می‌شد که فردی را در پارک دیده بودم که شاهد تلاش‌ها و دویدن‌های من بود. او عضو تدارکات گروه ۴۹ سان‌فرانسیسکو بود، لیگ ملی فوتبال امریکایی. یک روز به سراغم آمد. به نظر او، من دوندهٔ خوبی بودم و به دلیل قد و بدن استخوانی‌ام شاید نامزد مناسبی برای این رشته بودم.

۶ فوت قد و ۱۸۰ پوند وزن داشتم. به من پیشنهاد کرد که به اردوگاه آموزشی تیم ۴۹ بروم و این رشته را امتحان کنم. آن‌زمان، اطلاعات زیادی دربارهٔ فوتبال امریکا نداشتم. بعلاوه، هدفم خلبانی هواپیمای ۷۴۷ بود، نه چیز دیگری، آن‌قدر که اگر آن لحظه حتی شغلی پردرآمد در تیم ۴۹ یا بازار بورس و یا حتی هنرپیشگی هالیوود را هم به من پیشنهاد می‌کرد نمی‌پذیرفتم. تمام تمرکز و اشتیاقم بر یک چیز بود و تمام. وجودم مرا به سوی خلبان شدن می‌کشاند و بس. حتی اگر مجبور بودم بارها تمام مسیر پیاده‌روی دور پارک را برای کاهش اضطرابم بدوم، تصور تسلیم‌شدن و کنار گذاشتن آرزوی خلبانی برایم حتی گزینه هم به شمار نمی‌آمد، البته که پیشنهاد او را رد کردم.

همان‌طورکه قبلاً گفتم، به هیچ وجه پول کافی برای گذراندن آموزش‌های عملی پرواز

را نداشتم. پس، با مشاور آموزشگاه صحبت کردم و او به من گفت: «پیش از شروع آموزش پرواز می‌توانی همهٔ درس‌های تئوری را بگذرانی. من این پیشنهاد را به همهٔ کسانی، که مانند تو مشکل مالی برای پرداخت چنین شهریه‌ای دارند، توصیه می‌کنم».

طی آموزش‌های زمینی خلبانی، پیش از اینکه قدم به هواپیما بگذارید، تئوری‌های پایه‌ای و اولیهٔ هوایی و خلبانی را می‌آموزید؛ همان تعلیماتی که پیش از شروع آموزش پرواز ضروری است. همچنین این فرصت را دارید که پیش از شروع تمرین پرواز، با یک مربی پرواز به آسمان بروید تا احساس چنین تجربه‌ای را درک کنید. به دلیل بی‌پولی، ابتدا تمرکزم را روی درس‌های پیش از پرواز گذاشتم؛ یعنی پول محدودم را روی بخشی که از پس مخارجش برمی‌آمدم گذاشتم. هم‌خانه‌ای‌ام، تام ران، تشویقم می‌کرد و مرا به چالش می‌کشید. روزی ۱۶ ساعت درس می‌خواندم.

درنهایت، دوره‌ای که باید طی دو سال و نیم تمام می‌کردم، یک‌ساله به پایان رساندم. نمی‌خواستم وقتم را تلف کرده باشم، فقط درس می‌خواندم، حتی مطمئن نبودم فردا غذایی برای خوردن دارم یا نه. در یکی از این دوره‌ها، تام به من گفت: «اگر در آن درس ۱۰۰ بگیری، تو را به صرف استیک دعوت خواهم کرد». چهار سال بود که استیک نخورده بودم. البته ۱۰۰ گرفتم و ما در اوکلند به رستورانی که نزدیک آب بود رفتیم. بعد از آن هم به کلوبی شبانه سر زدیم و در آنجا با دختری آشنا شدم که به زیبایی پرنسس دایانا بود و از متصدیان بانک آف امریکا بود. او نخستین دوست‌دختر من در امریکا بود و بعدها موجب موفقیتم شد.

مدتی از آشنایی‌مان نگذشته بود که زندگی دونفره‌مان را کنار یکدیگر شروع کردیم. او ۱۹ ساله بود و من ۲۱ سال داشتم. ازآنجاکه در بانک کار می‌کرد، به من یاد داد که چطور برای خودم اعتبار بانکی فراهم آورم و چگونه وام بگیرم که منبعی برای تهیهٔ

شهریهٔ آموزش خلبانی‌ام شد. با بهره‌ای که بابت این وام باید پرداخت می‌کردم، وام ۴۰ هزار دلاری نزدیک ۱۰۰ هزار دلار برایم آب خورد، اما چاره‌ای نبود. برای اولین‌بار توانستم پولی به دست بیاورم که برای آموزش خلبانی به آن نیاز داشتم و این آغاز راهم برای استادی در خلبانی بود.

به نظرم، فردی عادی به مرور به شاگرد تبدیل می‌شود و شاگرد به معلم تبدیل می‌گردد و معلم نیز به استاد. طی سال‌های پس از آن، ۱۸ ساعت از وقت روزانه‌ام صرف هدفم می‌شد. بدون تردید هیچ‌چیز نمی‌توانست مرا از اینکه در آینده خلبان ۷۴۷ بشوم بازدارد.

*****

ابتدای دورهٔ خلبانی، با دو خلبان ایرانی دیگر آشنا شدم. نخست تصور می‌کردم با هم مشترکات زیادی داریم، اما برخلاف دوستیِ سریعی که میانمان شکل گرفت دریافتم خیر! اتفاقاً این‌طور نبود. ما تقریباً هم‌سن بودیم، اما آن‌ها از حمایت کامل مالی خانواده‌هایشان برخوردار بودند. پس، نیازی به کار کردن برای تأمین هیچ‌چیز نداشتند، فقط می‌آمدند و سر کلاس می‌نشستند و یکی دو ساعت هم آموزش عملی خلبانی را می‌گرفتند و سپس، تمام بعدازظهر را صرف تفریح و کلوب رفتن و ورزش می‌کردند، اما شرایط من این‌طور نبود. من ناچار بودم تمام‌وقت کار کنم و عصرها هم اگر فرصتی می‌یافتم آموزش پرواز می‌دیدم. درواقع، طی روز هیچ وقتِ خالی و فرصتی نداشتم، تنها چیزی که داشتم عطش شدید پرواز بود که در آن‌ها بسیار کمتر دیده می‌شد. آن‌ها بیشتر دنبال سرگرمی و مهمانی بودند، اما من نگران حتی غذای فردا و تهیهٔ پول آموزش پروازم بودم. به آن دو می‌گفتم: «روشی که در پیش گرفته‌اید، شباهتی به راهی که باید برای خلبان شدن طی کنید ندارد». درحقیقت، آن‌ها نمی‌توانستند با چنین سبک زندگی و انضباطی، نماینده یا مؤلفهٔ خلبانی حرف‌های

باشند. در هر پرواز، زندگی آدم‌ها در دست خلبان قرار دارد. پس، نهایتاً به آن‌ها گفتم: «نمی‌توانم جزوی از روشی باشم که در پیش‌گرفته‌اید». هرچند تصمیم بسیار سختی بود، اما این افراد تأثیر خوبی روی من نداشتند. پس، درنهایت ناچار شدم خودم و دوستی‌ام را از آن‌ها جدا کنم و تمام تمرکزم را بر پرواز و هدفم بگذارم. دانشجویان دیگری از سایر کشورها بودند که اخلاق کاری و نظمشان نظیر همان دوستان سابقم بود که رفتند و خلبان هم شدند. البته اغلب مدرک خلبانی تجاری‌شان را با ۲۵۰ ساعت تمرین و آموزش خلبانی گرفتند و به کشورهایشان بازگشتند و روی صندلی ۷۳۷ نشستند. تنها باید آرزو می‌کردند که سانحه و اتفاقی طی پرواز پیش نیاید؛ زیرا درغیراین‌صورت، اصلاً برای مقابله با بحران و مشکل آمادگی نداشتند. من معتقدم اگر می‌خواهید خلبان شوید باید تا مرحلۀ استادی پیش بروید؛ چراکه جان مردم در گرو استادی شماست.

*****

بعد از اتمام تمام آموزش‌های نظری و به‌اصطلاح زمینی خلبانی، آموزش کلاسی را به عهده گرفتم تا بتوانم معلم همین دروس شوم. خوشبختانه دوره را با موفقیت به پایان رساندم و، در کسوت معلم دروس پیشرفتۀ آموزش‌های زمینی خلبانی یا اِی‌جی‌تی[1]، کارم را شروع کردم. تدریس باعث شد بتوانم عضو ثابت دورۀ هوایی باقی بمانم و درعین اینکه مهارت‌ها و آموزش‌هایم را تکمیل می‌کنم، ویزا و اقامتم را همچنان حفظ کنم. شش ماه به تدریس ادامه دادم، البته همچنان به تمرینات پرواز مشغول بودم.

نخستین شاگردم یک دوچرخۀ دنده‌ای ده سرعته به من داد که تنها تا ۵ درجه سرعتش کار می‌کرد. من با دوست دخترم در خیابان هیوارد، نزدیک ساوت لند مال[2]، زندگی

AGT- ۱

South Land Mal- ۲

می‌کردم برای رفت وبرگشت به کلاس‌هایم از اتوبوس استفاده می‌کردم؛ چرا که موتور گازی کهنه‌ای را که تام به من داده بود (بعد از صرف صدها دلار برای تعمیرش) فروخته بودم.

بودجهٔ روزانهٔ من یک دلار بود. که ۵۰ سنتش صرف بلیت اتوبوس برای رفت و ۵۰ سنت دیگر خرج برگشتم می‌شد؛ یعنی اگر می‌خواستم خودم را به یک کوکاکولا دعوت کنم، باید آن روز را پیاده تردد می‌کردم. درنهایت، با ۱۰ ساعت تدریس در مؤسسه توانستم یک دوچرخهٔ دنده‌ای بخرم و با آن به کلاس‌هایم رفت‌وآمد کنم. بسیاری از دانشجویانم از قشر مرفه بودند که از کشورهایی، نظیر عربستان سعودی، آمده بودند. آن‌ها با اتومبیل‌های گران‌قیمت به کلاس می‌آمدند، درحالی‌که من، یعنی معلمشان، با دوچرخه به مؤسسه می‌رفتم، اما برایم اصلاً مهم نبود که هریک از آن‌ها صاحب چند اتومبیل تجملی هستند؛ چراکه دل و روحشان آنجا نبود، برای این کار ساخته نشده بودند، حتی گاه از درک ساده‌ترین تمرینات و دروس ناتوان بودند. شاگردی داشتم که پی‌درپی در کلاس‌ها غیبت داشت. زمانی که تلفن زدم تا بپرسم که کجاست، گفت: «با دوستانم برای تفریح به لاس‌وگاس رفته‌ام». وقتی به او گفتم که اگر در کلاس حاضر نشود، مؤسسه پول مرا پرداخت نخواهد کرد، گفت: «نگران نباشید، خودم پرداخت می‌کنم». برای این دسته از شاگردانم، کمترین مسئله پول بود و حتی تصور اینکه برخی از آن‌ها ممکن است روزی خلبان شوند، برایم ترسناک بود.

با اینکه هنوز دوره‌های پروازم را، مرتب، شروع نکرده بودم، اما می‌دانستم همچنان فرصت‌های خوبی برای یادگیری موارد مختلف وجود دارد که در گیرودار پس‌انداز برای شروع آموزش‌های پرواز می‌توانستم آن‌ها را نیز یاد بگیرم، مثلاً از مدرسان پرواز خواستم اجازه دهند که هنگام آموزش کنارشان بنشینم و از آن‌ها بیاموزم؛ یعنی فقط اجازه دهند ساکت روی صندلی هواپیما بنشینم و یادداشت بردارم. کمی بعد از اینکه

چنین فرصتی به من داده شد دریافتم مربیان خلبانی، مرتب، آموزش‌های مشابهی را برای شاگردانشان تکرار می‌کنند. پس، دفتر یادداشتم را همراه خود می‌بردم و یادداشت برمی‌داشتم که چگونه می‌توان رزمایش‌های مختلفی داد. با تمام وجود، به گفته‌های مربیان توجه می‌کردم؛ چراکه می‌دانستم شاگردان همان تمریناتی را انجام می‌دهند که من نیز باید به‌زودی شروع می‌کردم. تمام تلاشم این بود که در زمینهٔ آنچه می‌دیدم و می‌آموختم، بهتر و بهتر شوم. طی همین جلسات، رزمایش‌های هوایی را یاد گرفتم و اینکه چطور می‌توان یک هواپیما را هدایت کرد. آن بالا همراه مربی و دانشجوی پرواز این فرصت را داشتم که خلبانی و هدایت هواپیما را با همهٔ وجود مکرراً حس کنم. اگر شاگردی از انجام مانوری هراسان می‌شد، من هم می‌ترسیدم، اما به مرور فهمیدم که از شرایط موجود چه انتظاری باید داشت و کم‌کم آسوده‌تر شدم؛ به همین دلیل دیگر تازمانیکه آموزش‌های خودم را رسماً شروع کنم، کاملاً مسلط شده بودم.

حتی در خانه هم تمرین می‌کردم. پوستر بزرگی از یک سِسنای ۱۷۲ و چند قطعه چوب خریدم و مدلی شبیه پدال‌ها و فرمان داخل هواپیما درست کردم. پوستر را مقابلم روی دیوار نصب کرده بودم و هدایت آن را در ذهنم تجسم می‌کردم و از آن تقلید می‌کردم. درواقع، هواپیمای شبیه‌سازی‌شدهٔ خودم را درست کرده بودم و پرواز را در ذهنم شبیه‌سازی می‌کردم. واقعاً می‌توانستم آن را حس کنم، لمس کنم و بیاموزم، انگار خودم را برای پرواز در اتاق خلبان و روی صندلی خلبانی آماده می‌کردم. می‌خواستم از هر فرصت فراهم شده‌ای استفاده کرده باشم. دلم می‌خواست به همهٔ جنبه‌ها و وجوه پرواز و خلبانی تسلط پیدا کنم. کسی که تسلیم می‌شود، هرگز نمی‌برد و یک برنده هرگز تسلیم نمی‌شود و من فارغ از هر مانعی همچنان به راهم ادامه می‌دادم.

بخش بیست و یکم

سال ۲۰۱۸

دو ماه از واقعهٔ هواپیما گذشته است. از من نخواستند که دوباره به تمرین خلبانی بازگردم، بلکه کلاهشان را به افتخار ما برداشتند و سپس، مجدداً به پرواز بازگشتم.

وقتی سرانجام به سرکارم بازگشتم، سرخلبان از من خواست به دفترش بروم، تمام مدیران پرواز آنجا حاضر بودند. او مرا این‌چنین به همه معرفی کرد: «همهٔ شما دربارهٔ پرواز ۱۱۷۵ شنیده‌اید؛ شرایطی بحرانی که در آن، یکی از موتورهای هواپیما بر فراز اقیانوس اطلس از کار افتاد و تقریباً در حال سقوط بود» و ادامه داد: «و ایشان کاپیتان بهنام هستند که آن زمان، سرخلبان آن هواپیما بودند». سپس، همگی ما از دفتر او بیرون آمدیم، جایی که همهٔ خلبان‌ها آنجا حضور داشتند و مشغول پر کردن برگه‌های پروازهای خود بودند. همگی با کیکی که به زیبایی، روی آن (۱۱۷۵) نوشته‌شده بود، به‌سویم آمدند و سرخلبان از من خواست صحبت کنم.

همهٔ ماجرا را شرح نمی‌دهم، اما برخی سؤالات را این‌جا مطرح می‌کنم، مثلاً یکی می‌خواست بداند آیا در آن موقعیت، هواپیما واقعاً به یک سمت چرخیده بود و من چگونه در آن شرایط، هواپیما را هدایت کردم. تجربه‌ام را برایشان شرح می‌دهم و انتهای مراسم از همه تشکر می‌کنم.

همه از جا برمی‌خیزند و شروع به دست زدن و تشویق می‌کنند؛ اینکه همکارانم به من احترام می‌گذارند، یکی از قشنگ‌ترین تجربیات ناشی از این اتفاق بود، تجربهٔ حسی زیبا.

زمانی که مجدداً به سرکارم در یونایتد بازگشتم، خیلی زود همه چیز به شرایط عادی بازگشت و اگر تغییرات کوچکی هم صورت گرفته بود جزئی بود. درواقع، همه چیز مانند قبل بود. طوری‌که دوباره پروازهای من به هونولولو با همان هواپیما از سر گرفته شد. هرچند بار اول، پس از سانحه، سفر با همان هواپیما و در همان مسیر حس عجیبی بود، ولی آن هم گذشت. من کاملاً به تصمیمات شرکت هواپیمایی یونایتد مبنی بر برگرداندن آن هواپیما به چرخهٔ پرواز و مکانیک‌های زبدهٔ این شرکت ایمان دارم. درحال حاضر، این هواپیما همچنان بدون ذره‌ای اِشکال به پروازهایش ادامه می‌دهد.

ماه‌های بعد، احتمال می‌دادم که شرکت یونایتد بعد از این اتفاق مجموعه‌ای از دوره‌های انگیزشی و تکمیلی را برای خلبانان آغاز کند تا بدین طریق، خلبانان را برای شرایط غیرعادی، نظیر رخدادی که برای ما پیش آمد، بیش‌ازپیش آماده کند. به‌شخصه با چند نفر از مربیان انگیزشی و متخصصان در دنور صحبت کردم. آن‌ها می‌گفتند که بازسازی صحنه و شرایط آن اتفاق غیرممکنی است و حتی ممکن است به روحیهٔ برخی افراد، بیشتر، آسیب بزند. پس به جای بازسازی واقعی، گروهی متخصص را بر آن داشتم تا ویدیویی آموزشی ـ گرافیکی، مانند کارتون، تهیه کنند. برای من مهم

بود که سایر خلبان‌ها بدانند در شرایط مشابه که کتابچهٔ راهنما و دستورالعمل‌های رایج پاسخگو و حلال مشکل نیست، چگونه می‌توانند با چنین موقعیتی روبه‌رو شوند. دلم می‌خواست این تجربهٔ حیاتی را نه تنها با خلبانان یونایتد، بلکه با همهٔ خلبان‌ها سهیم شوم و خوشبختانه این امر محقق شد.

پس از آماده شدن ویدیو، آن را در اختیار مسئول آموزشی شرکت یونایتد گذاشتم تا در صورت تأییـد، آن را به کار گیرند. یک روز در بهار ۲۰۱۹، کتی هرست، غیرمنتظره، از آلپا با من تماس گرفت و خبر داد که من و پال و اِد را، به دلیل مدیریت بی‌نظیر شرایط بحرانی هواپیمای ۱۱۷۵ نامزد دریافت «جایزهٔ برتر صنعت هواپیماسازی» کرده‌اند. این خبر بسیار مهم و هیجان‌انگیز بود؛ چراکه آلپا بیش از ۶۶ هزار عضو دارد و از زمانی که این جایزه رسمی پایه‌گذاری شد، تابه‌حال، تنها به چند نفر اهدا شده است. این جایزه حکم اسکار را در صنعت هوایی دارد. درحالی‌که ما فقط سعی کرده بودیم وظیفه‌مان را به‌درستی انجام دهیم و به کارمان عشـق می‌ورزیم و همیـن بزرگ‌ترین پاداش برای من و همکارانم به شمار می‌آید، اما اکنـون دریافت این جایزهٔ ارزشمند خارج از تصورمان بود.

در ژوئیه، برای شرکت در مراسم اهدای جایزه عازم واشینگتن شدیم؛ دفتر اصلی آلپا آنجاست. فرزندانم و مالی نیز در این سفر همراهم بودند و این موضوع خوشحالی‌ام را چند برابر می‌کرد. حدود ۷۰۰ - ۶۰۰ نفر به این مراسم دعوت شده بودند و آنجا حضور داشتند. آنجا چندین جایزهٔ مختلف به ما اهدا شد، ازجمله جایزهٔ قانون‌مندی، ایمنی و جایزهٔ حسن همکاری.

از زمان حادثهٔ هواپیما تاکنون اتفاقات زیادی افتاده است. در آغاز این مراسـم، کاپیتان جو دِپیت، رئیس آلپا، من و پال و اِد را به حاضران معرفی کرد. جوایـزمان را تاد اینسلر، رئیس ارشد اجرایی یونایتد در آلپا، و جو دِپیت اهدا کردند. هر دوی این‌ها، خود،

خلبان و مردان برجسته و قابل افتخاری هستند. پس از اهدای جوایز، من نیز چنددقیقه‌ای برای حاضران در مراسم صحبت کردم و مراتب قدردانی و احترام خود را به آنان، اِد، پال، آلپا، یونایتد و خانواده‌ام، که آنجا حضور داشتند، ابراز کردم:

مایلم مراتب سپاس بی‌پایانم را بابت این جوایز به همهٔ حاضران در مراسم امشب آلپا صمیمانه ابراز کنم. دریافت این جوایز حقیقتاً مرا تحت تأثیر قرار داد و بسیار متشکرم. افتخار و امتیاز بزرگی است که امشب میان شما هستم. اینکه همکاران‌تان در آلپا مرا برگزیدند، موهبت بسیار بزرگی است که امشب نصیبم شد. علاوه‌برآن، این سعادت را داشتم که طی حادثه‌ی هواپیمایی ۱۳ فوریه‌ی ۲۰۱۸، دو خلبان برجسته در کابین خلبان کنارم بودند. افزون‌برآن، ما خوش‌اقبال بودیم که در آن پرواز، از همراهی و همکاری خدمه‌ی توانمند و مدبر بهره‌مند شدیم.

پال آیرز و اِد گاگارین و تمام گروه همراه، آن روز، شجاعت و قدرت حیرت‌انگیزی را از خود به نمایش گذاشتند. پس، من در افتخاری، که اکنون بابت آن اینجا ایستاده‌ام، تنها نیستم؛ زیرا به‌کمک و توانمندی این گروه بود که توانستیم پرواز ۱۱۷۵ را به‌سلامت به هونولولو برسانیم. درواقع، این موفقیت تلاشی گروهی بود.

من و گروه همراهم سپاس‌گزار و قدردان تمامی مسافران پرواز ۱۱۷۵ هستیم؛ زیراکه آن‌ها نیز از خود شجاعت و صبوری زیادی نشان دادند.

هنگام وقوع آن حادثه، ابتدا تصور می‌کردم، میان هوا، دچار تصادفی هوایی شده‌ایم؛ چراکه ناگهان احساس کردم با سرعت ۵۶۰ مایل در ساعت، با دیواری بزرگ و آجری برخورد کرده‌ایم. هیچ‌کدام مطمئن

نبودیم که آیا به مقصد خواهیم رسید یا نه و یا اینکه آیا هر لحظه هواپیما از هم فرومی‌پاشد یا خیر؟ آیا ما هرگز دوباره عزیزان‌مان را خواهیم دید یا نه؟

طی ۳۲ سال حرفه‌ی خلبانی‌ام، هرگز با چنین حادثه‌ای روبه‌رو نشده‌ام. من هیچ آموزشی برای مواجهه با چنین موقعیتی ندیده بودم. وقتی تمام ابزار و دستگاه‌های مقابلت اطلاعاتی غیر از آنچه با آن روبه‌رویی، به تو نشان نمی‌دهند و شرایط پرواز کاملاً غیرعادی و متفاوت است، بهترین کار این است که تمام تلاشت را برای هماهنگی با شرایط موجود و بهره‌برداری از دانسته‌هایت به کار گیری.

آن روز، من در دل دعا می‌کردم بتوانیم هواپیمای ۷۷۷ را به‌سلامت روی باند فرودگاه هونولولو بنشانیم و کسی دچار آسیب نشود. ما همگی دعا می‌کردیم. اگر ما امروز اینجا هستیم به‌این‌دلیل است که دعاهایمان اجابت شد که خودش بزرگ‌ترین جایزه است، جایزه‌ی زندگی دوباره.

امروز، حضور در این مراسم و موهبت توجه آلپا به تلاشی که برای نجات جان مسافران کردیم، افتخاری است که با کمال تواضع می‌پذیریم و این روز را هرگز نه فراموش می‌کنیم و نه از سپاسگزاری بازمی‌مانیم. همواره با غرور از امروز یاد خواهم کرد و با تمام وجودم، از همگی تشکر می‌کنم.

مراسم سراسر هیجان است. ایستادن در مقابل همکاران و دریافت جایزه و تشویق بی‌پایان حضار افتخار ارزشمندی است. کسب افتخار از سوی همکارانم برایم یک دنیا ارزش دارد. من حضور در جمع این انسان‌های فوق‌العاده و عضوی از خانوادۀ آلپا بودن را نعمتی بی‌همتا می‌دانم که نصیبم شده است. به‌عبارتی، گویی این نطق‌ها

تمام اضطراب و خستگی آن ۴۰ دقیقه وحشت را از وجود ما می‌زداید. خانواده‌های ما، که اکنون در این جمع نشسته‌اند، به جزئیات و جدی بودن آن حادثه بیشتر پی می‌برند.

هرچند اکثر خلبانان و مسئولان یونایتد در جریان این حادثه بودند، اما بعد از این مراسم، اخبار آن، بیشتر، همه‌جا پیچید. افرادی که مسئول آموزش دادن به خلبانان شرکت یونایتد بودند، شروع به بازنشر بیشتر این واقعه کردند. به دنبال آن، از من خواسته شد تا دربارهٔ جزئیات واقعهٔ مذکور برای آنان در مراسم و موقعیت‌های مختلف سخنرانی کنم.

*****

پیش از این مراسم و دریافت جایزه، توجه اخبار و روزنامه‌ها به من معطوف شده بود. آنچه دهان‌به‌دهان می‌گشت این بود که خلبانی ایرانی ـ امریکایی این هواپیما را به‌سلامت بر زمین نشانده است.

بعد از مهاجرت به امریکا، من کمتر شانس برقراری ارتباط با ایرانیان و زندگی گذشته‌ام را در ایران یافته‌ام. اوایل سال‌های ۸۰ میلادی، یعنی زمانی که حرفهٔ خلبانی را شروع کردم، کمتر، خلبانی ایرانی را در نظام هوایی امریکا می‌شناختم، اما درحال‌حاضر، شاید لااقل ۵۰ ایرانی فقط برای شرکت هواپیمایی یونایتد و دلتا و امریکن کار می‌کنند. البته چون سنشان از من کمتر است، کمتر با آن‌ها در ارتباطم.

بعد از اینکه برای خلبان شدن به امریکا مهاجرت کردم، گویی امریکایی شده بودم؛ چراکه تا سال‌ها هیچ فامیل یا وابسته‌ای در امریکا نداشتم، اما از زمان فرود به سلامت پرواز ۱۱۷۵ ناگهان فرصت این را یافتم تا از طریق فضای مجازی و همین‌طور حضوری، دوباره، با جامعهٔ ایرانی اینجا ارتباط داشته باشم. دوباره احساس کردم

گویی جمع ایرانیان مرا در آغوش گرفته‌اند و دوباره پیوندم با فرهنگ ایرانی برقرار شد. کاری کرده بودم که ایرانیان داخل و خارج را سرافراز و خشنود کرده بود و آنان در جمع خود با آغوش باز به من خوشامد می‌گفتند.

درحال‌حاضر، قصد دارم از این سکویی که خداوند به من هدیه داده است استفاده کنم و، مانند خودم، مردم را ترغیب به سخت‌کوشی در زندگی کنم و به آن‌ها بگویم که چگونه از استعدادها و توانایی‌هایی که در وجود آن‌هاست و با آن به دنیا آمده‌اند استفاده کنند. من در زندگی این سعادت را داشته‌ام که الگویی پدر گونه باشم؛ یعنی نقش کسی را ایفا کنم که دیگران را در رسیدن به اهداف ارزشمندشان یاری و راهنمایی می‌کند، همان نقشی که پدرم برای من ایفا کرد تا من هم بتوانم برای سایرین ایفایش کنم. دلم می‌خواهد مردم با امید و آرامش زندگی کنند. دلم می‌خواهد همانطورکه در زندگی به آرزوهایم رسیده‌ام، آن‌ها نیز برسند.

همین حالا در کشورمان ایران، افرادی با در دست داشتن مدرک فوق‌لیسانس، بیکارند یا کنار خیابان دست‌فروشی می‌کنند، نه شغلی، نه بینشی، نه هدف و چشم‌انداز قابل‌اعتمادی از آینده. پدرهایی که به‌دلیل فقر و ناتوانی از خرید غذا برای فرزندانشان شرمنده و سرافکنده‌اند. کارگرانی که اگر به‌دلیل عدم دریافت دستمزد دست به اعتصاب بزنند، دستگیر و زندانی می‌شوند، درحالی‌که مردم باید حق داشته باشند که عقایدشان را آزادانه بیان کنند و حرف‌هایشان شنیده شود.

ما هرگز با پراکندن تخم نفاق و نفرت و خشونت نمی‌توانیم تفاوت‌هایمان را بپذیریم و از آن‌ها عبور کنیم؛ یعنی شیطان تولید خیر و خوبی نمی‌کند، بلکه نفرت تولید می‌کند. هریک از ما مسئول رفتارها و عملکردمان هستیم و وظیفه داریم خیر را در سطح اجتماع پراکنده کنیم.

همهٔ ما آدم‌هایی را می‌شناسیم که افکارشان در گذشته، جهل، تعصب و نفرت گرفتار مانده است، اما باید بدانیم این بندها هرچند بسیار محکم و قوی هستند، اما قابل‌تغییر و تحول‌اند. شاید به تلاش و کار زیادی برای پاره کردن این بندها نیاز باشد، اما با تعلیم و تربیت و صبوری و خیرخواهی این محدودیت‌ها رفع می‌شود و صلح و آرامش پدیدار خواهد شد. هر رشد و تحولی در اجتماع، از عملکردهای افراد جامعه نشئت می‌گیرد؛ یعنی انتخاب‌ها و عملکرد آدم‌ها جامعه را به‌سوی تباهی یا، برعکس، رشد و آبادانی سوق می‌دهد. درحقیقت، وابسته به انتخاب ماست؛ ما حق انتخاب داریم و باید جامعه را به‌سوی خیر هدایت کنیم.

*****

بعد از پایان مراسم، مصاحبه‌های متعددی صورت گرفت و صحبت‌ها و نطق‌های کوتاه و طولانی‌ای را به‌دنبال داشت. انگار هرچه آدم‌های بیشتری را برای قدم گذاشتن و استقامت در مسیر رشد و رسیدن به اهدافشان برانگیخته کنم، نوع بهتری از خود را در وجودم پرورش می‌دهم. این واقعیت که من می‌توانم در مقابل صدها نفر از کارکنان هواپیمایی، رؤسا، مدیران و گردانندگان یونایتد بایستم و به زبانی صحبت کنم که حتی با زبان مادری‌ام نمی‌توانم آن‌گونه صحبت کنم و از خودم و تجاربم در غلبه بر سختی‌ها و مشکلات بگویم، برایم ارزشمند است.

احساس می‌کنم می‌توانم برای همه کسانی صحبت کنم که در مواجهه با مشکلات، از شکست می‌هراسند؛ حرفی برای گفتن دارم و می‌توانم به آن‌ها بگویم که شما می‌توانید و پیروز خواهید شد. این غیرممکن نیست که کسی از سرزمینی هزاران مایل آن‌طرف‌تر در خاورمیانه و از فرهنگی کاملاً متفاوت بیاید و در این سرزمین شگفت‌انگیز به موفقیت دست یابد. البته برای انطباق خود با دنیای جدید، یادگیری زبانی متفاوت، تبدیل‌شدن به بخشی از جامعه و ورود به دانشگاه نیاز به زمان داریم،

چه برسد به اینکه پول کافی نیز نداشته باشی و با روزی یک دلار در جیب بخواهی درپی رسیدن به اهدافت تلاش کنی و روزگار بگذرانی. من حتی ارتباطم با فرد مورد علاقه‌ام را از دست دادم؛ چراکه خلبانی و نیروی هوایی برایم هدف بزرگ‌تری بود.

من اگر در رویارویی با یکی از سختی‌ها تسلیم می‌شدم یا، به دلیل تجربه‌هایی که طی آن‌ها، مرگ را به چشم دیدم، از مشکلات می‌ترسیدم یا دررسیدن به هدفم تردید می‌کردم، اکنون نه اینجا بودم که این‌طور قصهٔ زندگی‌ام را برایتان بگویم، نه آن ۳۸۰ مسافر، دیگر، زنده بودند.

*****

در دنیای امروز، فضای مجازی درهای زیادی را روی من گشود. از این طریق می‌توانم با افراد مختلف در سراسر دنیا گفت‌وگو و تعامل داشته باشم. آن‌ها به من می‌گویند که امید به توانستن و آینده را در دلشان روشن کرده‌ام. به حرف‌هایشان گوش می‌دهم. می‌بینم آن‌ها نیز برای خود به صدایی تبدیل می‌شوند. مشاهدهٔ این اتفاقات بسیار دلگرم‌کننده است. زنان جسورتر می‌شوند و مردان به من پیام می‌دهند و از پیام‌های تأثیرگذاری که به آن‌ها منتقل کرده‌ام تشکر می‌کنند. برخی به من می‌گویند که باعث شده‌ام مصرف مواد مخدر یا داروهای مضر را کنار بگذارند یا تصمیم خودکشی را به فراموشی بسپارند و امید به زندگی را در آن‌ها پدید آورده‌ام. این اتفاقات به من می‌گویند که دنیا خوبی و زیبایی‌های خودش را دارد و نشانگر این است که این آدم‌ها مایل به تغییرند، حاضرند خطر را به جان بخرند تا به رشد برسند. از اینکه توانسته‌ام تأثیر خوبی روی زندگی و نگاه تعدادی از آدم‌ها داشته باشم، احساس خوبی دارم و در ادامهٔ این مسیر ثابت‌قدم‌تر می‌شوم.

هریک از ما نقشی در زندگی داریم که باید آن را درست ایفا کنیم، اعم از اینکه از این نقش مطلع باشیم یا نباشیم. من بر این باورم که هریک از ما برای هدف و دلیلی روی

کرهٔ خاکی قرارگرفته‌ایم. فرقی نمی‌کند این هدف بزرگ یا کوچک باشد، مهم یا کم‌اهمیت باشد، اما باید بدانیم که هریک از این‌ها خودبه‌خود موجب رشد و ارتقای شرایط جامعه و زندگی آدم‌هاست.

من معتقدم در زندگی هر آدمی لحظه‌ای تعیین‌کننده وجود دارد، همان‌طورکه باور دارم آن ۴۰ دقیقهٔ سهمناک در آسمان، لحظاتِ تعیین‌کنندهٔ نقش من بود. من عهده‌دار شدم که در جلوگیری از سانحه‌ای هولناک سهمی داشته باشم؛ سانحه‌ای که می‌توانست یکی از فاجعه‌بارترین اتفاقات تاریخ هوایی باشد. من توانستم از مرگ تعداد زیادی آدم جلوگیری کنم. این مأموریتم بود و اکنون مشوق دیگران و پیشگام این باور شده‌ام که به دیگران کمک کنیم تا، اعم از پیر و جوان، سفید و سیاه، مسلمان یا مسیحی، بتوانند به‌دنبال آرزوها و اهدافشان بروند و به توانایی‌های بالقوهٔ خود پی ببرند. قصد من این است که به آن‌ها کمک کنم تا به همان انسان توانمند و بزرگی که خلق شده‌اند دست یابند. باشد که آن‌ها نیز خود بتوانند روی کرهٔ زمین تغییر و رشدی در زندگی سایرین پدید آورند.

به نظرم خلبان کسی است که قایقی را در رودخانهٔ می‌سی‌سی‌پی به جلو می‌راند، اما برای هوانوردی باید تعلیم دید تا به یک هوانورد ورزیده تبدیل شد. من هوانوردم و، همان‌طورکه پیش از این اشاره کردم، چیز عجیبی نیست که افراد با هدف خلبان شدن، از سایر کشورها، به امریکا بیایند و در نَپا، بی اِیریا یا ساکرامنتو درس خلبانی بخوانند. افراد به امریکا می‌آیند، در مؤسسهٔ آموزش خلبانی آموزش می‌بینند و مدرک پروازهای خصوصی (با هواپیمای شخصی) یا مسافری می‌گیرند. سپس، به کشورشان بازمی‌گردند و پرواز با هواپیماهای جت را آغاز می‌کنند، اما بسیاری از این خلبان‌ها تجربهٔ کافی ندارند و آموزش کافی ندیده‌اند. درواقع، فاقد توانایی‌های ضروری و حرفه‌ای پروازند؛ به‌همین‌دلیل، ما گاه شاهد سقوط هواپیما در نقاط مختلف دنیا هستیم.

بله، سیستم فنی و الکترونیکی هواپیما به‌شکلی باورنکردنی عالی و پیشرفته است و چه بسا برخی از این خلبان‌ها، بدون مشکل یا اتفاق بدی، به کارشان ادامه دهند، درحالی‌که اغلبشان آمادگی شرایط اضطراری را ندارند. خلبان باید دانش هوانوردی

را زیربنایی داشته باشد تا بتواند شرایط بحرانی را مدیریت کند. این موضوع، از همان ابتدا، هدف من در شروع یادگیری خلبانی بود. در آن ایام، من از هر فرصتی برای بودن در هوا استفاده می‌کردم، اعم از اینکه خودم پرواز می‌کردم یا آموزش می‌دادم یا فقط مشاهده‌گر بودم. همیشه در آسمان بودم.

درنهایت توانستم، از طریق آموزش زمینی و تئوری پرواز، به‌اندازهٔ کافی پول پس‌انداز کنم تا آموزش عملی خلبانی را شروع کنم و هرگز خاطرهٔ نخستین جلسهٔ خلبانی‌ام را فراموش نخواهم کرد. گویی تمام تخیلات و تصویرسازی‌های ذهنی و تلاش‌های سرسختانه‌ام به نتیجه رسیده بود. مسیر خلبانی را از هواپیمای شخصی، سپس تجاری و مسافربری و نهایتاً چندموتوره طی کردم. همه‌چیز را خیلی زود یاد می‌گرفتم. افراد، به‌طور عادی، به ۱۰ ساعت پرواز برای آموزش هواپیمای چندموتوره نیاز دارند، اما من آن را تنها طی دو ساعت آموختم؛ چراکه قبل از آن، دستکم ۱۵ ساعت روی صندلی عقب هواپیما، به‌عنوان مشاهده‌گر، نشسته بودم و همه‌چیز را فراگرفته بودم. توصیهٔ من به همهٔ کسانی که خلبانی را یاد می‌گیرند این است که تا زمانی که تمام دستگاه‌ها و ابزار داخل کابین هواپیما را حفظ نکرده‌اند، اقدام به پرواز نکنند؛ چراکه در هوا و در حال پرواز، فرصتی برای اینکه به‌دنبال این چیزها بگردید و آن‌ها را شناسایی کنید وجود ندارد؛ یعنی در همهٔ مراحل پرواز، از برخاستن و نشستن و تمام اقدامات ضروری، باید همه‌چیز را پیشاپیش از حفظ بود. به پرواز درآوردن هواپیما مستلزم مجموعه‌ای از موقعیت‌ها و دانستن آگاهی‌ها و اطلاعات زیادی است. همهٔ این‌ها را باید از حفظ دانست؛ چراکه در حین پرواز، فرصتی برای تفکر و مکث وجود ندارد. تمام آن ساعت‌هایی، که من در صندلی عقب هواپیما نظاره‌گر بودم، برای ذهنم حکم ابزارهای آموزشی را داشت. از قبل، تمام آن حرکات و عوامل را در ذهنم تمرین کرده بودم؛ به‌همین‌دلیل، وقتی خود هدایت آن را به عهده گرفتم، نیازی به فکر کردن

نداشتم. تمام واحدها و دروس آموزشی را با سرعت هرچه‌تمام‌تر پشت سر می‌گذاشتم تا بتوانم هرچه زودتر یک مربی خلبانی شوم و شدم. این، خود، در حکم ساعت‌های بیشتر پرواز و درآمد افزون‌تر برای پایان دوره‌ام بود.

در کسوت مربی خلبانی، با آدم‌های مختلفی که موقعیت‌های شغلی و شخصیتی متفاوتی داشتند، سروکار داشتم. هر دانشجویی با خود آرزوها و اهداف و البته ترس‌هایی به همراه داشت.

پرواز شجاعت و جسارت می‌طلبد و مربی خلبانی بودن این فرصت را به آدم می‌دهد که از ترس‌ها و محدودیت‌های آدم‌ها کاملاً مطلع شوی. برخی ممکن است همان اول وحشت کنند یا به‌اشتباه شیب تندی را در پیش بگیرند که در این وضعیت، مربی باید خود هدایت و مدیریت شرایط را به عهده بگیرد. در طول دوران مربیگری‌ام، بارها با چنین شرایطی مواجه شدم.

به یاد دارم یکی از دانشجویانم اوایل دورهٔ آموزش خلبانی‌اش را می‌گذراند. خانواده‌اش او را وادار کرده بودند که به‌دنبال این حرفه برود، درحالی‌که من تصور می‌کردم خواستهٔ قلبی خودش بوده است. ما روی آموزش‌های او کار می‌کردیم. یک روز، نوبت به تمرین کنترل چرخش هواپیما رسید؛ موقعیتی که هواپیما عمداً در وضعیت چرخش به دور خود قرار می‌گیرد تا دانشجو تمرین کند چگونه چرخش آن را متوقف کند و هواپیما را در جهت مستقیم و متوازن به حرکت درآورد. این چرخش‌ها می‌تواند به‌شدت خطرناک باشد. پس، نیازمند ذهنی آگاه و آماده است تا بتواند این شرایط را مدیریت کند؛ به‌همین‌دلیل باید به قواعد آیرودینامیک آگاهی کامل داشت و به نیروهای واردشده به هواپیما اشراف داشت تا بدانی چگونه این نیروها را همسان و متعادل کنی و بتوانی پروازی متوازن و مستقیم داشته باشی. دانشجویم را واداشتم تا چک‌لیست را مرور کند. ما در ارتفاع کافی قرار گرفته بودیم. پس، به سمت منطقهٔ

مجاز، برای تمرین پرواز کردیم؛ یعنی جایی که مطمئن باشیم مانعی برای برخورد با هواپیما در مسیرمان وجود ندارد و جمعیت زیادی زیر پایمان نیست.

در مرحلهٔ بعد، او باید درهای هواپیما و سپس کمربندها را بررسی می‌کرد تا از بسته بودنشان مطمئن شود. بعد، سوئیچ دریچهٔ بنزین را وارسی می‌کرد تا از روشن بودنش مطمئن شود. ترکیب سوخت باید به‌اندازهٔ کافی غنی شده باشد. عقربه‌ها دما و سطح را عادی نشان می‌دادند. آن هم بررسی شد. گرمای کاربراتور روی داغ تنظیم باشد، چک. کلیدهای مغناطیسی روی«(هر دو)» تنظیم بود، چک. سپس، چرخش اِس‌شکل ملایمی را تمرین کردیم. پس‌ازآن، چرخش بال ۱۵ درجه‌ای به چپ و سپس، به راست را تمرین کردیم تا تردد مردم را روی زمین بررسی کرده باشد. از تردد و ترافیک هوایی، در آن قسمت، خبری نبود.

برای ورود به مرحلهٔ چرخش، دانشجو توقف هوایی کرد، دندهٔ مخصوص را کشید و نوک هواپیما را به سمت بالا گرفت. سپس، پدال سکان چپ را فشرد تا هواپیما در حالت چرخش قرار گیرد. هواپیما به حالت چرخش خودکارِ تمام نیرو درآمد.

تا آن لحظه، همه‌چیز طبق دستورها پیش می‌رفت، اما ناگهان دانشجو دچار حملهٔ اضطرابی و ترس شدید شد.

درحالی‌که برای کنترل چرخش هواپیما باید دنده را تماماً به عقب بکشد و روی پدال سکان، در جهت مخالف چرخش، فشار وارد آورد و با به جلو هل دادن دستهٔ کنترل، مکث در هوا را از میان ببرد، اما او گویی منجمد شده بود. دست‌هایش روی اهرم‌ها خشک‌شده بود و نمی‌توانست خودش را از حالت ترس و انجماد برهاند.

مشکلش خطرناک و جدی بود. من ناچار بودم بلافاصله کنترل هواپیما را از دست این موجود منجمد شده بگیرم و خودم آن را هدایت کنم. ترسی که بر او چیره شده

بود، اجازهٔ تفکر و تصمیم‌گیری را از او گرفته بود. نمی‌توانست هیچ واکنش معقولانه‌ای انجام دهد. ما به‌سرعت در حال از دست دادن ارتفاع بودیم. نجات از این شرایط کار مشکلی نبود و فقط کافی بود اقدامات ضروری را، به ترتیبی که لازم بود، انجام دهی. هرچند من توانستم به‌سرعت کنترل هواپیما را به دست بگیرم و آن را از حالت چرخش خارج کنم، اما ما دیگر خیلی به سطح زمین نزدیک شده بودیم؛ یعنی در فاصلهٔ ۱۵۰۰ پایی سطح زمین بودیم و فضایی برای حرکتی اضافی نداشتیم.

گاه در رویارویی با موانع، بینش خود را از دست می‌دهیم، مثلاً عواملی را که می‌توانند باعث شوند به‌سلامت از نقطهٔ الف به نقطهٔ ب برسیم فراموش می‌کنیم. ترس سر راهمان قرار می‌گیرد و ما را فلج می‌کند؛ عین تجربهٔ من همان روز که همراه شاگرد خلبانی‌ام بودم. البته حتی می‌تواند به قیمت جانمان تمام شود. طبق تجربه می‌دانم با تشریح علمی و مکانیکی هواپیما و پرواز برای دانشجویان خلبانی می‌توان ترس آن‌ها را از بین برد. البته کشش گرانشی یا جاذبهٔ زمین و چرخش به دور خود می‌تواند موجب تغییر جهت و انحراف هواپیما شود، اما مهم این است که بدانی حتی در صورت مواجهه با چنین موقعیتی می‌توان با بالا بردن نوک هواپیما، به‌کارگیری نیروی فشار، رانش هواپیما و متعادل‌سازی وزن روی دو بال، کنترل هواپیما را به دست گرفت و جهت حرکت آن را مستقیم کرد و پرواز را به‌شکلی عادی درآورد. نکتهٔ مهم یافتن مرکز ثقل و تعادل هواپیماست. درحالی‌که اگر اجازه دهیم شرایط و عوامل پیش‌آمده مرکزیت و نقطهٔ ثقل و تعادلمان را بر هم زند، دچار اضطراب و عدم تعادل می‌شویم، طوری‌که از عوامل پدیدآورندهٔ آن غافل می‌شویم و مارپیچ دور خود می‌چرخیم، اعم از اینکه در حال پروازید یا روی زمین، با کنترل و بررسی اهرم‌های پایی‌های، پروازی هموارتر و موفق‌تر خواهید داشت.

البته خبر ندارم آن دانشجوی منجمد شدهٔ من هرگز توانست بر ترس‌هایش غلبه کند و در امر پرواز متبحر و با اعتمادبه‌نفس بشود یا خیر، اما آن روز و در آن موقعیت خاص، ترس بود که برندهٔ موقعیت بود و او را از رسیدن به اهدافش بازمی‌داشت. ترس از ناشناخته‌ها می‌تواند ما را به اسارت بگیرد و میان ما و اهدافمان فاصله بیندازد.

*****

بعد از پایان دورهٔ آموزش خلبانی، نخستین شغل غیرمعلمی‌ام، انتقال چک‌های فرست اینتر استیتِ شهر هیوارد، در شمال کالیفرنیا، به مورین کانتی بود. این شغل را به‌این‌دلیل پذیرفتم که دلم می‌خواست در پیشینهٔ کاری‌ام انواع مشاغل، به‌جز تدریس، را تجربه کنم، مانند حمل‌ونقل هوایی و کار در شرکت‌ها.

به یاد دارم ۴ صبح بیدار می‌شدم و ۶ صبح، با هواپیمای یک‌موتورهٔ حمل‌ونقل، هیوارد را به مقصد مورین کانتی ترک می‌کردم. وقتی به آنجا می‌رسیدم، کلی وقت اضافی داشتم، اما دلم نمی‌خواست حتی دقیقه‌ای از وقتم را هدر دهم. بعد از چندباری که به مورین کانتی پرواز کردم دریافتم که می‌توانم از این وقت اضافی‌ام برای آموزش خلبانی به شاگردان آنجا استفاده کنم و این امر حتی ساعات تکمیلی مورد نیاز من را افزایش می‌داد. پس، با مدرسهٔ خلبانی که در فرودگاه مستقر بود صحبت کردم و آن‌ها یکی دو شاگرد به من معرفی کردند و از آن به بعد، ساعات اضافی را که به ناچار در مورین کانتی باید می‌گذراندم، مشغول تدریس به دانشجویان بودم و سپس، ساعت ۵ با همان هواپیما به هیوارد بازمی‌گشتم و هواپیما را آنجا پارک می‌کردم. در هیوارد هم شاگردان دیگری منتظرم بودند و تا ساعت ۹ شب به تدریس پرواز مشغول بودم. پس از آن، به خانه بازمی‌گشتم. همین برنامه هر روز تکرار می‌شد.

با این برنامهٔ کاری هم احساس مولد بودن می‌کردم و هم پول بیشتری به دست می‌آوردم، اما هنوز ساعاتی را که باید تکمیل می‌کردم، به انتها نرسانده بودم. برای این

کار چشمم دنبال شرکت هواپیمایی ــ مسافربری وست اِیر در شیکاگو بود. پس، هرگاه به‌اندازهٔ چشمگیری به ساعات پروازی‌ام افزوده می‌شد، پی‌درپی برایشان ساعات کاری‌ام را می‌فرستادم و هر بار نیز به من پاسخ می‌دادند که ساعات تکمیلی‌ام کافی نیست یا به‌اندازهٔ کافی /با هواپیماهای دوموتوره یا سِسنا ۴۰۲ پرواز نکرده‌ام.

من همچنان به پرواز ادامه می‌دادم. یک روز غروب در فرودگاه هیوارد، درحالی‌که در حال بنزین زدن بودم، یک هواپیمای سسنا ۴۰۲ را دیدم که وارد فرودگاه شد. آن زمان، به‌نظرم این هواپیما خیلی بزرگ و غول‌آسا می‌آمد. دوموتوره بود و البته ظاهرش شکیل‌تر از هواپیماهایی بود که من با آن‌ها پرواز می‌کردم. این هواپیما همیشه ساعتی خاص و با خلبانی همیشگی در فرودگاه هیوارد فرود می‌آمد. من با خلبان این هواپیما به نام استیو دوست شدم. از او دربارهٔ کارش پرسیدم و گفت که خلبان هواپیمای باربری است و برای اوت فیت.[1] بخش ۱۳۵ و اوت فیت بیرون شهر رینو در ایالت نوادا کار می‌کند و روزانه به لاس‌وگاس و سیاتل واشینگتن پرواز می‌کند. به‌نظر خیلی جالب می‌آمد. تمام فکر و ذکرم درگیر پرواز با هواپیماهای دوموتوره برای تکمیل ساعات پروازی‌ام بود.

به او گفتم: «چه عالی! آرزوی منم هست. دلم می‌خواهد با هواپیمای حمل‌ونقل سسنا ۴۰۲ پرواز کنم».

به‌مرور زمان، دوستی‌ای بین ما شکل گرفت. یک روز از او خواهش کردم که اگر امکان دارد، سوابق کاری مرا به دست سرخلبان پرواز برساند و ببیند آن‌ها به خلبان دیگری نیاز دارند یا خیر.

او با روی گشاده پذیرفت. خوشحال شدم. ازآنجاکه دائم سوابقم را به‌روزرسانی

Out fit -۱

می‌کردم، پیشینهٔ خوبی داشتم و مطمئن بودم که خبر خوبی از صاحب کمپانی دریافت خواهم کرد.

پس‌ازآن، هفته‌ای سه چهار شب استیو را می‌دیدم و قدری با هم گپ می‌زدیم و ازآنجاکه ماهی ۱۰۰ ساعت هم پرواز می‌کردم، هر دو ماه یک‌بار، پیشینهٔ جدیدی به دستش می‌رساندم.

او هر بار، با روی باز آن‌ها را از من می‌گرفت، اما می‌گفت که درحال‌حاضر سرخلبان نیاز به استخدام خلبان جدید ندارد.

زمان می‌گذشت. در طول یک ماه اخیر، شاید بیش از صدها رزومه و درخواست کار برای شرکت‌های هواپیمایی مختلف فرستاده بودم و حتی یک جواب هم نشنیده بودم. پس، از اینکه از استیو هم جوابی نمی‌شنیدم متعجب نبودم. دراین‌میان، همچنان به همان شغل انتقال چک‌های باطل‌شده از هیوارد به مورین کانتی و تدریس پرواز مشغول بودم.

یک روز دریافتم کس دیگری، به‌جای استیو، خلبان هواپیمای حمل‌ونقل است. به سراغش رفتم و خودم را معرفی کردم و گفتم که با هواپیما و سفرهای هوایی‌شان بین هیوارد، رینو، السوگاس و سیاتل آشنا هستم و می‌دانم که هواپیمای آن‌ها همواره در حال پرواز است و موتورش فرصت خنک شدن هم ندارد .سپس پرسیدم: «استیو کجاست؟» و او پاسخ داد: «اوه، استیو؟ او دیگر با ما کار نمی‌کند!» پرسیدم: «تو کیستی؟» او سرخلبان و صاحب همین کمپانی بود. هیجان‌زده شدم. از این بهتر نمی‌شد. به او گفتم: «چقدر عالی!» برای اینکه هر بار پیشینه‌ام را به استیو می‌دادم که به دست او برساند، اما حالا خودم مقابلش ایستاده بودم.

من گفتم: « آیا به سوابق من نگاهی کرده‌ای؟»

گفت: «سوابقی از استیو نگرفته است». باورکردنی نبود؛ یعنی استیو حتی یک‌بار هم سوابق مرا به او نداده بود. درواقع، نگران موقعیت کاری خودش بود؛ همان کاری که بالاخره از دست داده بود، اما اتفاق خوبی افتاده بود؛ من و سرخلبان به‌سرعت و بسیار خوب با هم آشنا شدیم. اشتیاقی که به پرواز با این هواپیما داشتم باعث شد از او بپرسم: «آیا خلبان جدیدی استخدام می‌کنید؟» و جوابش مثبت بود. پس، سوابق، آماده‌ای را که دم دست داشتم به او دادم. نگاهی به آن‌ها انداخت و پرسید: «وقت آزاد داری؟» و جوابم مثبت بود. از من خواست سوار هواپیما شوم و گفت: «می‌خواهیم به رینو پرواز کنیم». من پرسیدم: «همین‌طوری یک‌دفعه‌ای؟» پاسخ داد: «همین‌طوری یک‌دفعه‌ای» و ادامه داد: «در مسیر پروازمان به رینو، کار کردن با این هواپیما را به تو نشان خواهم داد». پرسیدم: «پس، دورهٔ زمینی پرواز چه؟» پاسخ داد: «در هوا، آن را انجام می‌دهیم.»

پس، قرارم را با شاگرد پروازم لغو کردم و درون هواپیما پریدم. اولین باری بود که با چنین هواپیمایی پرواز می‌کردم. برایم حکم رانندگی با اتوبوس در مقابل اتومبیلی سواری را داشت.

هرچند ابزار و سیستم پایه‌ای هر دو یکی است، اما اگر هرگز پشت فرمان اتوبوس ننشسته باشید، مسلماً نیاز به زمان و تمرین دارید تا به آن عادت کنید.

او به من گفت: «برایم مهم نیست چطور کار می‌کنی، تنها چیزی که برایم مهم است این است که هواپیما سروقت به رینو برسد».

ما در ۵۰۰ پایی بزرگراه ۱ ـ ۸۰ به‌سوی کوه‌ها و سپس رینو پرواز کردیم. او چراغ را برایم روشن کرده بود تا نوک کوه‌ها را ببینم و در بزرگراه باقی بمانم.

در ادامه گفت: «این هواپیما باید شب‌ها پرواز کند و ۵ روز در هفته کار تو همین خواهد بود. هواپیما در هیوارد می‌نشیند. این هواپیمای توست و تو باید دائماً بین هیوارد و رینو پرواز کنی».

زمانی که در فرودگاه رینو نشستیم، این شغل دیگر از آن من بود. صبوری و استمرار و پایداری من در این هدف نهایتاً جواب داد. بعد، به من گفت: «ساعت یک نیمه‌شب باید به هیوارد بازگردی»؛ یعنی کارم تمام نشده بود و هنوز وظیفهٔ دیگری باقی بود.

بخش بیست و سوم

سال ۲۰۱۸

چیزی نمانده بود که دوباره بمیرم. ماه آوریل بود، چند ماهی بعد از آن سانحهٔ هواپیمایی هونولولو. من به سرکارم بازگشته بودم و نخستین پروازم همان هونولولو بود. پرواز خوبی بود، اما زمانی که در فرودگاه نشستم، احساس بیماری می‌کردم.

گهگاه به بیماری خفیف سینه‌پهلو و برونشیت دچار می‌شوم. به‌همین‌دلیل آن لحظه تصور می‌کردم شاید اضطراب ناشی از وقایع اخیر بی‌تأثیر نباشد یا تغییر آب‌وهوای کالیفرنیا و هاوایی عامل تشدید این مشکل است. به‌هرحال، تب و لرز داشتم. خودم را در اتاق هتل حبس کردم. از لذت بردن از زیبایی‌های جزیره محروم بودم. به خودم گفتم که باید ده‌روزی در اتاق بمانم و استراحت کنم تا کاملاً بهبود یابم.

همان موقع، دخترم، اِما، در راه بازگشت به هاوایی و رفتن سر کلاس‌های دانشگاهش بود. او در دانشگاه هاوایی، هایلو، رشتهٔ زیست‌شناسی دریایی، می‌خواند. بعد از استراحتی ده‌روزه، به دیدن او و مالی می‌روم، اما انگار آنطورکه تصور می‌کردم، هنوز حالم کاملاً خوب نشده است. گویی در بدنم قرار ندارم. نمی‌دانم چرا نمی‌توانم از

شر این بیماری و علائمش خلاص شوم. بعد از چند روز ماندن در هایلو، همراه مالی به سان‌فرانسیسکو بازمی‌گردیم.

در فرودگاه، من و مالی، هریک جداگانه، با اتومبیل به خانهٔ خود می‌رویم. ساعت نزدیک یک صبح است. همان‌طورکه به ساکرامنتو نزدیک می‌شویم، او خروجی منتهی به منزل خودش را در پیش می‌گیرد، اما نیم ساعت دیگر مانده است تا من به خروجی منزل خودم برسم. در طول بزرگراه ادامه می‌دهم، اما درمی‌یابم برای متمرکز بودن و بیدار ماندن مشکل دارم. دیگر، نزدیک خانه بودم. حین رانندگی احساس می‌کردم انگار چیزی سر جایش نیست. قسمتی از اتوبان که در آن رانندگی می‌کنم، به‌نظرم ناآشناست. چشمانم سنگین است.

از خودم می‌پرسم: «آیا خروجی را رد کرده‌ام؟» ناگهان، چرخ سمت راست می‌ترکد، اتومبیلم به‌طرف راست منحرف می‌شود و به سیمان وسط خیابان می‌کوبم. اتومبیل به سمت راست منحرف می‌شود. احتمال می‌دهم ممکن است اتومبیل وارونه شود و با سرعت ۶۵ مایل در ساعت پیش برود. پس، اجازه می‌دهم کنترل از دستم خارج شود و اتومبیل به مسیر خود ادامه دهد. تصور می‌کردم این کار می‌تواند مانع لغزش و غلت خوردن بیشتر شود.

با بلوک سیمانی برخورد می‌کنم و اتومبیل واژگون می‌شود. می‌چرخد و نزدیک است با اتومبیل‌هایی که از روبه‌رو می‌آیند، شاخ‌به‌شاخ شود، اما خوشبختانه متوقف می‌شود.

احساس خستگی شدیدی می‌کنم. لحظاتی قبل از این حادثه به‌سختی می‌توانستم چشمانم را باز نگاه دارم، اما الان بیدارم. صدای زنی را می‌شنوم، اما نمی‌دانم صدا از کدام سمت می‌آید. تصور می‌کنم مرده‌ام. بدنم را به چپ و راست می‌چرخانم. کسی

را کنار پنجره‌های اتومبیل نمی‌بینم. صدا دوباره از من می‌پرسد: «شما حالتان خوب است؟ خوبید؟ حالتان خوب است»؟

رفته‌رفته گویی حواسم سر جایش بازمی‌گردد. می‌فهمم صدا از کجا می‌آید. صدا عملکرد خودکار اتومبیل است که شما را آگاه می‌کند اتومبیلتان تصادف کرده است. چیزی روی صفحهٔ رادار اتومبیل نمایان می‌شود و از صدای آن درمی‌یابم کجا هستم، درست وسط اتوبان. اتومبیل‌ها به‌طرفم می‌آیند. چراغ‌های اتومبیلم خاموش شده‌اند و ماشین رو به اتومبیل‌هایی که به‌سویم می‌آیند است. در میانهٔ شب و تاریکی، نور اتومبیل‌ها تاریکی را می‌شکافند. مقابلم نور اتومبیل‌هایی دیده می‌شود که به‌سمتم می‌آیند. بزرگ و بزرگ‌تر می‌شوند و سپس، ناگهان می‌پیچند و به‌سرعت از کنارم عبور می‌کنند.

دیگر کاملاً می‌فهمم که وسط اتوبان میان اتومبیلی واژگون شده‌ام. اتومبیل‌ها همچنان از کنارم رد می‌شوند و می‌روند. سعی می‌کنم از اتومبیل بیرون بیایم، اما نمی‌توانم. سعی می‌کنم درِ اتومبیل را تکان بدهم، اما طوری گیر کرده‌ام که باز نمی‌شود. کمربند اتومبیل را باز می‌کنم و طوری می‌چرخم که کف پاهایم رو به درِ سمت مسافر قرار می‌گیرد. با لگد، در را باز می‌کنم و از میان اتومبیل آسیب‌دیده بیرون می‌آیم. ناگهان کامیون عظیم‌الجثهٔ هجده‌چرخی را می‌بینم که در تاریکی به‌سمتم می‌آید، اما پیش از برخورد با من، آخرین لحظه پا بر ترمز می‌کوبد و کامیون معجزه‌آسا در فاصلهٔ ۱۰- ۱۵ فیتی من متوقف می‌شود. خوشبختانه کامیون طوری قرار گرفت که مسیر همهٔ اتومبیل‌هایی را که به‌سمتم می‌آمدند سد کرد. حال، احساس ایمنی می‌کنم؛ چون می‌دانم دیگر اتومبیلی با من برخورد نخواهد کرد.

سروکلهٔ پلیس پیدا می‌شود. گویا یکی از اتومبیل‌هایی که شاهد این اتفاق بود، به پلیس زنگ زده بود. پلیس از من می‌پرسد: «حالت خوب است؟» که ظاهراً هیچ

شباهتی به کسی که چند لحظۀ قبل، از داخل اتومبیلی لـه‌شده بیرون آمده است نداشتم. با اینکه به آن‌ها می‌گویم: «خوبم»، مرا به اورژانس بیمارستان می‌برند.

در بیمارستان کاملاً وضعیتم را بررسی می‌کنند. کمی قفسۀ سینه‌ام درد می‌کند و جراحاتی ناشی از کمربند بستۀ اتومبیل برداشته‌ام، اما هیچ استخوانی، حتی یک انگشتم، نشکسته است. همه درشگفتند که چطور آسیبی بیشتر از این ندیده‌ام. با چنین تصادفی انتظار می‌رفت مرده باشم یا دستکم جراحات و شکستگی‌های جدی‌تری برداشته باشم.

با مالی تماس می‌گیرم و او را در جریان می‌گذارم. با چشمانی گریان، خودش را به بیمارستان می‌رساند. بعد از چند ساعت، مرخصم می‌کنند و مالی مرا به خانه می‌برد. فردای آن روز به پمپ‌بنزینی که اتومبیلم آنجا برده شده است می‌روم. آن‌ها نمی‌دانستند چرا لاستیک اتومبیل ترکیده است. حدس می‌زنند شاید در اتوبان، با جسم تیزی یا تکه‌ای فلزی برخورد کرده باشم. شانس آوردم که موتور اتومبیلم شدت ضربۀ تصادف را تعدیل و کنترل کرده بود. البته موتور بیشترین آسیب را خورده بود.

افزون‌برآن، کمربند ایمنی و اِیربگ‌های طرفین باعث نجاتم شده بود. جان به در بردن از این تصادف بیشتر حکم معجزه را داشت. این تجربه بار دیگر مهر تأییدی بر این اعتقادم بود که برایم وظیفۀ بزرگتری در این دنیا وجود دارد که هنوز زمانش فرا نرسیده است.

بخش بیست و چهارم
سال ۱۹۸۳

در این زمان، من سه شغل داشتم و مهم‌ترین مشکلم برقراری تعادل بین این سه مسئولیت بود. صبح زود بیدار می‌شدم و ساعت شش به مورین کانتی پرواز می‌کردم تا چک‌های برگشتی و باطل‌شده را به آنجا برسانم. زمانی که آنجا بودم، وقتم را تا ساعت ۵ عصر، با تعلیم شاگردان خصوصی پرواز، پر می‌کردم. سپس، به هیوارد بازمی‌گشتم و سرپایی و با عجله غذایی می‌خوردم و مجدداً تا ۹۰:۳۰ دقیقهٔ شب آموزش پرواز می‌دادم. پس از آن، ساعت ۱۰ شب داخل هواپیمای دوموتوره می‌پریدم و به رینو پرواز می‌کردم. حدود ساعت ۱۱ به آنجا می‌رسیدم و روی مبل دفتر خدمات مستقر در فرودگاه، همراه سگی که همیشه آنجا روی همان مبل دراز کشیده بود، چرت کوتاهی می‌زدم. سپس، به لاس‌وگاس پرواز می‌کردم و دوباره از آنجا به هیوارد بازمی‌گشتم. دو سه‌ساعتی می‌خوابیدم و دوش می‌گرفتم و تا ساعت ۵:۳۰ دقیقه خودم را به فرودگاه هیوارد می‌رساندم تا ساعت ۶ به سمت مورین کانتی پرواز کنم.

تمام تلاشم معطوف به این بود که برنامه‌ام به همین نحو جلو برود تا بتوانم هرچه زودتر ساعت‌های پروازی‌ام را تکمیل کنم؛ زیرا همچنان آرزو و هدفم خلبانی هواپیمای ۷۴۷ برای شرکت یونایتد ایر لاین بود. برایم عقب‌گردی در کار نبود و به

کمتر از این قانع نبودم. همچنان در هر فرصتی، خودم را در کابین خلبان در حال هدایت ۷۴۷ مجسم می‌کردم. روزبه‌روز، خودم را به هدفم نزدیک‌تر می‌دیدم. مهم این است که آرزوهایت را تا لحظۀ رسیدن زنده نگاه داری.

من پیوسته در حال پرواز بودم و روزبه‌روز به آنچه سال‌ها دنبالش بودم نزدیک‌تر می‌شدم. اینکه انسان افکار مثبت‌اندیشی داشته باشد و مثبت‌نگر باشد، در رسیدن به آرزوها و اهدافش نقش مهمی دارد. البته معلوم است که گاه خسته می‌شدم و مشکلات و سختی‌های زیادی هم داشتم، اما هرگز فراموش نکنیم که همواره باید جریان انرژی مثبت را در خود سیال و جاری نگه داریم. دلسردی و ناامیدی دشمنِ رسیدن به هدف است. هیچ‌گاه نباید به ناامیدی فرصتی برای لنگر انداختن در ذهنمان بدهیم.

همان‌طور که قبلاً گفتم، طی این ایام، همچنان به تدریس تئوری و عملی پرواز مشغول بودم. تدریس همیشه بخش مورد علاقۀ من بوده و هست. من معتقدم هرکس هر پیشه و حرفه‌ای که دارد و به آن مشغول است، باید تمام سعی‌اش را بکند تا نهایت مهارت و آگاهی را دربارۀ آن حرفه کسب کند. دراین‌حالت، در مواقع بحرانی و غیرعادی می‌توانید شرایط را به‌درستی مدیریت کنید. دربارۀ حرفۀ من، اینکه بلد باشم چگونه تحت شرایط خاص و اضطراب‌آور، عملکرد مؤثر و کارآمدی داشته باشم، به‌اندازۀ دانستن تمام دستگاه‌ها و عقربه‌ها و علائم مقابلم در هواپیما و کابین خلبان اهمیت دارد. شما همیشه باید آمادۀ شرایط اضطراری و غیرعادی باشید. ضروری است که دراین‌باره همه‌چیز را بدانید و همه را آماده در ذهن داشته باشید.

در مسیر پرواز رینو به لاس وگاس، دانستن تمام اطلاعات و مشخصات پرواز برایم بسیار حیاتی و ضروری بود؛ زیرا هواپیما رادار نداشت و گاه یخ تمام شیشه‌ها را می‌پوشاند و به‌دلیل کوه‌هایی که در مسیر پرواز بود، ناچار بودم حتی بدون ماسک

اکسیژن، تا ارتفاع ۱۱ هزار پا بالا بروم (می‌توان تا نیم ساعت، بالای ارتفاع ۱۰ هزار پا باقی ماند) و مجدداً سریع ارتفاع کم کنم. در آن ایام، پرواز واقعاً کار پرمخاطره‌ای بود، اما بابت همین تجربیات است که من خودم را خلبان زبده‌تر و بهتری می‌دانم. این تجربه‌های متفاوت، به‌خصوص هنگام تدریس، خیلی به کارم می‌آمد. یکی از شاگردان خلبانی‌ام بازیکن حرفه‌ای راگبی بود، مردی قوی و قدرتمند. موقع آموزش، روی رزمایش‌های خلبانی‌اش کار می‌کردیم. چرخش سریع و توقف در هوا را تمرین کرده بودیم و او داشت برای چک‌لیست پرواز و تمرین و کنترل چرخش آماده می‌شد.

زمانی که خودم پرواز را یاد می‌گرفتم، معلم رزمایش‌های هوایی‌ام داستان‌های زیادی از تجربیاتش دربارهٔ حرکات هوایی می‌گفت، البته نه‌فقط مواقعی که هواپیما را ۲۰ – ۳۰ درجه به چپ یا راست متمایل می‌کنی، بلکه زمانی که هواپیما را وارونه می‌کنی و آسمان زیر پایت قرار می‌گیرد، عملیاتی نظیر پیچ زدن و چرخش روی پهلو با هواپیمای سِسنا ۱۵۰. من هم می‌خواستم در برنامهٔ آموزش‌های خلبانی به شاگردانم این قبیل رزمایش‌ها و عملیات را بگنجانم؛ چراکه گاه ممکن است هواپیما از کنترل‌تان خارج شود و شما باید بتوانید آن را دوباره کنترل کنید.

اما متأسفانه بسیاری از خلبان‌ها کمتر تمرین و تجربهٔ توقف در هوا و رزمایش‌های چرخشی را دارند یا اصلاً تجربه‌ای در این زمینه ندارند. بسیاری از مربیان خلبانی چنین آموزش‌هایی را، به‌دلیل خطرناک بودن، به شاگردان خود نمی‌دهند؛ چراکه یک اشتباه می‌تواند به قیمت جانشان تمام شود، اما من می‌خواستم این رزمایش‌ها را بلد باشم تا نه‌تنها وقتی در موقعیت‌هایی نیازمند به چنین عملیاتی قرار گرفتم، بتوانم از عهده‌اش برآیم، بلکه درصورتی‌که خلبان هواپیمای تحت شرایط اضطراری بودم، با آن شرایط آشنا باشم؛ شرایطی مانند زمانی که هواپیما وارونه شده و آسمان زیر پایت قرار می‌گیرد و یا چرخش روی یک بال ۶۰ یا حتی تا ۹۰ درجه است.

آن زمان، مربی‌ام آرت اسمیت بود. او به من یاد داد که چگونه هم مربی خوبی باشم. هم خلبان عملیات آکروباتیک هوایی. هم‌چنین پرواز در شب را نیز نزد او یاد گرفتم. به یاد دارم که طی تعلیماتش کارهای متفاوتی می‌کرد، مثلاً شش قسمت اصلی و پایه‌ای موتور هواپیما را با روکش مکنده می‌پوشاند و سپس، از من می‌خواست با گوش دادن و توجه به صدای هواپیما آن را هدایت کنم.

اگر می‌خواستم نوک هواپیما را ۵ درجه به سمت بالا بگیرم، باید با استفاده از قوهٔ تجسمم، این کار را انجام می‌دادم؛ یعنی نیازی به نگاه کردن به کلیدها و ابزار مقابلم در کابین خلبان نداشتم. اگر با سرعت ۱۰۰ مایل در ساعت در حال پرواز باشید و دستان شما روی اهرم کنترل موتورها قرار دارد و اهرم را به جلو حرکت دهید، درخواهید یافت چه میزان فرمان هواپیما را باید به جلو فشار دهید (برای حفظ ارتفاع).

مربی‌ام مثلاً درحالی‌که صفحهٔ سرعت‌سنج را پوشانده بود، مرا وامی‌داشت ۱۰۰ مایل در ساعت بروم و بعدازآن، پوشش سرعت‌سنج را برمی‌داشت و می‌دیدم من دقیقاً همان ۱۰۰ مایل در ساعت سرعت داشتم. آنچنان تشنهٔ یادگیری و مهارت بودم و آن‌قدر اشتیاق داشتم که از مربی‌ام متبحرتر شوم که بعد از سال‌ها، توانمندی‌ام در این زمینه از آرت اسمیت هم جلو زده بود. ده سال بعد، که خلبانی هواپیماهای جت را شروع کردم، او همچنان مربی خلبانی بود و می‌خواست آن شغل را رها کند. آرت اسمیت همچنان در خاطرم بود. پس، او را به شرکت یونایتد معرفی کردم و آنجا استخدام شد. مایهٔ خوشحالی من بود که توانسته بودم قدرشناسی‌ام را به معلمی که بسیار از او آموخته بودم نشان دهم.

اکنون، اینجا، دست‌به‌سینه و نشسته بر صندلی سمت راست، در حال آموزش چرخش و کنترل چرخش به این بازیکن راگبی هستم. آرت به من یاد داده بود که بهترین مربی

دنیا کسی است که بتواند کنار شاگردش آرام بنشیند و بدون دست زدن به فرمان، کنترل، پدال و امثال آن، فقط او را راهنمایی کند و به‌اندازهٔ کافی به شاگردش اطمینان داشته باشد که دستورالعمل‌هایش را دقیقاً همان‌گونه انجام می‌دهد و می‌تواند از موقعیت‌های ناگوار خود را برهاند. درحالی‌که شاگردم هدایت هواپیما را به عهده داشت، شروع به قرار گرفتن در موقعیت رزمایش کنترل چرخش کردیم.

چرخش معمولاً زمانی اتفاق می‌افتد که هواپیما را در ارتفاع، در حال حرکت دچار مکث کنید و درعین‌حال فشار پایتان روی پدال کافی نباشد. پس، بال‌ها پایین می‌افتند و هواپیما شروع به چرخش می‌کند و به‌جای اینکه نوک هواپیما به جلو هدایت شود و پیش برود، هواپیما به یک سمت منحرف می‌شود و شروع به چرخش و غلتیدن در هوا می‌کند و به سمت زمین سقوط می‌کند.

ما این تمرین را سه بار انجام دادیم، در ارتفاع ۳۵۰۰ پایی و در هر تمرین، ۳۰۰-۵۰۰ پا کم می‌کردیم. قاعدتاً بعد از سه بار تمرین، از شاگردم می‌خواهم قدری به حالت عادی پرواز بازگردد، نه اینکه کنترل هواپیما را از دست بدهد، بلکه تنها، دماغهٔ هواپیما را به جلو هدایت کند و سکان مقابل را فشار دهد تا چرخش هواپیما را کنترل و متوقف کند؛ بنابراین هواپیما در وضعیت حرکت با نوک به سمت زمین قرار داده می‌شود. در این حالت می‌توان از وضعیت چرخش خارج شد و هواپیما را به وضعیت حرکت افقی و مستقیم درآورد، اما این بار، وقتی هواپیما شروع به چرخش کرد، بازیکن راگبی وحشت‌زده شد، طوری که گویی درجا منجمد شده بود.

یک دور چرخیدیم، دو دور، سه دور و گفتم: «نوک هواپیما بالا، بال‌ها متوازن. آرام. فشار روی کنترل».

در چنین شرایطی، نباید عصبی و مضطرب بود، اگر خیلی به‌سرعت عقب بکشی، این کار حتی ممکن است باعث کنده شدن بال‌های هواپیما شود.

ما همچنان می‌چرخیدیم و او همچنان در همان حالت کمون و انجماد باقی‌مانده بود. نمی‌توانست کنترل خود را به دست بگیرد، چه برسد کنترل هواپیما را.

چرخش چهارم را زدیم، حالا پنجمی، دیگر زمین دیده می‌شد، ۲ هزار پا ارتفاع از دست داده بودیم؛ یعنی تا برخورد با زمین فقط ۱۵۰۰ پا فاصله داشتیم.

او همچنان از شدت وحشت بی‌حرکت بود، انگار به دلیل اضطراب، مغز و بدنش از کار افتاده بود و طوری به زمین زل زده بود که گویی آماده بود شاهد مرگ خود باشد. من فهمیدم ناچارم خودم کاری بکنم. یکی باید نوک هواپیما را به سمت پایین هدایت می‌کرد تا بتواند پرواز کند، اما او، برعکس، همچنان نوک هواپیما را به سمت بالا هدایت می‌کرد. تصور می‌کرد با این کار می‌تواند از برخورد هواپیما با زمین خودداری کند. همان لحظه، آموزش‌های کاراته‌ام از ذهنم گذشت. حرکتی در کاراته است به نام اِنپی: ضربۀ آرنج به دندۀ فرد مقابل. من با آرنج به او ضربه می‌زنم تا قدری هشیاری‌اش را بازیابد و لااقل کنترل هواپیما را به من واگذار کند. لحظه‌ای بالاخره توانستم هواپیما را به حالت عادی بازگردانم، در فاصلۀ ۹۰۰ پایی زمین قرار داشتیم. آن زمان، توانستم نوک هواپیما را به‌آرامی و با تمرکز، به سمت بالا بگیرم. ما دیگر فقط ۵۰۰ پا با زمین فاصله داشتیم؛ یعنی جایی بین مرگ و زندگی. تلاش کردم خونسردی و آرامشم را همچنان حفظ کنم. من به‌دلیل تمرین و تجربیات زیادم خوب می‌دانستم که در شرایط فاجعه‌بار، چگونه هواپیما را کنترل کنم.

البته تجربیات این‌چنینی من را به آن درجه از توانمندی رساند تا بتوانم پرواز ۱۱۷۵ آن روز را از سقوط حتمی نجات دهم.

****

حفظ سه شغل در آن واحد و آموزش خلبانی مسلماً هدف نهایی من نبود، بلکه فقط به پروازهایم ادامه می‌دادم تا تعداد ساعات قانونی لازم را تکمیل کنم. تمام هوش و حواسم معطوف به شرکت هواپیمایی مسافربری وِست اِیر بود که دفتر مرکزی‌شان در شیکاگو بود. مدت‌ها بود که دائم سوابق کاری‌ام را برایشان می‌فرستادم و پاسخی نمی‌گرفتم. یکی از روزهایی که مرخصی بودم، شنیدم هواپیمایی وست ایر مصاحبهٔ استخدامی می‌گیرد. پس، رزومه به دست به سوی شیکاگو راندم.

برای به دست آوردن این کار کاملاً مصمم بودم. یکی دو نفر را نیز می‌شناختم که در این کمپانی استخدام شده بودند. به‌همین‌دلیل، محل دفتر سرخلبان را بلد بودم. ساعت ۷ صبح، یعنی زودتر از موعد، به آنجا رسیدم. سرخلبان هنوز نیامده بود و من منتظر نشستم.

وقتی ساعت ۸ سروکله‌اش پیدا شد، خودم را به او معرفی کردم: «سلام، نام من کریستوفر است». قدری دربارهٔ سوابق و تجربیات کاری‌ام گفتم و ادامه دادم: «مدت‌هاست که برای این شرکت سابقهٔ کاری‌ام را می‌فرستم و عاشق کار کردن برای کمپانی شما هستم».

پرسید: «آیا برای مصاحبهٔ آن روز وقتی برایم تعیین شده؟» و من پاسخ دادم: «خیر، من فقط برای این آمدم که خودم را معرفی کنم تا شما بدانید کسی که آن سوابق را می‌فرستد، چه کسی است تا اگر قصد استخدام کسی را داشتید، من را مطلع کنید».

لحظه‌ای مکث کرد و گفت: «خب، کمی این دوروبر منتظر بمان، ببینیم چه می‌شود».

من همین کار را کردم. بیرون دفتر و در سالن انتظار منتظر نشستم. وقتش کاملاً پر بود. تمام روز، آدم‌های مختلفی، که از قبل نوبت داشتند، برای مصاحبه می‌آمدند و

می‌رفتند و من برای اینکه هیچ فرصتی را از دست ندهم، حتی دستشویی هم نمی‌رفتم. بالاخره، ساعت ۵ عصر، بعد از مصاحبه با تعداد زیادی از افراد، از دفترش بیرون آمد و با تعجب به من نگاه کرد و گفت: «تو هنوز اینجایی!» پاسخ دادم: «بله قربان، ۹ ساعت است که اینجا هستم». پرسید: «چرا؟» گفتم که: «شما گفتید که منتظر بمانم. خب، من هم منتظر ماندم.»

مرا به دفترش دعوت کرد و کوتاه با هم صحبت کردیم. از اینکه تمام آن روز را برای آن شغل آنجا منتظر نشسته بودم، تحت تأثیر قرار گرفته بود. البته همان‌جا بلافاصله مرا استخدام کرد و گفت که دورهٔ آموزشی‌ام تا دو هفتهٔ دیگر شروع می‌شود. برای این کار باید روی صندلی سمت راست سسنای ده‌نفره ۴۰۲ می‌نشستم. از خوشحالی سراز‌پا نمی‌شناختم. احساس می‌کردم برای رسیدن به هدفم، که خلبانی هواپیمای ۷۴۷ بود، پل‌های دیگر از این نردبان را طی کرده‌ام.

به خانه بازگشتم و همه‌چیز را برای دوست‌دخترم تعریف کردم. هرچند بابت این موفقیت خوشحال بود، اما این جابه‌جایی نهایتاً به پایان دوستی ما انجامید. ابتدا، گه‌گاه برای دیدنم به شیکاگو می‌آمد، ولی دوست داشت در همان سان‌فرانسیسکو بماند و زندگی کند که با موقعیت جدید شغلی من در تضاد بود.

*****

اوایل استخدامم در وست ایر، اتومبیلم دان بوگی[1] بود که آن را ۲۵۰ دلار خریده بودم. تمام مسیر تا شیکاگو باران می‌بارید. جالب اینکه اتومبیلم سقف نداشت و شمع‌هایش خیس می‌شد و از کار بازمی‌ایستاد، اما برایم مهم نبود.

به‌دنبال آرزوهایم می‌شتافتم و تمام زندگی‌ام را در دو چمدانی که در صندوق‌عقب

---

dune buggy ۱

اتومبیلم بود جمع کرده و سفرم را آغاز کرده بودم. به شیکاگو که رسیدم، اتاقی در متل ۶ گرفتم. آن زمان، هنوز کرایهٔ هر شب اتاق این متل ۶ دلار بود.

آن زمان، شرکت هواپیمایی وست ایر ۴۸ خلبان داشت و من جدیدترین استخدامی‌شان بودم. بخش تئوری هواپیما را شروع کردم و با موفقیت به پایان رساندم. سپس، وارد مرحلهٔ آموزش پرواز شدم. در آن هم موفق بودم. خیلی زود رسماً یک خلبان وست ایر شدم و کارم را شروع کردم. برای زندگی هم آپارتمانی در همان نزدیکی با دو نفر دیگر اجاره کردم. آن روزها رابطهٔ من با دوست دخترم کاملاً به پایان رسید. درپی این اتفاق، بیشتر در کارم غرق شدم، طوریکه ماهی ۸۰ – ۱۰۰ ساعت کار می‌کردم تا بتوانم ساعات لازم برای پرواز با هواپیمای دوموتوره را تکمیل کنم.

حقوقم ساعتی ۸ دلار بود و واقعاً مانند دیوانه‌ها کار می‌کردم. هرچند در اینجا درآمدم یک‌سوم آنچه بود که در هیوارد به دست می‌آوردم، ولی اصلاً برایم مهم نبود. فقط می‌دانستم برای استخدام شدن در شرکت‌های بزرگ هواپیمایی به ساعت‌های تکمیلی زیادی نیاز دارم.

از پرواز برای وست ایر لذت می‌بردم. دوستان زیادی آنجا دست‌وپا کرده بودم و هر روز خود را به هدفم نزدیک‌تر می‌دیدم، اما هر روز خورشید زندگی‌ام درخشان و طلایی نبود، مثلاً یک‌بار که قرار بود، به‌عنوان کمک‌خلبان، از ساکرامنتو به چیکو پرواز کنیم، کاپیتان پرواز روی صندلی سمت راست نشست و با برج مراقبت گفت‌وگو می‌کرد و جهت‌یابی را انجام می‌داد. از زمین برخاستیم. چک‌لیست را مرور کردیم، ۶۰۰ پا از زمین بلند شده بودیم.

قلمی که در دست کاپیتان بود و با آن یادداشت برمی‌داشت و فرکانس‌های گفت‌وگوهایمان با برج مراقبت فرودگاه را یادداشت می‌کرد، به کف هواپیما افتاد. همین‌که سرش را به پایین خم کرد تا قلم را بردارد، با یک پرنده برخورد کردیم.

هواپیمای ما کوچک بود، سسنای ۴۰۲ که فقط ده صندلی داشت. پرنده پس از برخورد با شیشهٔ جلوی هواپیما، از آن عبور کرد و با خراشیدن سر کاپیتان، به عقب هواپیما پرتاب شد.

ناگهان از صندلی عقب صدای فریادی بلند شد. پرنده به صورت یکی از مسافران خورده بود. پرهای پرندهٔ نگون‌بخت و خون فضای داخل هواپیما را پر کرد. ناگهان گویی همه‌چیز به هم ریخته بود، صدای باد گوش را کر می‌کرد. آن لحظه می‌دانستم تنها کاری که باید انجام دهم این است که تمام حواسم به هدایت هواپیما باشد، والا همهٔ ما از دست می‌رفتیم. به برج مراقبت اطلاع دادم که چه اتفاقی افتاده و اعلام وضعیت اضطراری کردیم و به‌سوی فرودگاه بازگشتم .وقتی به در ورودی فرودگاه بازگشتیم، آمبولانس آنجا منتظر بود و مسافر مجروح‌شده را از هواپیما بیرون بردند، هرچند ما بعد از آن نفهمیدیم چه بر سر مرد بیچاره آمده بود، اما هر کاری از دستمان ساخته بود، انجام دادیم. سپس، با وست ایر تماس گرفتیم و واقعه را شرح دادیم و آن‌ها مکانیکی را برای تعمیر و عوض کردن شیشهٔ هواپیما فرستادند و آن را با قایق مخصوص حمل‌ونقل و پرواز به تعمیرگاه وست ایر در شهر فِرزنو منتقل کردند.

*****

من پیوسته در حال پرواز بودم. اوایل دههٔ ۱۹۸۰، کمپانی‌های بزرگ هواپیمایی، مانند یونایتد و دلتا و امریکن، کسی را استخدام نمی‌کردند و خلبان‌های زیادی به دنبال کار بودند. وفور خلبان به‌حدی بود که اگر شما دنبال خلبانی با موهای بلوند و چشمان آبی و با سابقهٔ ۱۰ هزار ساعت پرواز بودید، به‌راحتی پیدا می‌کردید. هزاران نفر از کسانی که خیلی بیشتر از من، ساعت‌های پرواز داشتند، به دنبال یافتن کار بودند. من برای همهٔ شرکت‌های هواپیمایی سراسر دنیا سابقه‌ام را می‌فرستادم، اما جوابی

نمی‌شنیدم. سازمان مرکزی وست‌ایر در شیکاگو هم بسته شد و من به دنبال شرکت آن‌ها و آرزوهایم به فرزنو رفتم.

در فرزنو با زنی آشنا شدم که بعدها همسرم شد. تمام جزئیات زنی را، که به‌عنوان همسر آینده‌ام در نظر داشتم، در ذهنم تجسم می‌کردم و به خودم می‌گفتم که زمانی با او روبه‌رو می‌شوم و اولین‌باری که با هم صحبت کنیم، درمی‌یابم خود اوست و بعد، ما ازدواج خواهیم کرد و چهار فرزند خواهیم داشت، دو دختر و دو پسر. تمام این‌ها را در ذهنم برنامه‌ریزی کرده بودم و دقیقاً همین‌طور هم شد، اما من باید با او حرف می‌زدم.

اولین بار بِت را در فرزنوی کالیفرنیا دیدم. او یکی از کارکنان قسمت پاسخگویی به مراجعان در وست ایر بود و من کاپیتان شورت ۳۶۰ بودم، هواپیمایی کوچک با ظرفیت ۲۶ مسافر و یک مهماندار. یک روز که به سمت هواپیمایم می‌رفتم، این خانم زیبا را که موهایی طلایی و مجعد داشت دیدم و همان لحظه فهمیدم که خود اوست.

تابستان‌های فرزنو بسیار گرم است. پس، به‌بهانهٔ گرمای هوا به سراغش رفتم تا بهتر او را بشناسم. از هواپیما پیاده شدم و به سمت ترمینال رفتم و گفتم که هوا گرم‌تر از آن است که بتوان در فضای بیرون برگه‌های پرواز را پر کرد. بِت به‌تازگی مدرکش را از دانشگاه کولگِیت در آپ استیت نیویورک گرفته بود و تا پیش از رفتن به سن‌دیِگو برای شروع دورهٔ فوق‌لیسانسش، موقتاً و کوتاه‌مدت، تابستان آنجا مشغول به کار شده بود. ما شروع به صحبت کردیم. دریافتم پروازم تقریباً همان زمان که او از کارش مرخص می‌شود تمام می‌شود. پس، بعد از کار، همان دوروبر می‌چرخیدیم و با هم گپ می‌زدیم. بعد از سه چهار هفته، از او درخواست کردم برای صرف قهوه و قدم زدن بیرون برویم. او پذیرفت. به‌این‌ترتیب، دوستی ما آغاز شد. در سومین ملاقات، با

اعتمادبه‌نفس کامل به او گفتم که عاشقم خواهد شد، ما با هم ازدواج خواهیم کرد و صاحب چهار فرزند خواهیم شد.

بدون اینکه شگفت‌زده شده باشد، گفت: «اوه، واقعاً؟!» به‌این‌ترتیب رابطهٔ ما رسماً شروع شد. برایش از جاه‌طلبی‌هایم گفتم و از رؤیای خلبان ۷۴۷ شدن شرکت یونایتد. به‌کمک او، هر ماه تقریباً ۳۰۰ سابقهٔ کاری برای شرکت‌های مختلف هواپیمایی، اعم از امریکا، افریقا، خاورمیانه و آسیا، می‌فرستادیم. ۳۰۰ رزومهٔ نخست را که فرستادیم، هیچ پاسخی نشنیدیم. حتی جواب رد هم ندادند.

من همچنان پرواز می‌کردم و ساعت‌های بیشتری را پر می‌کردم و سوابق جدیدی را ارسال می‌کردم. او به من کمک می‌کرد ۳۰۰ رزومهٔ جدید ارسال کنم. ماه دوم هم خبری نشد.

بعد از سه ماه تقاضا فرستادن، چندتایی نامه‌های «متشکریم، نه، نیاز نداریم» دریافت کردیم. می‌دانستم هنوز واجد شرایط نیستم، اما روشی که در پیش گرفته‌ام درست است. «نه شنیدن» بهتر از هیچ پاسخی نشنیدن بود. با هر «نه» ای که می‌شنیدم، بیشتر مطمئن می‌شدم که نهایتاً «بله» را خواهم شنید. همچنان به پروازهایم ادامه می‌دادم تا سرانجام دعوت‌نامه‌ای برای مصاحبه با یونایتد دریافت کردم. هدف‌هایم داشتند دست‌یافتنی می‌شدند؛ همان آرزویی که روزی در ایران، زمانی که کودکی بیش نبودم، با تماشای پرواز هواپیمای پَن اَم ۷۴۷ در وجودم شکل گرفته بود.

داشتن هدف و آرزو و اشتیاق در دل آدمی بسیار مهم است. معتقدم هر فردی برای موفقیت به دو چیز نیاز دارد: پاسخ به دو سؤال چطور و چرا.

پرسش چگونه، همه‌جا همیشه، در ذهن ماست: چطور یک اتومبیل را برانم؟ چطور میلیاردر شوم؟ چطور خلبان شوم؟ اما اگر چرایی را ندانی، هیچ‌کدام از این چگونه‌ها

اهمیت نخواهد داشت. اینکه چرا می‌خواهی آن کار را بکنی، پرسش مهمی است. اگر می‌خواهی مسیرت را در زندگی بیابی، باید پاسخ این پرسش را بدانی. دراین‌صورت، چگونگی‌اش خودبه‌خود بر تو آشکار می‌شود. اگر رؤیایی که در سر می‌پرورانی، به‌اندازۀ کافی بزرگ باشد و تو بتوانی آن را با چشمان باطنت تصویرسازی و مجسم کنی، خواهی دانست که دست‌یافتنی است. وقتی توانستی آن را در ذهنت مجسم کنی، از آنجا به قلبت نفوذ خواهد کرد و از آن نقطه به بعد، باورش خواهی کرد. زمانی که از قلبت به تمام وجودت نشست، به خواسته‌ای مشتعل و فروزان تبدیل خواهد شد که تو به خود خواهی گفت: «هر کاری که برای رسیدن به آن لازم باشد، انجام خواهم داد» و با عمل‌گرایی و پشتکار فراوان است که آرزوهای کسی به واقعیت تبدیل می‌شود؛ یعنی خودبه‌خود و تصادفی چنین اتفاقی نمی‌افتد و فقط زمانی که آن را با چشم درونت تجسم کنی، ممکن خواهد شد. اگر چرایی‌ات به‌اندازۀ کافی بزرگ باشد، چگونگی‌اش خودبه‌خود بر تو آشکار خواهد شد.

بخش بیست و پنجم
سال ۱۹۸۵

من هر سه ماه یک بار سوابقم را با افزودن ساعات تکمیلی جدیدم ارسال می‌کردم. ماهی ۱۰۰-۸۰ ساعت اضافی پرواز می‌کردم. چندتایی نه شنیدم و سرانجام، شرکت‌های دلتا، امریکن، یونایتد، کنتینانتال، پن ام، ایسترن و تی دبلیوِای برای مصاحبه دعوتم کردند، اما شرکت مورد نظرم یونایتد بود. ۱۶ هزار درخواست کاری برای یونایتد فرستاده شده بود و من هم یکی از آن‌ها بودم. تنها مصاحبه‌ای که در آن شرکت کردم همان بود. می‌رفتم که رؤیاهایم را محقق کنم. برای مصاحبه رفتم و استخدام شدم و در عرض یک هفته به دلیل پشت پا نزدن به اعتصابات صنفی خلبانان و کارکنان یونایتد اخراج شدم.

همان طورکه پیش از این گفتم، در ژوئن ۱۹۸۵، یعنی زمانی که از من برای مصاحبه دعوت شده بود، اعتصاباتی هم در جریان بود. درنتیجه، یونایتد همه را اخراج کرده و بر آن بود که کمپانی را با کارکنان جدید بازآفرینی کند.

یونایتد چند نفر از دوستانم را استخدام کرده بود. پس، من هم با تصمیم آن‌ها هم صدا شدم. می‌خواستم بدانم جریان اعتصاب چیست. پیام‌های ضدونقیضی از آلپا

بیرون می‌آمد، مثلاً یک هفته می‌گفتند که حتی پا داخل یونایتد نگذارید و مصاحبه نکنید و هفتهٔ بعد می‌شنیدیم که آلپا پیام داده که مصاحبه مانعی ندارد، اما نباید کلاس‌ها را شروع کنیم. گاهی هم می‌شنیدیم که می‌توانیم در کلاس‌ها شرکت کنیم، اما نباید در آموزش‌های عملی اولیه، یعنی دوره‌ای که از شما خلبانی تمام‌عیار می‌ساخت، شرکت می‌کردیم.

به رغم همهٔ این آشفتگی‌ها و سردرگمی‌ها سرانجام برای یکی از مصاحبه‌ها رفتم. این مصاحبه چند روز زمان می‌برد و به یاد دارم که آنجا کنار خلبانان نیروی دریایی و نیروی هوایی نشسته بودیم. در آن موقعیت به نظر می‌آمد که من هیچ شانسی برای قبولی در این مصاحبه ندارم، اما مصمم بودم علاقه و تصمیمی که در این مسیر گرفته‌ام، نهایتاً مرا به هدفم خواهد رساند.

بعضی از کسانی که آنجا نشسته بودند می‌گفتند که اگر این مصاحبه‌شان به نتیجه نرسد، به سراغ شرکت دلتا و امریکن خواهند رفت؛ چراکه آن‌ها مشکلات مدیریت کارکنان را نداشتند.

من فقط دلم می‌خواست کاپیتان یونایتد بشوم و هیچ چیزی کمتر از این راضی‌ام نمی‌کرد.

خودم خوب می‌دانستم اگر برای هر شرکت دیگری کار کنم، خوشحال و راضی نخواهم بود. علاوه برآن، نه شرکت دلتا و نه امریکن هواپیمای ۷۴۷ در اختیار نداشتند.

مصاحبهٔ خیلی سخت و جدی‌ای بود. اگر مرحلهٔ اول را، که آزمون نوشتاری بود، قبول می‌شدی، به مرحلهٔ بعد، که آزمایش‌های پزشکی بود، می‌رسیدی. به یاد دارم نوشیدنی نارنجی رنگی را، که بخشی از آزمون سنجش اضطراب بود، به ما می‌دادند،

این نوشیدنی بدن را دچار تکان و لرزش می‌کرد. از ما آزمون شخصیت‌شناسی چندوجهی، به نام اِم اِم پی آی، می‌گرفتند که برای ارزیابی ویژگی‌های مختلف شخصیت کاربرد دارد. بعد از آن، نوبت آزمون مجازی پرواز یا پرواز با هواپیمای جامبو۷۶۷ بود. من تا آن زمان هرگز در کابینی به آن بزرگی نشسته بودم. بعد از مصاحبه و طی همهٔ این مراحل، همگی به هتل چِری کریک در دنور بازگشتیم. پذیرش هتل هنوز کاملاً به سبک قدیمی بود؛ پشت سر مسئول پذیرش برای هر اتاق قفسه‌هایی قرار داشت که نامه‌های هر اتاق در آن‌ها قرار داده می‌شد. هر کس که مصاحبه کرده بود، نامه‌ای در یکی از آن قفسه‌ها برایش گذاشته شده بود.

اگر پاکت سفید دریافت می‌کردی یعنی به مرحلهٔ بعدی ارتقا پیدا کرده‌ای. اگر پاکتی که می‌گرفتی، قهوه‌ای بود یعنی مصاحبه را کلاً رد شده بودی. در چنین شرایطی، اضطراب و تنش ناشی از نتایج، در آن محیط و بین خلبانان، کاملاً محسوس بود. همگی با اهداف و آرزوهای خود در صف ایستاده بودند تا پاکت خود را دریافت کنند و من صبر کردم تا همگی پاکت‌هایشان را دریافت کنند و سپس، با چشمان بسته به سوی قفسهٔ مخصوص خود رفتم. گویی مسیر رسیدن به قفسه را در ذهنم از بر کرده بودم. با چشمانی که هنوز بسته بود، پاکت را برداشتم، انگار در هر نفسم وزن آرزوهای آینده‌ام را احساس می‌کردم. چشمانم را گشودم، پاکت سفید بود؛ یعنی به مرحلهٔ بعد راه یافته بودم؛ مرحله‌ای که در آن، یک کاپیتان و فردی از کارگزینی حضور داشتند و با من مصاحبه می‌کردند. به یاد دارم در مصاحبه از من پرسیده شد: «چرا باید تو را استخدام کنیم؟ تو از کشور دیگری آمده‌ای، درحالی که ما در همین کشور، خلبانان واجد شرایط زیادی داریم».

برایشان توضیح دادم که بعید می‌دانم هیچ‌کس به اندازهٔ من مشتاق این موقعیت و چنین فرصتی بوده باشد و شرح دادم که از ۹ سالگی رؤیای پرواز با هواپیمای ۷۴۷

و شرکت هواپیمایی یونایتد را در سر می‌پرورانم.

گفتم که از سرزمینی متفاوت، با جیب خالی، به این کشور آمده‌ام و هرگز دست به هیچ کار غیرقانونی‌ای نزده‌ام. با هرچه توانسته‌ام پرواز کرده‌ام تا ساعات مورد نیازم را تکمیل کنم. گفتم که چطور بار سه شغل را تا امروز هم‌زمان به دوش کشیدم تا بتوانم مقابل آن‌ها بنشینم و اهداف و آرزوهایم را برایشان شرح دهم.

به آن‌ها گفتم که می‌دانم مرا نه فقط، به عنوان مهندس پرواز، بلکه به عنوان کسی که در آینده کاپیتان پرواز خواهد بود استخدام می‌کنند و به آن‌ها قول دادم در صورت استخدام، بهترین کاپیتان شرکت هواپیمایی یونایتد شوم و نمی‌دانستم سرنوشت چنین خواهد نوشت که ۳۵ سال بعد، فرصتی پیش بیاید تا بتوانم به این قولم وفا کنم.

بعد از مصاحبه به کالیفرنیا بازگشتم. قرار بود با ارسال نامه، ما را از نتیجهٔ مصاحبه مطلع کنند. از روزی که بازگشتم، هر روز با دلی لرزان صندوق پستی را بررسی می‌کردم تا بالأخره نامه‌ای که منتظرش بودم به دستم رسید. بِت را واداشتم نامه را باز کند. گویی تحمل این تردید و انتظار را نداشتم. نامه را از من گرفت و به آرامی در آن را گشود. نامه را بیرون آورد و خواند. نگاهی به من انداخت.

پرسیدم: «جواب چیست؟»

لبخندی زد و گفت: «قبول شدی».

آن لحظه، این فقط بت نبود که به من لبخند می‌زد، گویی تمام دنیا بود که روی خوشش را به من نشان می‌داد. من همان پسربچه‌ای بودم که در یکی از روستاهای کوچک ایران به دنیا آمدم و درحالی که یک کلمه انگلیسی بلد نبودم، به انگلستان رفتم و پس از آن، بی‌پول و با دست‌خالی به امریکا آمدم، اما حالا به آرزویم رسیده‌ام.

یونایتد از من خواست که بلافاصله اقدام کنم. با من تماس گرفتند و اطلاع دادند که دورهٔ آموزشی هفتهٔ بعد شروع خواهد شد، اما اعتصابات هنوز در جریان بود. با آلپا تماس گرفتم. آن‌ها از من خواستند سر کلاس نروم و اعتصابات را نادیده نگیرم. پدرم که خود بخشی از جنبش کارگری بود، به من یاد داده بود که نان کسی را نبرم و حق کسی را پایمال نکنم. پس، من با اعتصاب‌کنندگان در یک جبهه باقی ماندم. با یونایتد تماس گرفتم و گفتم که نیاز دارم دو سه هفته به من فرصت بدهند تا برنامه‌ام را با وست‌ایر مشخص کنم، اما یونایتد مرا اخراج کرد. ناگهان آرزوهایم مقابل چشمانم دود شد و به هوا رفت. نمی‌توانستم خلاف جهت اعتصاب‌کنندگان حرکت کنم. یکه‌تازی و پشت پا زدن به هم‌صنفان با نظام ارزشی من منافات داشت. مشکل دیگر این بود که من پیشاپیش کارم را با وست ایر تمام کرده بودم. حالا که به هدفم رسیده بودم، بلافاصله آن را از کف داده بودم.

پس، به فکر چاره افتادم. با وست ایر تماس گرفتم و گفتم که می‌خواهم مجدداً بازگردم. پاسخ دادند: «می‌توانی به سرکارت بازگردی، اما باید از پایین جدول شروع کنی »؛ یعنی از شمارهٔ ۱۰ به ۵۰۰ تنزل پیدا کرده بودم و دیگر در فهرست خلبانانِ رزرو بودم. هیچ جدول زمانی خاصی در کار نبود. چند ماهی با این روش سر کردم، اما به خوبی می‌دانستم دیگر به آنجا تعلق ندارم. در این شرکت، برایم امکان رشد وجود نداشت. وست ایر را دوباره ترک کردم و به استخدام شرکت حمل‌ونقل بین‌المللی اِورگرین درآمدم و روی صندلی سمت راست خلبان نشستم و با هواپیمای ۷۲۷ پرواز کردم. اورگرین شرکت کوچک حمل‌ونقل بود و با شرکت پست یوپی اِس قرارداد داشت. شش ماهی را هم آنجا سر کردم، اما آن را نیز ترک کردم.

از عمق وجودم می‌دانستم که تنها، کار با شرکت یونایتد مرا خوشحال می‌کند. پرواز با امریکن مرا راضی نمی‌کرد. آن‌ها هواپیمای ۷۴۷ نداشتند، درحالی که هدفم فقط

۷۴۷ بود.

هر فرصت یا شرکتی که در مسیرم قرار می‌گرفت، برایم تنها، حکم سنگ‌ریزه‌ای در مسیر را داشت و پلکان نردبانی به سوی خلبانی ۷۴۷ یونایتد محسوب می‌شد. درهرصورت، ما همگی ناچاریم از پله‌های نردبان زندگی بالا برویم، ولو اینکه هیچ تلاشی هم نکنی، پس باید در انتخاب مسیر و هدفی که برمی‌گزینی، هوشمندانه و دقیق عمل کنی. هیچ‌کس دلش نمی‌خواهد نردبانی را تا آخر بالا برود و در پایان دریابد نردبان به دیواری سست یا اشتباه تکیه دارد.

اگر به دنبال خواسته‌های قلبی‌ات نروی، اشتیاقت نیز هدفش را گم می‌کند. من همیشه این جمله را با خودم تکرار می‌کنم: اگر چرایی‌ات را دنبال کنی، چگونگی‌اش، خود، تو را خواهد یافت.

آلپا از شرکت هواپیمایی یونایتد شکایت کرد و بعد از دو سه ماه بحث و جدل با یکدیگر به توافقاتی رسیدند. یونایتد ملزم شد شغل هر کس را به او بازگرداند، هرچند خلبان‌های تازه استخدام شده در اولویت

دوم قرار گرفته بودند و حقوق کمتری هم دریافت می‌کردند.

با اینکه یونایتد شروع به بازگرداندن خلبان‌هایش کرد، اما دو سال طول کشید تا دوباره با من تماس بگیرند و مجدداً برای مصاحبه دعوتم کنند و من ناچار شدم تمام روند آزمون‌ها و آزمایش‌ها و مصاحبه‌ها را دوباره پشت سر بگذارم.

خوشبختانه در ۱۶ مارس ۱۹۸۷، نهایتاً در کسوت خلبان واجد شرایط، در شرکت یونایتد استخدام شدم و‌به عنوان مهندس پرواز، با هواپیمای ۷۲۷ پروازم را شروع کردم.

✾✾✾✾✾

وقتی افراد به استخدام شرکت یونایتد در می‌آیند، فامیل و دوستان احاطه‌شان می‌کنند که خیلی لذت‌بخش است. هم‌زمان با من، سی نفر دیگر با گذراندن دوره‌های یونایتد فارغ‌التحصیل شدند. آن روز، اقوام و دوستان و دوست‌دختر یا دوست‌پسر همه آنجا حاضر بودند، اما من کسی را نداشتم. آن روز کسی نبود که سنجاق مرا به یقه‌ام بزند. احساس تلخی بود. از زمانی که قدم به امریکا گذاشته بودم، خودم بودم و خودم. البته گاه تام ران بود که مرا برای استیک بیرون می‌برد. هیچ فامیل و خانواده‌ای نداشتم، کسی که شاهد موفقیتم باشد و به پشت من بزند و تحسینم کند و مثلاً بگوید: «ما به تو افتخار می‌کنیم».

طی همهٔ این پستی‌ها و بلندی‌ها و فرازونشیب‌ها کسی کنارم نبود تا غم و شادی خودم را با او شریک شوم.

سخت است در کشوری، غریبه باشی که در حال جنگ سرد با کشور توست و از سویی، سفیرانش در کشور تو به اسارت گرفته شده بودند.

من از درک و همدلی شرکت یونایتد در عجب بودم که هرگز حتی یک بار به دلیل ملیت ایرانی‌ام نگاهی از بالا به پایین و با تبعیض به من نینداخت و بدون تردید به دلیل فرصت آموزشی شغلی بی‌نظیری که یونایتد برایم فراهم کرده بود، من به آن‌ها احساس دین می‌کنم.

❋❋❋❋❋

در ۱۹۷۹، سقوط حکومت شاه در ایران نزدیک بود. شاه سعی کرد شرایط مخالفانش را بهبود بخشد و با آن‌ها کنار بیاید. پدرم یکی از مخالفانش بود و بعد از حکومت شاه، در کسوت سفیر ایران در اسپانیا، به آنجا فرستاده شد. بعدازآن، ماجرای اقامت خانواده‌ام در محوطهٔ سفارت اسپانیا در مادرید رقم خورد. به یاد دارم فضای سفارت

شبیه کاخ سفید کوچکی در مادرید بود. دو ساختمان در آنجا بود و دفتر پدرم، با فاصلهٔ یک ساختمان، کنار کاخ سفید کوچک قرار داشت.

محل اقامت خانواده هم در همان محوطه بود. همه چیز مطبوع و زیبا بود، حتی مرا به یاد باغ‌های زیبای انگور مارتا در ناتاکِت می‌انداخت، هرچند مدتی بعد که جنگ ایران و عراق آغاز شد و پدرم در ایران دستگیر شد، خانوادهٔ من از این فضا اخراج شدند و از این امکانات محروم گشتند. آن زمان، خواهرم، گلی، دانشجوی رشتهٔ پزشکی بود و در بارسلونا زندگی می‌کرد که حدود هشت ساعت، با ماشین، تا مادرید فاصله دارد. مادرم دربارهٔ دستگیری پدرم می‌گفت که او را در همان فرودگاه مهرآباد تهران دستگیر کرده بودند؛ درواقع گویی ناپدید شده بود. آن روز، دایی‌ام در فرودگاه منتظر رسیدن پدرم بود، ولی او هرگز از درِ ترمینال خارج نشد. درست بعد از ترک اروپا، او را گرفته بودند و بعد از آن ناپدید شده بود. دایی‌ام با مادرم تماس گرفت و سراغ پدرم را گرفت، اما مادرم مطمئن بود که پدرم مسافر آن پرواز بوده است. پس، با شرکت هواپیمایی تماس گرفت و آن‌ها تأیید کردند که پدرم به مقصد تهران سوار آن هواپیما شده است. فهمیدیم که باید اتفاق بدی برای پدرم افتاده باشد.

وقتی فهمیدم پدرم در زندان است، اضطراب بیشتری همهٔ خانواده را در بر گرفت. همه چیز بدتر شده بود، به مادر و خواهرانم تلفن می‌زدم. احساس می‌کردم باید همه چیز را بگذارم و برای یافتن پدرم به ایران بازگردم، اما خانواده‌ام به من تأکید می‌کردند که از این کار خودداری کنم. آن موقع ساکن امریکا بودم؛ سرزمین موعود. مادرم از من می‌خواست همان جا بمانم و آینده‌ام را بسازم. توصیه می‌کرد فرد موفقی شوم و سایر اعضای خانواده را به امریکا ببرم.

هیچ‌کس به درستی نمی‌دانست چه اتفاقی برای پدرم افتاده است. فقط یک روز، کسی درِ خانهٔ آن‌ها را در مادرید زده بود و بدون هیچ دلیل و توضیحی گفته بود که موظف‌اند

سفارت را ترک کنند. به عبارتی، آن‌ها را در خیابان انداختند. کسی به آن‌ها چیزی نمی‌گفت و جایی برای رفتن نداشتند.

به همین دلیل، همگی ناچار شدند بدون پول و پس‌انداز کافی به خانهٔ یک اتاقهٔ گلی در بارسلونا بروند. هیچ حساب بانکی مخفی‌ای برای روز مبادا در کار نبود. مادرم هرگز با پول سروکار نداشت. خواهر بیچاره‌ام ناچار به ترک دانشکدهٔ پزشکی شد و به تنها حامی خانواده‌مان تبدیل گشت، طوری که ناچار شد در خیابان‌ها دست‌فروشی کند. خرت‌وپرت‌هایی می‌خرید و سعی می‌کرد در خیابان آن‌ها را به رهگذران بفروشد. دو خواهر دیگرم کوچک‌تر از او بودند که بخواهند کار کنند، اما گلی برای نجات خانواده‌ام ناچار به این فداکاری شده بود.

در آن دوران، ایران درگیر جنگ با عراق بود و صدام حسین از بمب‌های شیمیایی علیه ملت کُرد استفاده می‌کرد. بمب‌های گاز خردل و سایر مواد شیمیایی که سربازان را نابینا می‌کرد. بسیاری از این سربازان که بینایی‌شان را از دست داده بودند، برای درمان به بارسلونا فرستاده شده بودند و به درمانگاه‌های چشم‌پزشکی ارجاع داده می‌شدند. خانوادهٔ من سربازان زیادی را دیده بودند که شاید ۱۶ تا ۱۸ ساله بودند و برای همیشه نابینا شده بودند.

یک نفر در درمانگاه، از خواهرم می‌پرسد: «آیا می‌توانی فارسی صحبت کنی؟» و او جواب مثبت داده بود. از آن پس، به عنوان مترجم، در آن درمانگاه مشغول به کار شد. سربازان به پول احتیاج داشتند. پس، خواهرم از آن‌ها چیزهایی، مانند خاویار و پسته و فرش، را که برای فروش داشتند می‌خرید. سربازان بیچاره که جانشان را برای هیچ وپوچ و جنگی بی‌حاصل گذاشته بودند، اکنون برای تأمین مخارج درمانشان چیزهایی را که از ایران برایشان می‌رسید می‌فروختند و صرف درمان می‌کردند. خواهرم برای فروش محصولاتشان به آن‌ها کمک می‌کرد، به خصوص خاویار ایران

که مرغوب‌ترین خاویار جهان است. او محصولات آن‌ها را می‌خرید و به مشتریانی در بیرون می‌فروخت. بسیاری از مشتریانش رستوران‌ها و هتل‌ها بودند.

خواهر دیگرم، بنفشه، وقتی به امریکا رسید، مدرک کارشناسی ارشد مهندسی راه و ساختمان داشت، اما ناچار شد تحصیلاتش را از ابتدا شروع کند. پس، از همان ابتدا و طی مدتی که مشغول معادل‌سازی مدارک و دروس خود با استانداردهای دانشگاه‌های امریکا بود، به شغل پیش‌پاافتادهٔ توزیع روزنامه مشغول شد. او هم کار می‌کرد و هم درس می‌خواند. سرانجام شغلی در سازمانی دولتی در ساکرامنتو به دست آورد و مشغول کار شد.

من به او و همهٔ اعضای سخت‌کوش خانواده‌ام افتخار می‌کنم. ما همگی سعی کردیم هدفمند و پرتلاش باشیم. به همین دلیل، همه به موفقیت‌هایی که می‌خواستیم دست یافتیم و همهٔ این نگرش ارزشمند را مدیون والدینمان هستیم.

تقریباً دو سال و نیم زمان برد تا بفهمیم پدرمان زنده است و زندانی است. هیچ مقام و مسئول و شخصیتی با مادرمان یا هیچ یک از خواهران و اقوامم تماس نگرفت تا ما را از حال پدر مطلع کند یا بگوید که او در اختیار نیروهای امنیتی ایران است.

من به خودم قول داده بودم که همهٔ اعضای خانواده‌ام را برای زندگی بهتر به امریکا بیاورم. خوشحالم که بگویم: «در رسیدن به این هدف موفق شدم و باعث افتخار است که یکی از افراد این خانوادهٔ بااستقامت و سخت جانم.

بخش بیست و ششم
سال ۲.۲.

دو سال زمان برد تا مسئولان یونایتد دلیل آن حادثهٔ هواپیمایی را دقیقاً شناسایی و رسماً اعلام کنند؛ یعنی اِف اِی اِی و یونایتد و گروه ایمنی حمل‌ونقل ملی، با صرف وقت کافی، نتیجه را گردآوری کردند. آن‌ها به هیچ وجه نمی‌خواهند در تشخیص اشتباه کنند. پس، هواپیما را در محل مخصوصی، زیر نظر اف اِی اِی، نگاه داشتند تا بازرسان و متخصصان اف اِی اِی، یونایتد، آلپا، پرات، ویتنی، بوئینگ و اِن‌تی‌اس‌بی همگی فرصت بررسی هواپیما را داشته باشند. هر شرکت و نهادی که تخصص و تجربه‌ای دربارهٔ قسمت معیوب هواپیما داشت، مهندسان و متخصصان خود را می‌فرستاد تا به نتیجه و نظر مستقلی در این زمینه دست یابند. ابتدا گفته شده بود که اعلام نتیجهٔ نهایی ۶ ماه به طول خواهد انجامید، اما فرایند این بررسی‌ها تا اعلام نتایج، دو سال و نیم زمان برد.

سرانجام، دلیل مشکل پیش‌آمده معلوم شد. بررسی‌کنندگان به این نتیجه رسیدند که زمان پرواز، یکی از تیغه‌های موتور شکسته و موجب تخریب موتور و فرود اضطراری ما شده بود. ظاهراً افرادی که رسماً مسئولیت و وظیفهٔ وارسی اجزای هواپیما را پیش از پرواز به عهده‌دارند، متوجه مشکل و ضعف این تیغه نشده بودند. ان تی اس بی

اظهار داشت سازندگان موتور فاقد دستورالعمل‌ها و آموزش‌های مخصوص و معین برای کسانی که پیش از پرواز وظیفهٔ بررسی موتور را به عهده داشته‌اند بوده‌اند که موجب قصور در تشخیص ضعف عملکرد تیغهٔ مزبور شده است. گروه مذکور دریافتند تیغه‌ای که طی پرواز از جا کنده شده، علائم قبلی مبتنی بر تَرَک و شکستگی را از خود نشان داده است، درحالی که این مورد به اشتباه به اِشکال در نارسایی رنگ تیغه تعبیر شده بود.

موتور سمت راست هواپیمای ۷۷۷ مجموعه‌ای از ترک‌ها را در خود داشت. مجلهٔ وال‌استریت جورنال این‌طور گزارش کرد که ان تی اس بی نتیجه گرفته که یک پرهٔ حدود ۳۵ پوندی موتور ساخت شرکت پرات و ویتنی پی دبلیو ۴ هزار، به دلیل کارکرد زیاد، مستهلک شده و درنتیجه شکسته است. بنابراین چرخان به پوشش روی موتور برخورد کرده و باعث تکه شدن و افتادن اجزای آن در اقیانوس شده است، طوری که تا زمان نشستن هواپیما در فرودگاه، بیشتر قسمت‌های مجرای ورودی و پوشش طرفین موتور ناپدید شده، به گونه‌ای که درپی ضربهٔ این تیغهٔ رهاشده دو سوراخ کوچکِ سمت راست بدنهٔ هواپیما، زیر پنجره، قابل مشاهده بود. دو تا از تیغه‌ها به طور عرضی در طولِ قسمت اِیرفویل (قطعهٔ آیرودینامیکی)، درست بالای فیرینگ(قطعهٔ پوششی)، ترک داشتند.

آن زمان، آخرین بازرسی پره‌های موتور سه سال قبل، یعنی در ۲۰۱۵، صورت گرفته بود. پس از این حادثه، با نورهای فلورسنت و تصویربرداری حرارتی صوتی، بازرسی شدند. مدارک ثبت شدهٔ آن زمان و مارس ۲۰۱۰ بیانگر آسیب همان محل ترک‌خورده بود، اما آن زمان، به اشتباه اثر ناشی از رنگ، نه تَرَکی واقعی، تلقی شده بود که با نتایج تصویربرداری حرارتی- صوتی، که آن را صرفاً اثر رنگ تشخیص داده بود، تفاوت داشت. کمپانی پرات و ویتنی روش تصویربرداری حرارتی صوتی را در ۲۰۰۵ صرفاً

به منظور تجسس و بررسی وضعیت سطوح داخلی پره‌های موتور ابداع کرده بودند که تکنولوژی و ابداعی نو محسوب می‌شد و موجب می‌گشت تا دیگر ناچار به آموزش دوره‌های مخصوص و تعلیم متخصصان تجسس برای این مورد خاص نباشند؛ یعنی گروهی که پیش از آن تصور می‌شد باید تشکیل شود. در ۲۰۱۸ که این واقعه رخ داد، تجسس و وارسی پره‌های موتور هواپیما، حتی بعد از بررسی بیش از ۹ هزار پره هنوز تکنولوژی و علمی جدید محسوب می‌شد. کمپانی پرات و ویتنی دوره‌های ویژهٔ آموزش تصویربرداری حرارتی – صوتی از تیغه‌های موتور هواپیما را برگزار کرده بودند، اما ظاهراً آن دو نفری که آن روز پره‌های موتور هواپیمای ما را وارسی کرده بودند، در آن دورهٔ آموزشی اجازهٔ حضور نداشتند؛ چراکه از آن‌ها خواسته شده بود برای پاک‌سازی گرفتگی برخی پره‌ها در کارگاه بمانند.

به علاوه، یکی از آن دو نفر که روز واقعه مأمور وارسی تیغه‌های موتور هواپیمای ما بودند، گفت که هیچ‌گاه گزارشی از مهندسان دربارهٔ این مشکل دریافت نکرده بودند. هرچند پره‌ها برای وارسی نزد مهندسان مربوط فرستاده شده بودند، اما آن فرد هرگز از وضعیت رد یا درست بودن پره‌ها اطلاعی دریافت نکرده بود.

نهایتاً نهاد ملی ایمنی حمل‌ونقل این‌طور نتیجه گرفت که دلیل وقوع این حادثه بهره‌گیری از روش جدید تجسس کمپانی پرات و ویتنی بوده که منجر به قصور در آموزش مناسب و کافی به متخصصان و ارزیابی نادرست شده است.

نتیجه: آن روز پره‌ای که ترک داشت، باید برای سرویس شدن ارجاع داده می‌شد، درحالی که آن ترک موجب به خطر انداختن جان افرادی شده بود که در پرواز بودند.

اگر اتفاقی بدتر پیش‌آمده بود، مثلاً پرهٔ جداشده به بدنهٔ هواپیما نفوذ کرده بود و آسیب می‌زد یا پنجره‌ای را سوراخ می‌کرد، به احتمال زیاد، همگی در آن پرواز نابود می‌شدیم.

بخش بیست و هفتم

سال ۱۹۷۸

اکنون دوست دخترم، بِت، که بعدها همسرم و مادر چهار فرزندم شد، برای ادامهٔ تحصیل و أخذ مدرک فوق لیسانس به سن دیِگو رفت. همان زمان، من در شرکت یونایتد استخدام شدم، و، در کسوت مهندس پرواز، به شیکاگو فرستاده شدم. به این ترتیب، دو سال ارتباط من و بت به ارتباطی از راه دور تبدیل شد. در ۱۹۸۸، مادرم برای اولین بار به امریکا آمد. آن زمان، من همچنان در شیکاگو بودم، اما پیشاپیش درخواست انتقال به سان‌فرانسیسکو را داده بودم. فردای روزی که مادرم به شیکاگو رسید، همراه او تا شهر ساکرامنتو، در شمال کالیفرنیا، که عموزاده‌ام آنجا زندگی می‌کرد، رانندگی کردم. برای مادرم آپارتمانی اجاره کردم تا اوقاتی که من پرواز می‌کنم، آنجا اقامت کند. بعد از چند ماه، اولین خانه‌ام را در ساکرامنتو خریداری کردم و در سپتامبر ۱۱۹۰ ، من و بت با یکدیگر ازدواج کردیم.

ما ساکن ساکرامنتو شدیم و من برای پروازهایم به سان‌فرانسیسکو، که تقریباً دو ساعت با ما فاصله داشت، می‌رفتم. در این پروازها، به عنوان مهندس پرواز ۷۴۷، مشغول به کار بودم. روزی که روی صندلی سمت راست کابین خلبان ۷۴۷ نشستم، برایم به معنای رسیدن به آرزوهایم بود. رؤیاهایم تحقق یافته بودند و اکنون این من بودم که

اینجا نشسته بودم. همواره روزی را که در کودکی در فرودگاه تهران شاهد بلند شدن هواپیمای ۷۴۷ بودم، به خاطر خواهم داشت؛ جرقه و آغاز سفری سخت و طولانی شد، اما آن روز در

کابین خلبان، همان‌طور که از ورودی شمارهٔ ۸۰ در فرودگاه سان‌فرانسیسکو به سمت هواپیما می‌رفتم، انگار تمام حواس پنج‌گانه‌ام یک‌باره بسیار حساس‌تر شده بودند. اشک در چشمانم جمع شده بود.

از سان‌فرانسیسکو به مقصد هونولولو از زمین برخاستیم. آرزویی که از گذشته با خود حمل کرده بودم، هرگز از ذهنم دور نشده بود. اکنون به آرزویم رسیده بودم.

پس از اینکه مدتی، در کسوت خلبان شرکت یونایتد، مشغول به کار شدم، بی‌اختیار دچار بی‌قراری و ناآرامی شده بودم، احساس می‌کردم درون ضرب آهنگ مشخصی گرفتار شده‌ام. به خواسته‌ام رسیده بودم، اما اکنون احساس بی‌هدفی می‌کردم. گویی انتظاری بیش از این داشتم. از خودم سؤال می‌کردم آیا کاری بزرگ‌تر و مهم‌تر از این در زندگی‌ام وجود دارد که باید به انجام برسانم؟ بعد از مدتی دریافتم که انگار خودم را زیر سؤال برده‌ام. احساس رضایت نداشتم. گویی بعد از این همه سال تلاش و هدفمندی، به آن روش عادت کرده بودم، به اینکه پیوسته خودم را برای اهدافی بزرگ به جلو برانم. درحالی که اکنون احساس می‌کردم هدفم به شغلم تبدیل شده، خودکار و روزمره پیش می‌رفتم. هر کار ممکنی را انجام داده بودم تا خودم را به این قله برسانم، اما حالا که اینجا هستم، نگاهی به خودم می‌کنم و می‌پرسم: «آیا باید این کار را تا آخر عمرم هر روز به همین منوال انجام دهم تا زمانی که به پیری برسم و حقوقم بالا و بالاتر برود؟» ابتدا، چندان بد هم نبود. وقتی هواپیمای ۷۴۷ را هدایت می‌کردم، خلبانی تازه‌کار و رزرو بودم. گاهی اوقات در ماه تنها یک پرواز داشتم: چهار روز پرواز به هنگ‌کنگ یا استرالیا یا توکیو و ۲۶ روز باقیماندهٔ ماه را هیچ پروازی نداشتم.

با این برنامهٔ کاری حوصله‌ام سر می‌رفت. بر اساس نتایج حاصل از گفت‌وگوها و چانه‌زنی‌های ناشی از اعتصابات کارکنان یونایتد، به مدت ۵ سال در رتبهٔ «ب» قرار گرفته بودم؛ یعنی ابتدا حقوقم فقط ماهی ۱۸۰۰ دلار بود. سپس، رفته‌رفته به ۲ هزار دلار رسید، اما تا ۵ سال همان مقدار باقی ماند. بعد، ناگهان از سالی ۲۴ هزار دلار به سالی ۹۰ هزار دلار رسید، اما تا آن زمان، من باید کاری برای این وقت اضافه‌ام می‌کردم. پس، تصمیم گرفتم وارد حرفهٔ معاملات ملکی شوم. به سرعت قواعد و قوانین آن را یاد گرفتم و اشتیاق و استعداد زیادی برای این کار در خودم یافتم. اکنون تصمیمم این بود که تا ۳۴ سالگی میلیونر شوم. این از اهداف همیشگی‌ام بود. از شغل خلبانی‌ام خیلی لذت می‌بردم، اما دلم می‌خواست از نظر اقتصادی، خودم را به جایی برسانم که برای تأمین هزینه‌های زندگی مجبور به خلبانی نباشم، بلکه فقط به دلیل عشق به خلبانی به آن بپردازم.

سخت درگیر کار شدم و کمی بعد از ازدواجمان، مادرم به ایران بازگشت و تا ۱۹۹۵، که برای همیشه به امریکا مهاجرت کرد، دیگر به امریکا نیامد.

با به دنیا آمدن فرزندانمان، خانواده بزرگ و بزرگ‌تر می‌شد. ۱۹۹۳، پسر اولم، متیو، به دنیا آمد و دو سال بعد، من و بت صاحب پسر دیگری، به نام الکساندر، شدیم و بعد از آن، دو دختر زیبا، به نام‌های سوزان و اِما، پا به جهان گذاشتند و ما به چهار فرزند اکتفا کردیم. زندگی به خوبی پیش می‌رفت. حرفهٔ معاملات املاک نیز خوب پیش می‌رفت و زندگی رؤیایی را پیش می‌بردیم.

در ۱۹۹۴، پدرم برای اولین بار به امریکا سفر کرد. من و او سرانجام این شانس را یافتیم که کنار یکدیگر باشیم. احساس غریب و درعین‌حال فوق‌العاده‌ای بود، حتی می‌توانم بگویم جادویی بود. از آخرین باری که او را دیده بودم، سال‌ها می‌گذشت و

اکنون من، خود، دیگر مردی بودم و همسر و فرزند داشتم و حالا با پدرم روبه‌رو شده بودم و او، اینجا، مقابلم ایستاده بود.

او از من عذرخواهی می‌کرد، از اینکه فکر می‌کرد برایم پدر خوبی نبوده و زمان‌های زیادی در زندگی‌ام غایب بوده است، اما این حقیقت نداشت. هر آنچه در زندگی انجام داده‌ام و به هر موفقیتی دست‌یافته‌ام، به خاطر او بوده است. تمام اصول و ارزش‌های زندگی و مفهوم انسانیت و مردانگی که من در طول زندگی‌ام همراه خود حمل کرده‌ام، به دلیل داشتن الگویی چون او بوده است. من برایش گفتم که نباید چنین فکر کند؛ چراکه برای پایداری‌ای که همواره بر سر اعتقاداتش نشان می‌داد، ارزش زیادی قائلم، از اینکه نه‌تنها برای خانواده‌اش، بلکه برای کشورش همواره فردی دلسوز بوده است. برایش گفتم که رنج‌هایی را که تحمل کرده می‌فهمم و علاوه برآن تصور می‌کنم اگر تحت شرایط دیگری پرورش یافته بودم، هرگز نمی‌توانستم به نقطه‌ای که اکنون ایستاده‌ام دست یابم.

ما بعد از این همه سال توانسته بودیم دوباره با هم ارتباط خوبی برقرار کنیم. پدرم طبق حکم حکومت ایران ناچار بود مجدداً به ایران بازگردد، هرچند دلم نمی‌خواست او به ایران مراجعت کند، اما مادر و خواهر و خانوادۀ خواهرم هنوز در ایران بودند و اگر پدرم بازنمی‌گشت، جان آن‌ها در خطر بود. ما نمی‌دانستیم حکومت ایران برای پدرم چه خوابی دیده است. آیا می‌خواهد او را به زندان بیندازد یا بکشد یا به حال خود رها کند و یا در خانه حبسش کند. پدرم از من خواست که وقتی خواهرانم به امریکا آمدند، برای هریک خانه‌ای جداگانه بخرم.

بالأخره با قلبی مالامال از نگرانی و دلتنگی، پدرم را از فرودگاه سان‌فرانسیسکو راهی ایران کردیم. او به ایران بازگشت و من برای آموزش پرواز با هواپیمای ۷۳۷ به دنور رفتم.

هفتهٔ نخست، پس از بازگشت پدرم به ایران، خبر خاصی از او نداشتم. بی‌خبری از او طی دوران آموزشم موجب فشار روانی و اضطراب زیادی شده بود و روزها برایم به سختی می‌گذشت. احساس گمشدگی می‌کردم، از اینکه کاری از دستم ساخته نبود و از کمک به پدرم ناتوان بودم رنج می‌بردم. نگرانی به قدری آزارم می‌داد که تنها سعی می‌کردم خودم را سرپا نگه دارم و زندگی را پیش ببرم تا ببینم سرنوشت چه چیزی در آستین دارد. پس، بر دورهٔ آموزشی‌ام تمرکز کردم و به بهترین کاپیتانی که ممکن بود تبدیل شدم. حکومت ایران درنهایت پاسپورت پدرم را گرفت و او را در ایران نگاه داشتند؛ یعنی پدرم ممنوع‌الخروج شد.

٭٭٭٭٭

زندگی ادامه داشت. برای خانواده‌ام چند خانه تهیه کردم و تمام وسایل لازم زندگی را آنجا تدارک دیدم و خانه‌ها را اجاره دادم و به آن‌ها گفتم که هرگاه به امریکا مهاجرت کنند، خانه‌ای اینجا انتظارشان را می‌کشد و ناچار نیستند همه چیز را از صفر شروع کنند و ما هم برای یافتن شغل مناسب، کمکشان خواهیم کرد. سرانجام، من و همسرم به کمک وکیل توانستیم آن‌ها را نه به عنوان پناهنده، بلکه با در دست داشتن گرین کارت به امریکا بیاوریم. آن‌ها نیز زندگی خود را در امریکا شروع کردند و به مرور به موفقیت‌های لازم رسیدند.

در ۱۹۹۵، من دیگر کاپیتان بوئینگ ۷۳۷ بودم و با ترفیعاتی که می‌گرفتم، پروازهای زیادی می‌کردم. طی ۵ سال اول، فرصت کافی برای روبه راه کردن املاک و مستغلاتم داشتم، اما وقتی کاپیتان شدم، کار و پول بیشتری داشتم. دیگر به جای اینکه ماهی ۲۰ روز خانه باشم، ماهی ۱۲-۱۳ روز خانه بودم. از همسرم می‌خواستم در غیاب من، به امور املاکمان، مستأجران، تعمیرات و کارهایی که لازم بود رسیدگی کند. هرچند این مسئولیت خوشایندش نبود، اما آن‌ها را به عهده می‌گرفت.

در ۱۹۹۸، با سقوط وحشتناک بازار املاک، زندگی روی ناکوکش را نشان داد. این سقوط تمام ایالت‌های امریکا را در بر گرفت. بسیاری از سرمایه‌گذاری‌های ساکرامنتو پول‌هایشان را از بازار املاک بیرون کشیدند و قیمت خانه و زمین تا یک چهارم یا یک پنجم کاهش یافت؛ در آن شرایط، فروش خانه هرچند غیرممکن نبود، اما بسیار دشوار شده بود. من حتی ناچار شدم، املاک خود را با ضرر به فروش برسانم. علاوه بر آن، هزینه‌های مختلف دیگری را نیز باید پرداخت می‌کردم. درنهایت، حتی ناچار شدم خانهٔ خودم را نیز با ضرر بفروشم.

به دلیل شرایط خاص بازار و موقعیت خانوادگی خودمان من و همسرم تصمیم گرفتیم به فلوریدا برویم و آنجا ساکن شویم. تلاش می‌کردم بهترین تصمیم را برای خانواده‌ام بگیرم و می‌دانستم باید جایی زندگی کنیم که همگی خوشحال باشیم. همواره در رؤیاهایم می‌خواستم خانه‌ای کنار آب و قایقی در خانه داشته باشم. خوشبختانه یونایتد پایگاهی در میامی فلوریدا داشت. پس به فلوریدا رفتیم.

خانه‌ای در لایت هاوس پوینت، واقع در فورت لادردِیل، در نیم ساعتی میامی خریدیم و با سه فرزندمان ساکن آنجا شدیم. زندگی در فلوریدا رفت‌وآمدهای دوساعتهٔ من بین خانه و سان‌فرانسیسکو را نداشت، درحالی که در کالیفرنیا گاه شب‌ها را هم در سان‌فرانسیسکو در قایقم می‌ماندم. از نقطه‌های روشن این ایام اجازهٔ خروج پدرم از کشور بود. او توانست دوباره به امریکا بازگردد. من و پدرم قایق بادبانی‌ام را در سان‌فرانسیسکو پشت اتومبیل بستیم و ۸ روز در راه بودیم تا خود را از آنجا به فلوریدا رساندم.

یکی از پرخاطره‌ترین ایام زندگی من همان روزهایی بود که در جاده کنار پدرم گذراندم. داستان‌ها و ماجراهای زیادی از گذشته‌ها را به یاد می‌آوردیم و تعریف می‌کردیم و او برایم واقعیت‌های بیشتری را از دوران زندان و شکنجه‌هایش در زندان

جمهوری اسلامی می‌گفت، از اینکه اسلحۀ روسی را روی شقیقه‌اش می‌گذاشتند یا شوک الکتریکی به بدنش وصل می‌کردند، اما او در تمام آن ایام، آرامش و سکون خود را حفظ کرده بود و از اعماق وجودش می‌دانست روزی پسرش را خواهد دید. او برایم شرح می‌داد که زندانی بودن در دوران رژیم شاه، در مقایسه با رژیم آیت‌الله‌ها، مانند تعطیلات در هتل پنج ستاره بود. مأموران رژیم شاه برای داشتن رفتاری حرفه‌ای با زندانی‌ها آموزش دیده بودند، درحالی که مأموران امنیت رژیم ملاها، همگی، مشتی اراذل‌واوباش بی بوته و پر عقده بودند. شنیدن وقایع تلخ و رنج آوری که بر پدرم در همۀ این سال‌ها گذشته بود، برایم دردناک و گزنده بود. وقایعی که با شنیدنشان هم دلم به درد می‌آمد و هم برانگیزاننده بودند.

با همۀ این‌ها می‌خواستم برای او زندگی‌امن و راحت و بی‌دغدغه‌ای را فراهم کنم که در آن، نگران هیچ کمبودی نباشد و فقط خوشحال و راضی باشد.

✵✵✵✵✵

در فلوریدا، من کاپیتان ۷۶۷ بودم و پول خوبی به دست می‌آوردم. من و همسرم فرزند دیگری می‌خواستیم. مدتی بعد، فرزند چهارممان، اِما، به دنیا آمد.

اوایل اقامتمان در فلوریدا، به یکی از برنامه‌های ارائۀ توضیح راجع به شغل خود، که بچه‌ها باید پدرشان را به مدرسه می‌بردند، رفتم. پدرها پلیس و آتش‌فشان و تاجر بودند. من هم بودم، با سری طاس و لباس خلبانی. برنامۀ جالبی بود. سعی کردم تاآنجاکه ممکن است بهترین پاسخ‌ها را به پرسش‌های بچه‌ها بدهم. آنجا دریافتم بسیاری از بچه‌ها بی‌هدف و سردرگم‌اند و نیاز به الگوهایی برای رفتارها و انتخاب‌های مشاغل آینده‌شان دارند. من برای آن بچه‌ها قصه‌هایی از زندگی خودم شرح دادم، سختی‌ها و اینکه پدرم در زندان بوده و تا ماجرای آمدنم به خارج از کشور، بدون دانستن یک کلمه انگلیسی؛ مقابل دانش‌آموزان ایستاده بودم و با حرکات بدن،

هیجان، رقص، حرارت و اشتیاق زیاد، در آن‌ها ایجاد انگیزه می‌کردم و بهشان تلقین می‌کردم که اگر من توانستم این کار را بکنم، آن‌ها نیز می‌توانند. دیدن اشتیاق و برق نگاهشان در آن لحظه بسیار دلگرم کننده بود. در پایان، صدها بچه دورم را گرفته بودند و مرا در آغوش می‌کشیدند و با من عکس می‌گرفتند و می‌گفتند که از گفته‌هایم دیدگاه‌ها و ایده‌های جدیدی گرفته‌اند.

بعد از این تجربهٔ جالب، یکسری گفت‌وگوها و نطق‌های انگیزشی را در دبیرستان‌های فلوریدا آغاز کردم و محور صحبت‌ها پرواز، خلبانی، دنبال کردن آرزوها و همچنین شرکت یونایتد بود. همین باعث شد خودم شروع به مطالعهٔ بیشتری کنم و به پادکست‌های زیادی در حوزهٔ روان‌شناسی و انگیزش و موفقیت فردی گوش دهم. این کتاب‌ها و آگاهی‌ها بر تلاش‌ها و رنج‌هایم در راه رسیدن به اهدافم مهر تأیید می‌زد، گویی از زبان من صحبت می‌کردند. آن‌ها همان حقایق و مطالبی را می‌گفتند که موتور محرکهٔ من در همهٔ این سال‌ها برای دست یافتن به خواسته‌هایم بود. انگار همهٔ این‌ها بخشی از ژن من بود. با خواندن کتاب‌های مختلف دریافتم گویی همان بذرهای جاه‌طلبی و پیشرفت که در این کتاب‌ها به آن‌ها اشاره و تأکیددارند، همواره در وجودم بوده و اکنون زبان بیان آن‌ها را با خواندن این کتاب‌ها می‌آموزم، انگار که چشمانم به دریچه‌های جدیدی گشوده شده باشد.

می‌آموختم چگونه تجربیات درونی و بیرونی خود را دربارهٔ مسیری که در زندگی پیموده بودم بیان کنم. دریافته بودم که من نیز می‌توانم این درس‌های ارزشمند را از پنجرهٔ تجربه و نگاه خودم، به دیگران منتقل کنم و در دسترس سایرین قرار دهم.

هرچه بر دفعات سخنرانی‌ها و گفت‌وگوهای انگیزشی‌ام افزوده می‌شد، توجه و تمرکزم بر بازار املاک دوباره قوّت می‌گرفت. به دلیل تماس‌ها و ارتباطات بیشتری که پیدا کرده بودم، متوجه اتفاقاتی که در منطقه و حوزهٔ خریدوفروش ملک جریان داشت

می‌شدم. شاهد بودم برخی مقاطعه‌کاران اقدام به خرید خانه‌های قدیمی و بازسازی یا نوسازی آن‌ها کرده‌اند. سپس، آن‌ها را با قیمت‌های چشمگیری به فروش می‌رسانند. همان زمان، خواهرم و یکی از دوستانم قصد سرمایه‌گذاری داشتند. پس، به اتفاق یکدیگر چند ملک خریداری کردیم و رفته‌رفته با ادامۀ این کار، اسم‌ورسمی برای خود در فلوریدا به هم زدیم. پس از آن، من از خود اقدام به خرید املاک بیشتر کردم و سرمایه‌گذاری پیدا کردم که تنها با برداشت ۱۲ درصد سود، حاضر به شراکت با من بود. از آن مرحله به بعد، سود ناشی از سرمایه‌گذاری‌های ما سیر صعودی گرفت، شرایط بازار ملک هم استثنایی شده بود، هر خانه و ملک و زمین در ماه ۲۰–۳۰ درصد افزایش قیمت داشت. در عرض ۳ سال، من صاحب ۱۳ملک مختلف شده بودم. دیگر، برای خودم وزنه‌ای می‌شدم. چندتایی از آن‌ها را فروختم و ۲ میلیون دلار پول نقد حاصل از این خریدوفروش‌ها نصیبم شد؛ یعنی به رغم ورشکستگی ناشی از سقوط بازار در گذشته، دوباره اوایل ۴۰ سالگی به یک میلیونر تبدیل شده بودم.

این پول را صرف تحقق یکی از بزرگ‌ترین آرزوهای دوران کودکی‌ام کردم. من همیشه دلم می‌خواست شرکت هواپیمایی خودم را داشته باشم. با وجود تمام مشکلات و فرازونشیب‌هایی که یونایتد در سال‌های اخیر داشت، مطمئن نبودم کار در این شرکت همواره برایم میسر باشد. می‌خواستم طرحی ثانویه نیز داشته باشم. پس، من و همسرم یک خط هوایی مسافربری بین فلوریدا و باهاماس راه اندازی کردیم. ما یک هواپیمای سسنای ۴۰۲ سی داشتیم و آن را، مانند تاکسی‌های نیویورک، به رنگ زرد درآوردیم و دُم هواپیما را نیز با طرح شطرنجی مشکی طراحی کردیم، درست شبیه همان هواپیماهایی که دوران کودکی در ایران برای خودم نقاشی می‌کردم. نام شرکتمان را

تاکسی زرد هوایی.[1] گذاشتیم و شعارمان این بود: «تاکسی زرد تا کجا می‌تواند شما را ببرد؟»

دلم می‌خواست کسانی که در باهاماس زندگی می‌کردند، احساس کنند گرفتن هواپیما برایشان به سادگی گرفتن تاکسی است. همه چیز خیلی خوب پیش می‌رفت، پول خوبی به دست می‌آمد. من هنوز هم به پرواز با عشق اولم، یونایتد، ادامه می‌دادم، اما با تاکسی زرد هوایی‌مان نیز همچنان مشغول کار بودیم. زندگی بی‌نقص به نظر می‌رسید، اما ناگهان واقعهٔ ۱۱ سپتامبر اتفاق افتاد و همان طورکه ضربهٔ بزرگی به دنیا وارد آورد، ما هم از این آسیب بی‌نصیب نماندیم.

آن روز، ما ۱۱ ساعت در هوا بودیم و درست نیم ساعت قبل از برخورد اولین هواپیما به برج‌های دوقلو، من از بوئنوس آیرس به فرودگاه جان اف کندی در نیویورک رسیده بودم. از همه جا بی‌خبر بودم. پس از نشستن هواپیما در فرودگاه، به سراغ پروازِ برگشت به خانه در میامی با هواپیمایی امریکن ایر لاین رفتم که خبردار شدم به دلیل برخورد هواپیما با برج‌های مرکز تجاری نیویورک هیچ پروازی اجازهٔ بلند شدن از فرودگاه جان اف کندی را ندارد. فرودگاه کاملاً بسته بود. ابتدا تصورم این بود که هواپیمای شخصی کوچکی، تصادفی، با برج‌های دوقلو برخورد کرده، اما خیلی زود دریافتم که تمامی پروازها لغو شده‌اند. به بخش هماهنگی پروازهای یونایتد در فرودگاه رفتم و دیدم مردم، مانند چسب، به تلویزیون‌ها چسبیده‌اند.

آن لحظه، سراپا وحشت بودم و با چشم‌هایی خیره شاهد برخورد دومین هواپیما با برج‌های دوقلو بودم. بوئینگ ۷۶۷ یونایتد بود که به ضلع جنوبی ساختمان کوبیده بود.

Yellow Air Taxi - ۱

آن زمان، همگی دریافتیم که این اتفاقات حملهٔ تروریستیِ از قبل طراحی شده است. می‌دانستم که از این لحظه به بعد، دنیا هرگز مانند قبل نخواهد شد. فردی که در نیوجرسی زندگی می‌کرد، از من خواست به اتفاق، سوار بر اتومبیل، از منهتن تا حاشیهٔ رودخانه هادسن رانندگی کنیم تا شاید بهتر بفهمیم چه اتفاقی در حال وقوع است. صحبت‌ها بر سر این بود که مأموران آتش‌نشانی چگونه می‌توانند به قسمت‌های بالایی ساختمان دسترسی پیدا کنند. شرایط دهشتناکی بود، بالگردهای متعدد اطراف برج‌های دوقلو پرواز می‌کردند. لحظه‌ای که قصد داشتم کانال رادیو را عوض کنم، صدای وحشتناک دیگری فضا را شکافت. ناگهان، چشمم به ضلع شمالی یکی از برج‌ها افتاد که روی زمین فروریخت. هیچ زبانی قادر به بیان احساس ما در آن لحظه نیست. ما آنجا بودیم و همهٔ این اتفاقات باورنکردنی را به چشم مشاهده می‌کردیم. قلبم هزار شرحه شده بود. نیم ساعت بعد، دومین برج دوقلو نیز بر زمین فروریخت. دوستم مرا در مقابل آپارتمانم در کوئینز نیویورک پیاده کرد و تا سه روز، نگران، به اخبار و گزارش‌های تلویزیون چشم دوخته بودیم تا ببینیم چه اتفاق دیگری خواهد افتاد.

سعی کردم با همسرم تماس بگیرم، اما ارتباط برقرار نمی‌شد و خطوط تنها بوق اشغال می‌زد. به هیچ طریق نمی‌توانستم به خانواده‌ام اطلاع دهم که حال من خوب است. می‌ترسیدم همسرم از شدت نگرانی دچار حمله‌های روحی شده باشد. او خبر نداشت من کجا هستم و حالم چطور است. تنها چیزی که می‌دانستم این بود که به نیویورک پرواز می‌کنم. بعد از آن قرار بود، به عنوان مسافر، با هواپیمای دیگری به خانه بازگردم. پی درپی تلاش می‌کردم با او تماس بگیرم، اما موفق نمی‌شدم.

بعد شنیدیم که تروریست‌ها هواپیمای جت دیگری را بر فراز پنسیلوانیا هدایت می‌کردند.

احساس می‌کردی در میدان جنگ به سر می‌بری. کمی بعد شنیدیم پروازِ ۹۳ یونایتد که چهار نیروی القاعده آن را ربوده بودند، در زمین بایری در سامرِست کانتی ایالت پنسیلوانیا سقوط کرده است. بلافاصله بت در نظرم آمد که از شنیدن هریک از این خبرها تا چه حد نگران و درمانده شده است. کسی نمی‌دانست که آیا ما تحت حملات گسترده و پیاپی هستیم یا اصلاً جریان از چه قرار است. فقط هر لحظه خبرهای بدتری به گوشمان می‌رسید. کمی بعد متوجه شدم که کمک خلبان پروازِ ۹۳ یونایتد را می‌شناختم. نامش لِروی هومر جونیور بود و ما در پروازهای متعددی با هم بودیم. او انسان بی‌نظیری بود.

پرواز ۹۳ با پروازهای دیگر متفاوت بود. بعدها ملودی، همسر بیوهٔ لِروی هومر، جریان را این طور شرح داد؛ او می‌گفت: «گزارش‌های مبنی بر منفعل بودن خلبان و خدمهٔ آن هواپیما همه غلط و بی‌پایه بود. هومر تنها خلبان میان این سه هواپیمای ربوده شده بود که اقدام به تماس اضطراری کرده بود.»

ملودی، واضح، دربارهٔ ترکیب داخلی هواپیمای ۷۵۷ و اتاق خلبان صحبت کرد و دربارهٔ این گفته‌ها که مسافران از صندوق نوشابه برای شکستن درِ هواپیما استفاده کرده بودند، کاملاً تردید داشت. صداهای ضبط شده از اتاق خلبان، شفاف، ثابت می‌کرد که برخلاف گزارش‌های منتشرشده و ادعاهایی که مطرح شده، خدمهٔ هواپیما بلافاصله کشته نشده بودند. آن روز خلبان جیسون دال کاپیتان پرواز بود. بر اساس صداهای ضبط شدهٔ داخل کابین خلبان، ملودی معتقد بود کاپیتان دال یا همکارانش حاضر نبودند کنترل هواپیما را به تروریست‌ها تسلیم کنند. آن روز، وقتی ملودی اخبار برخورد هواپیماها با برج‌های دوقلوی نیویورک را شنیده بود، به هواپیمایی یونایتد زنگ زده بود و مسئول پذیرش، آن سوی سیم، به او گفته بود: «مشکلی نیست، همه چیز درست می‌شود.»

آن لحظه، تصور کردم اگر همسرم با یونایتد تماس گرفته باشد، چه چیزی به او گفته‌اند، اما متأسفانه هنوز هیچ تماسی میسر نبود. تماس‌ها همچنان متوقف بود و امواج شوم تلفن حال مرا بدتر می‌کرد.

از تلفن‌های پرواز ۹۳ یونایتد معلوم شد که تروریست‌ها خلبان‌های پرواز را کشته‌اند و کنترل هواپیما را به دست گرفته‌اند. هومر از سربازان نیروی هوایی بود و، مانند من، از کودکی آرزوی خلبانی در سر داشت. به خوبی می‌دانستم که من نیز ممکن بود خلبان یکی از این پروازها باشم؛ یعنی یکی از کشته‌شدگان بی‌شمار این واقعه باشم. تنها چیزی که می‌توانست مرا تسلی دهد این بود که دوستم، هومر، جانش را در راه کاری که به آن عشق می‌ورزید از دست داده بود.

کاملاً معتقدم که خلبان‌های آن هواپیماها، اعم از یونایتد و امریکن ایر لاین، در آن شرایط ناگوار هر کاری که برای نجات مسافران از عهده‌شان برمی‌آمد انجام داده بودند. از آن روز به بعد، نگاه همسرم به پرواز کاملاً متفاوت شد، هرچند این دربارهٔ نگاه من نیز صادق بود. از هومر دختر کوچولویی بر جای ماند که او عاشقش بود. تصور کن آرزو و آمال آن خلبان، خدمهٔ پروازهای مرگبار، مسافران و خانواده‌های به جاماندهٔ آن‌ها در چشم برهم زدنی نابود شد.

❋❋❋❋❋

در ۱۴ سپتامبر، یعنی سه روز بعد، باید هواپیمایی را از فرودگاه جان اف کندی در نیویورک به فرودگاه اِل اِی ایکس در لس‌آنجلس می‌بردم؛ یکی از نخستین پروازهای پس از آن واقعه بود. تنها ۷ مسافر در هواپیما بودند. حس عجیبی بود. آن‌ها هیچ نمی‌دانستند که من، در کسوت خلبان پرواز، چه شرایط روحی‌ای داشتم. آن روزها، نگران آیندهٔ وضعیت هوایی پروازها بودم، نگران سرنوشت شغلی خودم و سایر همکارانم و همهٔ کسانی که به نوعی به این ماجرا گره خورده بودند.

هنگام فرود در لس‌آنجلس، گوش‌هایم به شدت گرفته بودند. بعد از اینکه تمام شبِ یازدهم سپتامبر را بیدار بودم و هواپیمای پرواز بوئنوس آیروس را به فرودگاه نیویورک رساندم، تا چهار روز بعد از آن هم نخوابیدم؛ چراکه تمام مدت هوش و توجهم به اخبار بود. همین روزها بود که به دلیل سرماخوردگی یا ویروس دچار گرفتگی شدید گوش شده بودم. دکتر پرواز به من گفته بود که نباید پرواز کنم. عقیده داشت گوش‌هایم آسیب خواهند دید و اجازهٔ پرواز از من سلب شد. به همین دلیل، دو هفته زمان برد تا بتوانم به خانه، نزد همسر و فرزندانم بازگردم.

آن دو هفته شاید طولانی‌ترین دو هفتهٔ زندگی‌ام بود. افکار و احساسات واقعهٔ ۱۱ سپتامبر در ذهنم لنگر انداخته بود، حتی همین حالا، آن خاطرات، شاید نه چندان شفاف، اما همچنان در ذهنم زنده‌اند.

به رغم همهٔ این فجایع، زندگی در جریان است، ما یاد می‌گیریم و رشد می‌کنیم و تلاش می‌کنیم تا بتوانیم بهترین زندگی را برای خانواده و فرزندانمان فراهم کنیم.

زندگی بعد از ۱۱ سپتامبر به کلی تغییر کرد و نظام هوایی کشور بیش از همه دستخوش تغییر و تحول شد.

روزهای بعد از این واقعه، همهٔ فرودگاه‌ها بسته شد و پروازها لغو شدند و شرکت‌های هواپیمایی ناچار بودند خود ضرر و زیان‌های ناشی از این تعطیلی‌ها را به دوش بکشند. حتی بعد از بازگشایی فرودگاه‌ها و ازسرگیری پروازها، شرکت‌های هواپیمایی سراسر کشور تا ۳۰ درصد افت مسافر داشتند و اکثراً کسانی پرواز می‌کردند که به دلیل شغل و رسیدگی به کارهایشان ناچار به پرواز بودند، اما بسیاری از شرکت‌ها تا مدت‌ها کارکنانشان را از پرواز منع می‌کردند. شرایط اقتصادی به کل دستخوش تغییر شد. کنگرهٔ امریکا ملزم بود هرچه سریع‌تر اقدام مؤثری بکند. مشاهدهٔ نوشته‌های روی دیوارها دربارهٔ شرکت‌های هواپیمایی بعد از واقعهٔ ۱۱ سپتامبر موجب تصویب قانونی

شد که به تشکیل «هیئت تحکیم حمل‌ونقل هوایی» انجامید. این هیئت قصد داشت مبلغ ۱۰ میلیارد دلار وام به شرکت‌های هواپیمایی که در آستانهٔ ورشکستگی بودند اعطا کند. هرچند تبعات ناشی از این واقعه تا مدت‌ها در سطح اقتصاد و جامعه قابل مشاهده بود، معلوم شد که وام اعطایی، به شکلی که انتظار می‌رفت، نمی‌توانست به شرکت‌های هواپیمایی کمک کند. درنتیجه اعلام ورشکستگی و برکناری تعداد چشمگیری از خلبان‌ها و کارکنان این شرکت‌ها آغاز شد.

نفس بازار بورس در سینه حبس شده بود. دنیا نظاره‌گر اتفاقات و حوادث زیادی بود. به عنوان خلبانی که مسئولیت ادارهٔ همسر و چهار فرزند را بر عهده دارد و تضمینی برای حفظ شغل حرفه‌ای‌اش وجود ندارد، شرایطی سرشار از دلهره را تحمل می‌کردم، اما چاره‌ای جز مثبت اندیشی و امید نمی‌یافتم. مانند سایر افراد جامعه، ناگزیر به خوش‌بینی بودیم، به اینکه تصور کنیم شرایط پرتلاطم اقتصادی را، که امریکا را در خود می‌فشارد، پشت سر خواهیم گذاشت. یونایتد ایر لاین در شرف فروپاشی بود. تقریباً تمامی شرکت‌های هوایی شرایط بی‌ثباتی داشتند. هیچ یک از بخش‌های اقتصادی امریکا به اندازهٔ بخش هوایی آسیب نخورده بود. شرایط اقتصادی این شرکت‌ها به قدری خطرناک بود که برایشان حکم اعدام را داشت.

سپس، اخبار منتشر شد که شرکت یونایتد قصد دارد بیش از نیمی از نیروهایش را از کار برکنار کند. آن‌هایی هم که باقی می‌ماندند، تنها نصف حقوقشان را دریافت می‌کردند. در این صورت، مبلغ زیادی از درآمد خانوادهٔ ما کاسته می‌شد، اما خوشبختانه ما هنوز می‌توانستیم زندگی خود را اداره کنیم؛ چراکه هنوز شرکت حمل‌ونقل تاکسی هوایی‌مان را در فلوریدا داشتیم. هرچند مسلماً شرایط برایمان سخت‌تر می‌شد، اما همچنان امیدوار بودم شرکتمان بتواند با ظرفیت کامل به کارش ادامه دهد. من و همسرم دوباره ناچار بودیم خود را با شرایط جدید وفق دهیم.

سرانجام توانستیم دوروبر‌مان را جمع‌وجور کنیم و به عبارتی، دوباره سربه سر شدیم، اما زمانی که در ۲۰۰۳ جنگ عراق شروع شد، قیمت بنزین هواپیمای مسافربری ما از گالنی ۲ دلار به گالنی ۶ دلار رسید.

آن زمان، ما برای شرکت هوایی‌مان به ۲۰۰ هزار گالن بنزین در سال نیاز داشتیم. این گرانی سوخت، مانند دود شدن، ۸۰۰ هزار دلار سود سالیانه بود.

دو سه سالی درگیر مشکلات اقتصادی بودیم، اما به هر شکل سعی می‌کردیم زندگی را پیش ببریم. در این سال‌ها، اضطراب‌های عدیدهٔ پی در پی آسیب خودش را به ازدواج و رابطهٔ زناشویی ما زده بود. تضاد و اختلاف وارد رابطه‌مان شده بود، ما هر دو یکدیگر را صمیمانه دوست داشتیم، اما تبعات ناشی از سختی‌هایی که تاب آورده بودیم، ظاهراً بیش از تاب‌وتوانمان بود. نگهداری و حفظ شرکت تاکسی هوایی‌مان از مهم‌ترین مشکلاتمان بود. مردم، دیگر، کمتر از هواپیما استفاده می‌کردند. تلاش برای حفظ این شرکت مانند این بود که بخواهی هسته‌ای را با نوک بینی‌ات به بالای تپه هدایت کنی. از یک سو، زندگی زناشویی‌مان دچار بحران شده بود و از سویی دیگر، نگهداری این شرکت هر روز ما را زیر بار قرض سنگین‌تری می‌برد. پولی که در معاملات ملکی داشتم، برای سرمایه‌گذاری در این شرکت استفاده کردم.

تقریباً ۲ میلیون دلار صرف این کار کردیم. تمام تلاشمان را می‌کردیم تا روبه جلو حرکت کنیم.

اف اِی اِی هنوز از شرکت تاکسی هوایی ما حمایت می‌کرد. مدت زمان مجاز برای کارکرد هر موتور بین تعمیرات پروازی ۱۶۰۰ ساعت بود؛ زیرا ایمنی پرواز ما بالا بود. هیچ‌گاه ناچار به خاموش کردن یکی از موتورها حین پرواز نشده بودیم. هیچ‌گاه در شرایط اضطراری قرار نگرفته بودیم. کارنامهٔ کاری‌مان به قدری خوب بود که هر سال

به ما ۱۰۰ساعت سوخت اضافه تعلق می‌گرفت. از ۱۶۰۰به ۱۷۰۰ و۱۸۰۰ و ۲۰۰۰ ساعت در سال رسیدیم؛ یعنی ۴۰۰ ساعت اضافی برای هر موتور. هر هواپیما دو موتور دارد. بنابراین می‌توانستیم ساعات بیشتر و بیشتری پرواز کنیم.

اوضاع بهتر شد و ما همچنان بهترین خدمات را به مسافرانمان ارائه می‌کردیم. شرکت تاکسی هوایی ما ۶ هواپیما و ۵۴ خدمه و کارمند داشت. پروازهای ما از فلوریدا به مقصد باهاماس و کیز و ساراسوتا بود. سخت کار می‌کردیم و تلاشمان را می‌کردیم تا همه چیز به خوبی پیش برود. کارم در شرکت یونایتد دوباره تمام‌وقت شده بود و بت نیز نه تنها تمام‌وقت شرکت تاکسی هوایی‌مان را اداره می‌کرد، بلکه به چهار فرزندمان نیز به خوبی رسیدگی می‌کرد.

سقوط اقتصاد جهانی در ۲۰۰۸ موجب کاهش پول و بروز مشکلات سنگین اقتصادی شد که ضربه‌ای سنگین نه تنها به وضعیت اقتصادی خانوادهٔ ما، بلکه ازدواجمان بود. مردم دیگر آهی در بساط نداشتند که صرف خرج‌های اضافه‌ای، مانند مسافرت‌های غیرضروری، کنند. دیگر دغدغهٔ همه شده بود حفظ سقف بالای سرشان و نانی در سفره.

فشار و اضطراب افزایش یافته بود و مشکلات ادارهٔ شرکت تاکسی هوایی بر شانه‌های بت سنگینی می‌کرد تا سرانجام در ۲۰۱۱ ، کمپانی را تعطیل کردیم. هرچند تصمیم سختی بود، اما لااقل می‌توانستم پیش از ورشکستگی، طبق شرایط خودمان، این کار را انجام دهم. افراد زیادی پیشنهاد خریدن شرکت را دادند، اما من قبول نمی‌کردم. مجوز شرکت را به اف اِی اِی تحویل دادم و سعی کردم بیشتر تمرکزم را روی حفظ سلامت خانواده بگذارم.

سه سال بعد، تصمیم گرفتیم فلوریدا را ترک کنیم و مجدداً به کالیفرنیا بازگردیم تا به والدینمان نزدیک‌تر باشیم. نهایتاً سرنوشت ازدواج من و بت به جدایی انجامید. او زنی بی‌نظیر و مادری نمونه است، اما ما تصمیم گرفتیم راهمان را از هم جدا کنیم. همهٔ این اتفاقات فشار زیادی بر ازدواج و رابطهٔ ما می‌آورد و مضطرب‌مان می‌کرد. این جدایی درس سنگینی برایم درپی داشت که دیگر هرگز همسرم و شریک زندگی‌ام را در مسائل شغلی و مالی دخیل نکنم. درسم را گرفته بودم. طلاق ما سخت بود و بعد از سه سال، با مشکلات زیادی پایان یافت. من بابت تمام سال‌هایی که کنار بت گذرانده بودم و فرزندانی که با هم داشتیم، خدا را شکر می‌کنم.

از زمان جدایی تاکنون، من و بت رابطه‌ای صمیمانه با یکدیگر داریم. من به جز تحسین بت و قدردانی از او، حرف دیگری برای گفتن ندارم. آرزو می‌کردم کاش همه چیز طور دیگری اتفاق افتاده بود، اما دیگر برای این تفکرات دیر است. اکنون شرایط همین است که هست. همهٔ ما در زندگی تلاطمات خود را پشت سر می‌گذاریم. تصور می‌کنم من و بت بابت آنچه کرده‌ایم تأسف می‌خوریم. شکستم در ازدواج برایم سخت و طاقت‌فرسا بود، اما به هرحال جان سالم به در بردم.

درنتیجهٔ همهٔ آسیب‌های ناشی از طلاقم تصمیم گرفتم روی خودم کار کنم. می‌خواستم به رغم همهٔ ماجراهایی که پشت سر گذاشته بودم، به رشد فردی ادامه دهم. پس، سعی کردم از خود آدم بهتری بسازم و به اطرافیانم کمک کنم و همچنان پیشگام مثبت‌اندیشی باقی بمانم. به فرزندانم یاد دادم اهداف و آرزوهایشان را در ذهن خود ترسیم کنند و، در جایگاه یک پدر، مایهٔ سربلندی است که بگویم :«فرزندانم از سن کم، خود می‌دانستند از زندگی چه می‌خواهند». یکی از پسران ما خلبان و دیگری پزشک است، یکی از دخترانم مشغول تحصیل در رشتهٔ وکالت است و کوچک‌ترین فرزندمان که دخترم، اِما، است، در مقطع کارشناسی زیست‌شناسی دریایی مشغول

تحصیل است. همهٔ آن‌ها از ابتدا می‌دانستند چه هدفی را می‌خواهند دنبال کنند و این باعث خوشحالی من است.

وقتی به آینده می‌نگرم، انتخاب‌های بی‌نهایت و راه‌های فراوانی را مقابلم می‌بینم. احساس می‌کنم به جهانی که فرصت و امکانات زیادی برایم فراهم کرده و پیش پایم گذاشته مدیونم و باید متقابلاً کاری برای جهان و دیگران بکنم.

هم اکنون از مدافعان حقوق زنان و کودکان ایرانم. در حال برنامه‌ریزی برای برپایی بیمارستان‌های پروازی در مناطق محروم دنیا هستم که فاقد امکانات پزشکی و بهداشتی هستند. طی مسیری طولانی که تاکنون در زندگی‌ام پرواز کرده‌ام، یعنی بالای ۱۵ میلیون مایل، بیشترین چیزی که آزارم می‌دهد، میزان بالای فقر در سطح جهانی است. فقر دشمن شأن و منزلت آدمی است و می‌تواند افراد را، از لحاظ جسمی و روحی، بیمار کند و موجب نادیده گرفتنشان شود. من سعی دارم تاآنجاکه می‌توانم کاری برای این مسئله بکنم. این مشکل به حدی فراگیر است که زنان و مردان و کودکان زیادی را از پای انداخته است، بدون اینکه دستی برای یاری به سمتشان دراز شود. هیچ‌چیز دشوارتر از دیدن بیماری فرزندت نیست. می‌دانم که راه‌اندازی بیمارستان‌های پروازی می‌تواند پزشکان، متخصصان، پرستاران، داروها و امکانات زیادی را برای کمک به افراد مناطق محروم فراهم آورد. شاید یک روز هم بتوانم چنین امکاناتی را به مناطق محروم کشورم، ایران، بفرستم.

مرگ کودکان و هر کس دیگری، به دلیل محرومیت از امکانات پزشکی، دردناک و ناپذیرفتنی است و نباید شاهد چنین اتفاقاتی بود.

من در ایران بزرگ شدم و این قدر خوش‌شانس بودم که در خانواده‌ای گرم و باتوجه پرورش یابم. هیچ‌کس در ایران انتظار نداشت من از خانواده‌ای بسیار متوسط، سر از این گوشهٔ دنیا دربیاورم و به چنین موقعیت‌هایی دست یابم و چنین تجاربی را پشت

سر بگذارم. من معتقدم لطف خالق یکتا شامل حالم بوده است. من خدا را شکر می‌کنم که با وجود سانحهٔ سرنوشت‌ساز هواپیمای پرواز ۱۱۷۵ ، هنوز زنده‌ام، هم من و هم سایر مسافران و خدمه.

از آن زمان، زندگی‌ام به طرز چشمگیری متحول شده است. از همان لحظهٔ نخستِ اتفاق مذکور، تأثیرش را روی زندگی و آینده‌ام مشاهده کردم. دیگر هرگز ارزش زندگی را دست کم نمی‌گیرم. البته موفقیت‌های خودم را مرهون والدینم می‌دانم. پدرم مردی جان برکف بود که بر اهداف و باورهایش پایداری می‌کرد. او راهنمای من بود و شخصیتم را در قالب انسانی که امروز هستم شکل داده است. کسی که به صداقت و افتخار و مسئولیت‌پذیری باور دارد.

در تمام طول زندگی تلاش کرده‌ام اصول اعتقادی و ویژگی‌های شخصیتی پدرم را در خود نهادینه کنم و به مردی تبدیل شوم که او انتظار داشت من باشم. هر کار خوبی که در زندگی‌ام انجام داده‌ام، به خاطر عشق و راهنمایی‌های او بوده است. همیشه دوستش داشتم و همواره دوستش خواهم داشت.

به دلیل داشتن چنین مادری نیز شکرگزارم، بابت عطوفت و مشوق بودن و عشق بی‌حدومرزش. من شجاعت و جاه‌طلبی را از او آموخته‌ام؛ شجاعت ترک وطن و اقامت در امریکا. بدون عشق او شاید من امروز زنده نبودم.

✳✳✳✳✳

فرزندان ما آیندهٔ ما هستند و من سعادت داشتن چهار فرزند نمونه را دارم. در جایگاه یک والد می‌توانم بگویم که بزرگ‌ترین موهبت این است که آن‌ها را شاد و سلامت می‌بینم. نمی‌توانم میزان همدردی خود را با والدینی که فرزندان بیمار دارند بیان کنم. به دلیل سفرها و پروازهای فراوانم پیوسته با فرهنگ‌های متفاوتی روبه رو شده‌ام و به

خوبی دریافته‌ام که مردم از هر سرزمین و فرهنگی که باشند، نیازها و اهداف و خواسته‌های مشابهی دارند. اگر ما قدری بکوشیم تا یکدیگر را بشناسیم و درک کنیم، دیگر کمتر به همدیگر به چشم دشمن می‌نگریم. ما نباید به سرعت دیگران را قضاوت کنیم و شروع به سنگ‌اندازی به سوی آن‌ها کنیم. در عوض، باید نگاهی به درون خود بیندازیم تا در وهلۀ اول، قصور خود را دریابیم. قدم برداشتن به سوی آدم‌های آن سوی مرزها و همسایه‌ها و افراد جامعه موجب کاهش تعصبات و نفرت میان انسان‌ها می‌شود.

من خودم را فردی می‌دانم که درپی ارتقای کیفیت زندگی همنوعانش است و می‌خواهد به سایرین کمک کند تا آن‌ها هم به اهداف و آرزوهایشان دست یابند. این انگیزۀ امروز من برای ادامۀ زندگی است.

❋❋❋❋❋

به تاهو سفر می‌کنم. پسرم یک روز نزد من می‌ماند. قایق را برمی‌داریم و راهی دریاچۀ تاهو می‌شویم. مالی نیز کنارم است. خورشید در حال غروب است، وزش باد صورتم را نوازش می‌کند. قصد دارم تا ۱۰۲ سالگی به زندگی ادامه دهم. می‌خواهم پایان عمر درحالی که روی صندلی متحرکم در تراس ویلای جنگلی‌ام در تاهو یا آلاسکا به آرامی به عقب و جلو تکان می‌خورم، نگاهی به گذشته بیندازم و بگویم: «آری! همین بود! تأسفی در کار نیست. من این کار را کردم، من آن کار را کردم».

می‌خواهم وقت مرگ، رُس زندگی را کشیده باشم و دیگر از زندگی خسته باشم، خستۀ خسته.

به حرکت در طول دریاچه ادامه می‌دهیم. کسانی را که دوستشان دارم، اطرافم و در قلبم هستند؛ یعنی اگر صبح فردا هرگز دیگر از خواب بیدار نشوم افسوسی ندارم. من

تا همین لحظه زندگی پربار و ارزشمندی را پشت سر گذاشته‌ام. فرزندانمان پیامی هستند که از جانب ما به سوی آینده‌ای که ما خود شاهدش نخواهیم بود فرستاده می‌شوند.

خیلی مهم است که از خود بپرسیم:«ما چه پیامی به آیندگان خود می‌فرستیم؟»

سخن آخر
پیام من: زندگی را به تأخیر نینداز

وقتی ۳۰۰ رزومه به شرکت‌های هوایی مسافربری در اقصی نقاط دنیا فرستادم، هیچ نمی‌دانستم سرانجام چه کسی مرا استخدام خواهد کرد؛ می‌توانست شرکتی در اروپا، خاورمیانه یا آفریقا باشد. آماده بودم هر زمان که از من خواسته شد، بلافاصله به همان سمت پرواز کنم. زندگی و تحصیل در امریکا کار سختی بود. بعد از آن، من حاضر بودم به هر نقطهٔ دنیا مهاجرت کنم تا تجربهٔ لازم را کسب کنم، اما می‌دانستم سرانجام به امریکا بازمی‌گردم. اگر یک سال یا شش ماه طول می‌کشید، باز به امریکا بازمی‌گشتم؛ چراکه مقصد من از ابتدای راه برایم شفاف و روشن بود. هدفم از همان اول استخدام شدن در شرکت یونایتد در سان‌فرانسیسکو و هدایت ۷۴۷ بود و بس. این برایم حکم مأموریت را داشت و زمانی هم که از فلوریدا به کالیفرنیا بازگشتم، همچنان مأموریتم همین بود.

پایان زندگی زناشویی و طلاقم مرا تکه تکه کرد، اما توانستم از این مرحله نیز گذر کنم. دوباره خودم را روی پا نگه دارم. من هنوز هم اشتیاق و علاقه‌ام به خلبانی و زندگی را با همان قدرت حفظ کرده‌ام. خدا را شکر می‌کنم که فرزندان خوبی دارم و خودم هم سالم و روبه‌راهم.

دوستم، استیو، همیشه به من می‌گوید: «هرچه در زندگی ساخته‌ای، به پشتوانهٔ خودت ساخته‌ای، نه به کمک هیچ‌کس دیگر.» خب، البته، اما حتماً در طول این مسیر کمک داشته‌ای؛ چراکه دوستی‌ها و روابط ارزشمندی در این راه بناکرده‌ای. همیشه به یاد داشته باش که وقتی همه چیز به نظر سخت یا غیرممکن می‌آید، تو همیشه می‌توانی دوباره همه چیز را از نو بسازی.

*****

زندگی ضرب آهنگ خودش را دارد. لحظات شاد، لحظه‌های هیجان‌انگیز، دوران رنج و انتظار و غم، همه با هم، در بسته‌ای به نام زندگی می‌آیند. گاه همه چیز یکدست و تغییرناپذیر است، اما هرچه باشد، زندگی همچنان ادامه دارد. ما باید نهایت استفاده را از هر روزمان بکنیم. البته آسان نیست. گاه زندگی بر ما سخت می‌گیرد و فقط باید سعی کنیم نگاه مثبت خود را حفظ کنیم. من توصیه می‌کنم دریابید گاه آنچه را که می‌توان «شکست» نامید، واقعاً شکست نیست، بلکه فرصتی برای رشد و یادگیری است. چیزی به نام شکست وجود ندارد، بلکه تنها عقب‌نشینی‌های کوچکی هستند که هر کسی ممکن است تجربه کند. شما هرگز شکست نمی‌خورید، مگر اینکه شکست را بپذیرید. اگر ما بتوانیم مفهوم کلمهٔ شکست را تغییر دهیم، می‌توانیم دنیا را تغییر دهیم.

درست همان طورکه درخت تنومند و تناور بلوط از بذر کوچکی که در تاریکی‌های دل زمین کاشته شده، سر بر می‌آورد و رشد می‌کند. پس، بذر رشد بکارید، نه تکه‌ای کلوخ شکسته.

وقتی چیز جدیدی یاد می‌گیریم یا ایده و نظری تازه داریم، مانند این است که بذری را در تاریکی‌های زمین ذهن خود کاشته‌ایم. پس، از آن محافظت می‌کنیم، آن را آبیاری می‌کنیم و تقویتش می‌کنیم، اما سرانجام زمانی فرامی‌رسد که این زمین برای

رشد دانه‌ای که حالا در حال نمو است، کوچک به نظر می‌آید. این دانه نیاز دارد خاک را بشکافت و سر برآورد و نور و گرمای خورشید را لمس کند. به مرور درمی‌یابد که می‌تواند باد، باران، سیل، آفتاب و طوفان را تاب آورد. زمستان را پشت سر می‌گذارد و در تابستان نشوونما می‌کند. در شرایط سخت دوام می‌آورد؛ چراکه لازمۀ زندگی است.

شما کافی است خود را مانند جوجه‌ای درون پوستۀ تخم‌مرغ در نظر بگیرید. پوسته است که محافظ جوجۀ درحال رشد است. اگر همین پوستۀ نازک پیش از موعد مقرر بشکند، جوجه از بین می‌رود، اما وقتی جوجه شروع به رشد می‌کند، پوسته‌ای که قبلاً محافظش بوده، اکنون با رشد جوجه می‌تواند باعث خفگی و مرگش شود؛ همین مثال را به آدمی نیز می‌توان تعمیم داد؛ یعنی ماندگاری در محیطی که مراقب و محافظ شما بوده، می‌تواند به تدریج نابودتان کند. آنچه برای ادامۀ حیات باید انجام دهید این است که پوستۀ تنگ را بشکنید و پا به دنیای وسیع‌تر بیرون بگذارید تا بتوانید به رشد ادامه دهید.

همان چیزی که طی گذر از مراحل سخت زندگی برایمان اتفاق می‌افتد. ما پوستۀ محدودی را که احاطه‌مان کرده می‌شکنیم و به فردی قوی‌تر و بزرگ‌تر و بهتر تبدیل می‌شویم. هرچند، از لحاظ جسمی، محدودیت‌هایی برای میزان رشدمان وجود دارد، اما برای رشد فکری هیچ محدودیتی وجود ندارد. برای رشد بُعد معنوی و عاطفی و اقتصادی انسان محدودیتی وجود ندارد. اگر اهداف شما بزرگ و جاه‌طلبانه باشد، احتمال موفقیتتان همیشه بیشتر خواهد بود. اشتیاقِ مشتعلی که در شما برای رسیدن به اهدافتان وجود دارد، در حکم کاتالیزوری است که دستیابی به آن‌ها را برایتان ممکن می‌کند.

اگر نگرانید که هنوز شغل یا هدفی را نیافته‌اید که در خود، به آن اشـــتیاق و هیجان

وافری داشته باشید، نگران نباشید. واقعیت این است که بسیاری از افراد در سنین پایین‌تر یا حتی بالاتر، هنوز راه و هدف اصلی و واقعی خود را نیافته‌اند، اما همیشه امکان یافتن یا خلق هدف یا اهداف مختلف ممکن است و فارغ از اینکه چه سن‌وسالی دارید، هیچ‌گاه برای رؤیا سازی و هدف‌یابی و دنبال کردن آن‌ها دیر نیست. از آن مهم‌تر این است که از طی کردن این مسیر احساس هدفمندی می‌کنید و لذت می‌برید. راه‌های مختلف و اهداف متفاوت را ارزیابی و امتحان کنید. دست به اکتشاف و بررسی و تحقیق بزنید تا اطلاعاتتان را در آن زمینه بالا ببرید. پرسشگری کنید و دنبال چراها باشید. اگر پاسخی را که می‌خواهید نمی‌گیرید، دنبال پاسخ دیگری باشید. عملکردتان را متفاوت کنید. پافشاری کنید، انجام دهید و انجام دهید و دنبالش باشید.خواهید دید که به آن نزدیک و نزدیک‌تر خواهید شد. صبور باشید، مَثلی قدیمی می‌گوید: «طی کردن مسیری هزارمایلی از برداشتن نخستین قدم آغاز می‌شود»؛حتی اگر برداشتن آن قدم شش ماه طول بکشد، همچنان همان سفر هزارمایلی است و نیازمند برداشتن اولین قدم. ممکن است قدری زمان را از دست بدهید، اما زمانی که قدم در راه گذاشتید و خشت روی خشت گذاشتید، می‌توانید آنچه را می‌خواهید و دنبالش هستید، پیشاپیش در ذهنتان مجسم و تصویرپردازی کنید.

از خودتان بپرسید می‌خواهید چه کسی باشید. دوست دارید چه نوع آدمی باشید. با چه کسانی می‌خواهید دیدار و آشنایی و ملاقات داشته باشید؟ چقدر پول می‌خواهید درآورید؟ چه مکان‌ها و جاهایی را دوست دارید ببینید. مطمئن باشید از به انجام رساندن هریک از این‌ها دچار لذت وافری خواهید شد.

هرگاه به نقطه‌ای رسیدید که دریافتید چه چیزی آتش اشتیاق و هدفمندی شما را مشتعل می‌کند، آن را دنبال کنید. با پیگیری هدف و علاقه‌مندی خود، آتش این اشتیاق

از قلب شما به وجودتان رخنه می‌کند و هرگز رهایتان نخواهد کرد. نهایتاً آن اشتیاق در شما به هدفی ارزشمند تبدیل می‌گردد.

حتی گاه ناچار نیستید از همان ابتدا اهداف بزرگی در سر داشته باشید، بلکه چه بسیار مواقع، این اهداف کوچک‌ترند که با ادامه و پیگیری به موفقیت‌های بزرگ تبدیل می‌شوند.

خوب است ابتدا فهرستی از اهداف و خواسته‌ها و آرزوهایتان داشته باشید. درست نظیر همان فهرستی که برای خرید با خود می‌برید. آن‌ها را روی کاغذهای یادداشت کوچک بنویسید و به درودیوار یخچال و آینهٔ دستشویی و اتاق خواب خود بچسبانید تا پیوسته در ذهنتان پررنگ باقی بمانند و قوّت بگیرند. سپس، یکی یکی که آن‌ها را به انجام می‌رسانید، از فهرست خود خطشان بزنید. این‌ها می‌توانند مجموعه‌ای از اهداف و کارهای کوچک و بزرگ باشند.

در نظر داشته باشید که انجام هر کاری بهتر از دست روی دست گذاشتن و هیچ کاری نکردن است؛ یعنی بهتر است از جایی شروع کنید و کاری انجام دهید تا سردرگم و ناامید بنشینید و منتظر اتفاق یا شانس خوبی باشید. اغلب اوقات، شانس و فرصت را باید خلق کرد و اتفاق نمی‌افتد، مگر با حرکت. گاه حتی مهم نیست که این هدف چقدر کوچک است یا چقدر تلاش و انرژی می‌طلبد تا به آن برسید. مهم این است که تا حد امکان همهٔ تلاش خود را بکنید. گاه شاید صددرصد هم کافی نباشد.

توجه داشته باشید که گاه تنها قبولی کافی نیست، بلکه نمرهٔ شما در آن قبولی بسیار مهم‌تر است. در ارتفاع ۳۶ هزارپایی، زمانی که جان انسان‌ها در دست شماست، خلبان ۷۰ درصدی کافی نیست، بلکه باید ۱۰۰۰درصد خود را بگذارید؛ یعنی هر آنچه دارید و می‌توانید. در این صورت، حتی اگر کم بیاورید، باز بالای ۱۰۰درصد‌ید. وقتی بنایی که شما گذاشتید، رفته‌رفته بلندتر و مستحکم‌تر شد، دیگر برایتان اهمیتی

نخواهد داشت که چه میزان وقت و انرژی صرف آن می‌کنید، بلکه چگونگی را خواهید دید، همان طورکه موسی دریا را شکافت. زمانی که چرایی را یافتید، راه خودش بر شما نمایان خواهد شد.

برخی از افرادی که من در مسیر هدف‌یابی با آن‌ها کار می‌کنم، هیچ جاه‌طلبی و خواستهٔ قابل‌عرضی ندارند و هیچ کشش آهن‌ربایی که آن‌ها را به جلو بکشاند و به حرکت وادارد در خود نمی‌یابند. من با آن‌ها صحبت می‌کنم و راهنمایی‌شان می‌کنم. هرچند اهداف آدم‌ها می‌توانند با هم متفاوت باشند، اما درعین‌حال، همه می‌خواهند بدانند چطور می‌توانند به آن‌ها برسند. هرچند شاید این را قبلاً شنیده یا جایی خوانده باشید، اما باز تأکید می‌کنم، خیلی مهم است که این را همیشه به ذهن خود بسپارید:«چگونه و چطور» مهم نیست،مهم تمرکز بر«چراست» مثلاً **چرا** دلتان می‌خواهد اقیانوس اطلس را با قایقی بادبانی طی کنید؟چگونگی‌اش پیشاپیش معلوم است، همان طورکه آدم‌های دیگری نیز قبلاً این کار را کرده‌اند، اما چرایی این پرسش است که مهم است. هرچه بیشتر به این پرسش توجه کنید و آن را کندوکاو کنید، درست مانند لایه‌های پیاز که جدا می‌کنید و به مرکز آن می‌رسید. با کنجکاوی روی این پرسش، درون خود نیز متوجه عواملی خواهید شد که شما را به جلو می‌رانند و درمی‌یابید کیستید و از زندگی چه می‌خواهید.

اگر یک میلیون دلار پول می‌خواهید، خیلی هم عالی اما یک میلیون دلار چه کاری برای شما انجام می‌دهد، برای شما مبیّن چیست؟ خانهٔ خوب؟ بعد چه؟ بچه؟ یعنی باید بدانید برای چه همهٔ این چیزها را می‌خواهید، در غیر این صورت درپی چیزی بیرون خودید که خود نیز نمی‌دانید برای چه به دنبالش هستید و مطمئن نیستید.

مثلاً بعضی آدم‌ها اتومبیل‌های روباز را دوست دارند؛ چون فکر می‌کنند خوشحالی‌شان را افزایش می‌دهد. تصور می‌کنند آنچه واقعاً می‌خواهند همان اتومبیل

است، اما اغلب، احساسی که با سوارشدن بر اتومبیل مذکور و راندن آن، همراه فرد موردعلاقه‌شان در جاده‌های کوهستانی، به آنان منتقل می‌شود باعث می‌گردد این اتومبیل را دوست داشته باشند و تصور کنند با داشتن آن خوشحال‌تر خواهند بود.

*****

پدرم به من یاد داده بود که مهم نیست در چه شرایطی به سر می‌بریم، مهم این است که پیوسته قدم برداریم و هرگز تسلیم نشویم و هیچ‌گاه از اهداف و آرزوهایمان چشم‌پوشی نکنیم. درحالی که چه بسیار مواردی که افراد تسلیم می‌شوند و از ادامه دست می‌کشند، درحالی که غافل از اینکه اگر به تلاش و کندن ادامه دهند، اتفاقات خوبی در انتظار آن‌هاست.

غالباً پافشاری و ماندگاری بر اهداف، نتیجهٔ دلخواه را به همراه دارد. ما در این پروازی، که زندگی نامیده می‌شود، بلیطی یک‌طرفه در دست داریم که بازگشت و تکراری در کار نیست. مهم است که با همهٔ توان تلاش کنیم و بهترین خودمان را به نمایش بگذاریم. هرگز برای شروع دیر نیست. اهمیتی ندارد چه کسی هستید و دین و باورتان چیست، همهٔ ما در این کرهٔ خاکی زندگی می‌کنیم و باید سعی کنیم بهترین زندگی را کنیم. ما فرصت داریم که بهشت را همین جا روی زمین تجربه کنیم؛ همین‌جا، نه در زندگی ناشناخته و تضمین نشدهٔ بعد از مرگ. لذت از زندگی را به تأخیر نینداز، حتی زمانی که تصور می‌کنی با کُندترین سرعت ممکن در حال حرکتی. انسان‌ها در زیبایی‌های جهان محاصره‌شده‌اند. تنها کافی است قدری سرت را بلند کنی و به اطراف نگاه کنی. سری به کوه‌ها بزن. خانه را ترک کن و به دل طبیعت بزن. به همهٔ آنچه اطرافت وجود دارد، به زیبایی‌ها توجه کن. دنیا جای زیبا و حیرت‌آوری است. به خودتان بگویید که من قصد دارم از هر لحظهٔ آن لذت و بهره ببرم.

*****

اخیراً برای تعطیلات به فلوریدا رفته بودم و سوار بر قایقم، با مالی و دوست دوران کودکی‌ام، مهیار، از زیبایی‌های طبیعت لذت می‌بردیم. مهیار همیشه یکی از ماجراهای کودکی‌ام را به یادم می‌آورد. ۱۹۷۶ بود، درست پیش از اینکه ایران را ترک کنم. به تازگی گواهینامهٔ رانندگی‌ام را گرفته بودم و برای خرید اتومبیل به خانواده‌ام فشار می‌آوردم. پدرم به تازگی برای خودش یک اتومبیل گالانت میتسوبیشی قهوه‌ای براق با تودوزی‌های بژ خریده بود. اتومبیل واقعاً زیبایی بود. یک روز باید مادرم را به بیمارستان تهران می‌بردم.

مادرم و مهیار در اتومبیل بودند و من نمی‌توانستم جای پارک پیدا کنم. خیابان‌ها شلوغ بود و نهایتاً ناچار شدم مادرم و مهیار را مقابل درِ بیمارستان پیاده کنم. به آن‌ها گفتم که جایی برای پارک پیدا می‌کنم و منتظرشان می‌مانم.

به سوی بالا و پایین خیابان می‌راندم و منتظر بودم اتومبیلی برود و جای خودش را به من بدهد. سرانجام، زیر درخت بلوط تنومند و زیبایی که فاصلهٔ چندانی با بیمارستان نداشت جایی یافتم. پارک کردم و نیم ساعتی در اتومبیل منتظر ماندم، اما آن‌ها هنوز نیامده بودند. آنگاه درِ اتومبیل را قفل کردم و به سمت بیمارستان رفتم.

مادرم و مهیار را دیدم که در راهروی بیمارستان نشسته‌اند. مادرم هنوز منتظر نوبتش بود. در همین لحظه، فردی وارد سالن بیمارستان شد و با صدای بلند اعلام کرد که درخت بزرگی که در خیابان بوده، روی اتومبیل نویی که کنار پیاده‌رو پارک شده بود افتاده است. دلم برای صاحب اتومبیل سوخت.

مهیار به من گفت که بروم و اتومبیل خودمان را نگاه کنم. بله، آن اتومبیل کم شانس اتومبیل ما بود. درخت تنومند بلوط، افقی، از انتهای کاپوت تا سر اتومبیل را کاملاً خرد و متلاشی کرده بود. همه معتقد بودند اگر من درون اتومبیل بودم، بدون تردید

کشته شده بودم. به یاد دارم که گویی آن لحظه، کسی به من گفت: «از اتومبیل پیاده و دور شو»؛ یعنی باز از یک قدمی مرگ رسته بودم.

کاملاً معتقدم هریک از ما به دلیلی روی این زمین خاکی آورده شده‌ایم، مثلاً برای من آن ۴۰ دقیقهٔ سرنوشت‌ساز در واقعهٔ هواپیما پُررنگ‌ترین رویداد زندگی‌ام بود. گویی هدف از آفرینشم این بود که آن زمان آنجا باشم و جان عده‌ای را نجات دهم.

تصور می‌کنم هر آنچه در طول زندگی‌ام انجام داده‌ام، نظیر مدیتیشن، سنگ‌چینی کنار رودخانه، قایقرانی (که نیازمند تمرین تعادل میان باد و بادبان قایق است)، ورزش‌های رزمی که سال‌ها انجام داده‌ام، عملیات آکروباتیک هوایی و غیره، همه، از لحاظ ذهنی، آدمی از من ساخت که بتواند شرایط بحرانی و خاص را با موفقیت مدیریت کند.

✳✳✳✳✳

من به زندگی و پرواز در کالیفرنیا ادامه خواهم داد. با خانواده‌ام وقت می‌گذرانم، بر خاکستر رابطهٔ ازدست‌داده رفتهٔ ازدواجم تأسف خواهم خورد و فرد جدیدی را به زندگی‌ام راه خواهم داد؛ عشقی جدید، کسی که حمایتم کند و در سفر زندگی همراهم باشد. ما یک روز در کافی‌شاپ با یکدیگر روبه‌رو شدیم، با مالی، اسمش را در این کتاب بارها برده‌ام. هرگاه به او نگاه می‌کنم، می‌دانم که برای همیشه با یکدیگر خواهیم بود. زندگی در جریان است.

در رؤیاهایم فرزندانم را به کشورم، ایران، می‌برم، جایی که پدربزرگشان مقابل ظلم و جور ایستادگی کرد. آن‌ها را به کوه‌هایی می‌برم که با همسالانم آنجا رودخانه‌های روان درست می‌کردیم، جایی که از برف‌هایش بستنی تازه تهیه می‌کردیم و می‌بلعیدیم. رؤیای من جهانی متوازن است که در آن، همه چیز سر جای خود قرار گرفته باشد،

جایی که مردم برابرند، به آن‌ها توجه می‌شود و می‌توانند فارغ از رنگ، نژاد،ملیت، جنسیت و باورهای دینی‌شان، با صلح و آرامش، زندگی کنند.

آرزویم این است که فرزندانم را به فرودگاه مهرآباد ببرم، جایی که پدرم یک بار مرا برده بود و من آنجا برای اولین بار بلند شدن هواپیمای ۷۴۷ را تماشا کرده بودم، جایی که مشعل رؤیاهای آینده‌ام روشن شده بود.

به پرواز ادامه می‌دهم و در ۱۳ فوریهٔ ۲۰۱۸در قایقم در ساسولیتوی سان‌فرانسیسکو از خواب بیدار می‌شوم. به فرودگاه بین‌المللی سان‌فرانسیسکو خواهم رفت و سوار بر هواپیمای ۱۱۷۵ به مقصد هونولولو خواهم شد و زندگی‌ام برای همیشه تغییر خواهد کرد.

زندگی سفری یک طرفه است. ۲۵ سال دیگر، تو بابت کارهایی که انجام نداده‌ای، تأسف خواهی خورد، نه برای کارهایی که انجام داده‌ای. فرصت زندگی دوباره برای هیچ‌کس وجود ندارد. همین است که هست.

پس، از جا برخیز و از خانه بیرون برو و زندگی کن. هر قدر که می‌توانی، به دنیا و مردمانش خیر برسان، هر قدر که می‌توانی برقص. از تمام زندگی و فرصت‌هایی که به تو داده شده، کاملاً استفاده کن و لذت ببر.

منتظر چه هستی؟

دربارۀ نویسنده

کاپیتان کریستوفر بهنام

کاپیتان پرواز ۱۱۷۵ یونایتد ایر لاین و از ایرانیان مدافع حقوق بشر

در روزی سرنوشت ساز در سال ۲۰۱۸، کاپیتان بهنام، خلبان بوئینگ ۷۷۷ شرکت هواپیمایی یونایتد، به مقصد هونولولو پرواز می‌کرد که با واقعۀ فاجعه‌بار از کار افتادن یکی از موتورهای هواپیما مواجه می‌شود. آن روز،۳۸۱ مسافر در هواپیما بودند. کنترل و هدایت بوئینگ ۷۷۷ سخت و خارج از کنترل شده بود. بی‌تردید، اگر مهارت‌های شگفت‌آور خلبانی او نبود، هواپیما و سرنشینانش همه از دست رفته بودند. او با شجاعتی تحسین برانگیز هواپیما را به سلامت در باند فرودگاه هونولولو بر زمین نشاند.

آلپا، انجمن خلبانان خطوط هوایی، از او و کمک‌خلبان و افسر اول هواپیما بابت هدایت قهرمانانۀ هواپیما تقدیر کرد و طی مراسم باشکوهی، ضمن تجلیل از این عملکرد، به کاپیتان بهنام و دستیار خلبان و افسر اول پرواز مذکور، جایزۀ راهبری بی‌نظیر را اعطا کرد؛ جایزه‌ای که از ۱۹۳۰ تاکنون، تنها، به پنج نفر تعلق گرفته است.

کاپیتان بهنام همچنین کارآفرینی موفق، تاجر، شخصیتی اجتماعی و نافذ و سخنرانی انگیزشی و تأثیرگذار در رهبری و مدیریت‌های شغلی و اجتماعی است.

او در ایران زاده شده است و بنیان‌گذار سازمان کمک برای آزادی ایران، بنیادی غیرانتفاعی در امریکا،است. اهداف این گروه اتحاد و یاری ایرانیان و غیر ایرانیان در مسیر بنا نهادن ایرانی دموکراتیک و فارغ از قوانین استبدادی، فساد، بی‌کفایتی، بحران‌های اقتصادی، نقض حقوق بشر و زورگویی‌های مذهبی است.

پی‌گفتار

در مواجهه با وضعیت اضطراری از کار افتادن موتور هواپیمای بوئینگ ۷۷۷، من سپاس‌گزاری صمیمانه‌ای به دو کمک‌خلبان شجاع و خدمه و مهمان‌داران بدهکارم. عملکرد حرفه‌ای بی‌نظیر و آرامش این گروه در طول تمام آن دقایق باعث نجات زندگی انسان‌های زیاد و ایمنی همهٔ آنان شد.

به‌ویژه از همکاران خلبانم در این پرواز، پال آیر و اِد گاگارین، تشکر ویژه می‌کنم. آموزش‌های گسترده و متنوعمان، کنار تجربیات طولانی پرواز، به ما این امکان را داد که بتوانیم در آن موقعیت، جان ۳۸۱ نفر را نجات دهیم.

از شرکت هواپیمایی یونایتد که با فراهم کردن این فرصت باعث شد بتوانم آرزوهایم را دنبال کنم و بر مسند کاپیتانی یونایتد تکیه بزنم، تشکر ویژه می‌کنم. مدیریت بی‌نظیر و بزرگ‌منشی شرکت یونایتد زمینهٔ رشد و تجلی را برای افراد فراهم می‌آورد. من به نوبهٔ خود عمیقاً به دلیل حمایت و فرصت‌هایی که برایم در این مسیر پدید آورده‌اند، کمال امتنان را دارم.

کاملاً معتقدم آموزش‌های شرکت یونایتد بهترین تعلیمات ممکن در صنعت هوایی است. مرکز آموزشی آن‌ها امن‌ترین و بهترین خلبان‌ها را وارد دنیای پرواز می‌کند.

همراهی ما با اس اُپی شرکت یونایتد (روند عملکرد استاندارد) موجب همهٔ اتفاقات خوب در پرواز ۱۱۷۵ بود.

تقدیم به پدر و مادر عزیزم: در تمام مسیر زندگی، از ابتدا تا اینجا، حمایت همیشگی و عشق بی‌حدوحصر و ذات بخشندهٔ شما پایه‌های توانمندی من در همهٔ این سال‌ها بوده است. باور شما به توانایی‌های فرزندتان نیروی محرکهٔ رسیدن به اهدافم در زندگی است و من همواره قدردان شما در زندگی‌ام بوده و هستم.

به فرزندان دلبندم، متیو، الکساندر، سوزانا و اِما: شما همواره منبع پایان‌ناپذیر انگیزه‌ها و دلیل تعهد قدرتمند من به ایمنی و عملکرد خوب هستید. در هر پرواز، اعم از آسمانی پرتلاطم یا آرام، عشق و لبخند شما همواره انگیزهٔ ادامهٔ من بوده است و من بابت داشتن فرزندانی، نظیر شما، احساس خوشبختی و سعادت می‌کنم.

به همراه زیبایم، مالی: پشت‌گرمی‌ات و درک لحظات پرفرازونشیبِ این مراحل مایهٔ آرامش و مشوق من بوده است.

به دلیل باور تزلزل‌ناپذیرت به من، از صمیم قلب از تو سپاسگزارم.

از آرون کیچِن بابت راهنمایی‌های گران‌بهایش تشکر ویژه می‌کنم. همین‌طور از باب هاول، به دلیل ویرایش ماهرانهٔ این کتاب، سپاسگزارم.

قدردانی صمیمانهٔ من از تک تک شما، برای اینکه هریک بخشی از سفرم در زندگی بوده‌اید، تقدیمتان باد. عشق و حمایت شما در تاب‌آوری و گذر از موانع و سختی‌های زندگی و رسیدن به مراحل بالاتر، به من، به عنوان یک خلبان و انسان، کمک شایانی کرده است.

هدف از نگارش این کتاب ادای احترام به همهٔ کسانی است که با سعی و تلاش و عشق ورزیدن به من در میدان زندگی، به نحوی در زندگی‌ام تأثیرگذار بوده‌اند. از همهٔ آنان تقدیر می‌کنم.

با کمال احترام

کاپیتان کریستوفر بهنام

دیدگاه‌ها دربارهٔ کتاب دیدار با سرنوشت

اصولاً خلبانان برای کنترل موقعیت‌هایی نظیر آنچه در پرواز ۱۱۷۵ اتفاق افتاد آموزش می‌بینند، اما مدیریت اتفاقات غیرمنتظره و کم‌نظیر نیازمند راه‌حلی معقول و توأم با آرامش است که قابل‌تعلیم و آموزش نیست. کاپیتان بهنام با تلفیق هوشمندانهٔ تعلیمات تخصصی و مهارت‌های ذاتی‌اش، هواپیمای ۱۱۷۵ را با سلامت کامل بر زمین نشاند و جان مسافران را نجات داد.

مـــارک چاپمـــن
معاون اجرایی پرواز
هـــواپیمایی یونایتد

داشتن الگوهایی در زندگی برای قدم گذاشتن در مسیرهای ارزشمند و سخت و دستیابی به اهداف و آرزوها غالباً بسیار تأثیرگذار و چه بسا ضروری است. چه بهتر اینکه این الگو نه شخصیتی تاریخی یا افسانه‌ای، بلکه فردی حاضر و زنده در دنیای امروز و مقابل چشمانمان باشد تا بتوانیم به وضوح مشاهده کنیم که فردی تأثیرگذار و موفق با چه انگیزه‌ها و نگرش‌ها و روش‌هایی در جایگاه‌های رفیع و ارزشمند کنونی‌اش، اعم از مادی و معنوی، قرار گرفته است. با مطالعهٔ این کتاب و تفکر در آن درمی‌یابیم کاپیتان بهنام یکی از الگوهای ارزشمند سخت‌کوشی و اراده و

پشتکار است که با تمرکز بر اهداف و آرزوهای کاملاً دور از دسترسش در زندگی، به همهٔ آن‌ها دست‌یافته است. توصیهٔ من به همهٔ کسانی که علاقه‌مند به رشد و توسعهٔ فردی در زندگی خود و فرزندان و اطرافیانشان هستند این است که از شناختن الگوهای موفقیت، به‌خصوص در زمینه‌های انسانی و معنوی، غافل نشوند.

مینا فتحی
روان‌شناس، نویسنده، مترجم و لایف کوچ

این داستان بیانگر ذات و عظمت کشوری است که فرصت‌های بی پایانی برای جوانی مهاجر، که چیزی جز اشتیاق وافر به دنبال کردن آرزوهایش و خلبان شدن نداشت، پدید آورده است. کاپیتان بهنام نمونهٔ بارز انسانی با عزم تزلزل ناپذیر و انعطاف‌پذیری و تلاش برای رسیدن به بهترین‌هاست.

دیوید خلج
کارآفرین

کاپیتان بهنام با درایت بی‌نظیر توانست گروه پرواز را به خوبی هدایت کند و جان ۳۸۱ نفر را نجات دهد. ما خود را برای چیزهایی که احتمال نمی‌دهیم آماده می‌کنیم، اما او به زیبایی به آن عمل کرده است. وی تجسم ماهیت حرفه‌ای‌اش است.

استان
اِسنو
خلبان بازنشستهٔ یونایتد ایر
لاین
مدیر اجرایی آموزشی پرواز
بوئینگ شرکت هواپیمایی هاوایی

کاپیتان بهنام نماد الهام بخشی برای یافتن معنای عمیق‌تر زندگی و تمرکز بر کسانی است که به آن‌ها خدمت می‌کنی و تجسم نتایجی است که به دنبالش هستید. او به ما یادآوری می‌کند که حتی در مواجهه با مشکلاتی که گذر از آن‌ها میسر نیست، باز هم می‌توان امید داشت و موفق شد. او نشان داد که مفهوم «غیرممکن» توهمی بیش نیست.

جیکوب نارایان
مدیر تولید

هرچند هر خلبانی باید این کتاب را بخواند، اما این اثر تنها برای خلبانان نیست، بلکه برای افرادی است که به دنبال برقراری ثبات و توازن در زندگی‌شان هستند. کاپیتان بهنام در این کتاب با شرح تجربیات خود به ما نشان می‌دهد که چگونه می‌توان خود را برای لحظه‌ای که سرنوشت با دست بر پشت شما می‌زند و فرصتی برای انجام کار یا هدفی خاص پیش پایتان می‌گذارد آماده کرد.

دکتر تونی کرن

Captain Christopher Behnam and the right engine of United Airline Boing 777, Feb. 2018

I0577944

برای دیدن ویدیوها و مستندهای ساخته‌شده این پرواز کد کیو آر زیر را اسکن کنید.

تهیه کتاب به زبان انگلیسی:

وب‌سایت رسمی کاپیتان بهنام:

www.captainbehnam.com

درصورتی‌که بخواهید جناب کاپیتان کریستوفر بهنام را برای سخنرانی در کنفرانس دعوت کنید با ایمیل زیر هماهنگ کنید

info@kidsocado.com